润声

周生祥 著

光明日报出版社

图书在版编目（CIP）数据

润声 / 周生祥著. -- 北京 ： 光明日报出版社，
2023.2

ISBN 978-7-5194-7028-9

Ⅰ.①润… Ⅱ.①周… Ⅲ.①散文集－中国－当代
Ⅳ.①I267

中国版本图书馆CIP数据核字（2022）第251449号

润声
RUN SHENG

著　　者：周生祥

责任编辑：谢　香　孙　展　　　　责任校对：傅泉泽
封面设计：李尘工作室　　　　　　责任印制：曹　净
内文插图：陈　斌

出版发行：光明日报出版社
地　　址：北京市西城区永安路106号，100050
电　　话：010-63169890（咨询），010-63131930（邮购）
传　　真：010-63131930
网　　址：http://book.gmw.cn
E－mail：gmrbcbs@gmw.cn
法律顾问：北京兰台律师事务所龚柳方律师

印　　刷：北京华联印刷有限公司
装　　订：北京华联印刷有限公司
本书如有破损、缺页、装订错误，请与本社联系调换，电话：010-63131930

开　　本：170mm×240mm
字　　数：210千字　　　　　　　印　　张：15.25
版　　次：2023年2月第1版　　　印　　次：2023年2月第1次印刷
书　　号：ISBN 978-7-5194-7028-9

定　　价：68.00元

生态文学的独特存在

浙江文学院院长、浙江文学馆馆长　程士庆

我认识的周生祥先生，是一位长期从事林业工作，有丰富的实践经验和理论功底的高级工程师。从林业岗位上退休后开始从事文学创作，短短几年，便出版了长篇小说《跨界》《天候》和散文集《润物》《润园》等，单从创作数量上就让人不敢小觑。

周生祥先生有学问，有见识，有文采，所以落笔成章，对每一种植物，每一个细节的解读，均可以写成一篇文章。他融汇自己的认知及对植物的理解，对文学价值的判断，掌故、历史和文学，交相辉映，读来饶有趣味。每一个题目也都很简洁明了，我能看出他的用心。看起来是随意的文字，遣词造句还是花费了一番心血的。

细读了作品，给我的感觉更是有点意想不到。我因为原来长期从事编辑出版工作，接触的作者和书稿很多。但周生祥这些作品给我的感觉还是很出乎意料，他这个写作在我看来就是天马行空，没有什么对他来说有约束的。这个写作就是文无定法体现得非常明显的代表。周生祥的创作属行业创作范畴，行业内的人对写行业的题材会有深入的把握。我很高兴林业系统有像周生祥这样的代表性作家，他的写作在我看来有下面四个特点。

第一个是写作手法杂糅式，我在北方生活过，北方都擀面，他就是这种什么都敢往里面包啊，像擀面食这种写作。这种写作手法确实是胆子比较大。他是理科生，现在搞文学创作，文理融通，包罗万象。

第二个从体裁上讲是一个融合体，包含文学创作各种体裁，把小说、散文、诗歌甚至童话、科普都融合在一起，是文学创作的一个融合体的尝试。现在讲究融合发展，我觉得周生祥的作品在创作文体融合发展方面做了很积极的探索。

第三个特点是拟人化，但他这个拟人化跟一般的植物拟人化不一样，他这个是人借植物之口对人间事做出评判。比如《植物议政》这篇文章，就是借植物之口对人间事，包括新冠疫情做的一些分析，涉及到很多话题的议论。某种程度上，他的作品既是对生态的写照，也是对人的写照，是把生态跟人类密切结合在一起，互为镜子，互为观照。

第四个特点是知识性，周生祥博览群书，不光写生态文学，还有社会时事方面的作品，反映出他不只是通晓大自然，对时政、历史、地理等都非常了解。所以他的创作别开生面，妙趣横生。我们从这个角度来更多的理解，就可能更好的理解其作品的价值。

周生祥以自己居住的润园小区为舞台背景，采用拟人化手法，描写生活在小区里的香樟、银杏、枫香、沙朴、桂花等植物之间发生的趣味盎然的故事。植物能讲故事、猜谜语、做奥数、玩游戏。将植物故事与现实生活中的风土人情相结合，具有很强的画面感，树立了众多个性鲜明的植物形象。作品同时揭示了中华民族传统文化的源远流长，歌颂了祖国的美好河山，点赞了中国改革开放的伟大成就。

据我所知，周生祥准备写五本润字系列散文集，其中前二本《润物》《润园》已出版，这次要出版的是《润声》，第四本《润心》即将完成，第五本《润情》计划明年上半年写成。

周生祥最大的魅力，不是让内心被当下嘈杂的环境所吞噬，而是超出环境，以内心的光亮去照亮自己退休生活的路。他的作品是集植物为大成者，而其风格也是善变的，让读者在植物学方面的知识信手拈来皆为己用，读来亲切而自然。在他的植物世界里有宇宙看不见的大爱。天行健，地势坤，天有好生之德，地有孕育万物之美，人有向善之心，他笔下永恒的主题就是大爱。他习惯在植物的世界里沉思默想，挥毫泼墨，对着蓝天敞开胸膛，没有绿荫能遮挡他对生态文学之爱的目光。

生态文学是一种反映生态环境与人类社会发展的关系的文学，生态文学是新时代文学创作的主攻方向之一。当前，全国各地正在切实践行"绿水青山就是金山银山"理念，着力解决生态文明建设中的重点问题。新时代文学必须开拓新境界，其中生态文学大有可为。

期待周生祥写出更多更好的跨界作品，成为生态文学百花园的一个独特存在。

是为序。

2022 年 11 月 27 日匆笔于杭州家中

润声

2

1 润荷游院

　　荷花是水中芙蓉，代表着坚贞纯洁、清白爱情、自由脱俗。润园小区里有个小湖，宁静的湖面上，分布着红莲、白莲等各种荷花。夏天时，莲叶田田，菡萏妖娆，清波照红湛碧。从湖边平台上看去，人倚花姿，花映人面，人、花、水、天，相融相亲相爱，赏心悦目销魂。清风徐来，荷香飘逸，身心俱爽。润园荷花陶醉于此，心旷神怡，不觉脱口念道："予独爱莲之出淤泥而不染，濯清涟而不妖，中通外直，不蔓不枝，香远益清，亭亭净植，可远观而不可亵玩焉。"

　　住在湖边的广玉兰被感染了，赞美道："在翠绿的荷叶丛中，亭亭玉立的荷花，像一个个披着轻纱在湖上沐浴的仙女，含笑伫立，娇羞欲语；嫩蕊凝珠，盈盈欲滴，清香阵阵，沁人心脾。"

　　水杉不甘落后，接上来说："你们看，荷塘上面碧绿的叶子，像亭亭的舞女的裙。层层的叶子中间，零星地点缀着些花朵，有袅娜地开着的，有羞涩地打着朵儿的。微风过处，送来缕缕清香，仿佛远处高楼上渺茫的歌声。叶子底下是脉脉的流水，遮住了，不能见一些颜色，而叶子却更见风致了。"

　　听见广玉兰与水杉一唱一和，湖对面的枫杨心态不平衡了，他不假思索地脱口而出："这里的荷花算什么啊，和曲院风荷的荷花一比，那是小巫见大巫了。"

　　润荷听到这话，脸色马上不好看了。广玉兰和水杉想阻止，已经来不及了。润荷厉声问枫杨："你这话是什么意思，是妒忌我吧。"

枫杨自知失言，连忙改口说："我也是道听途说来的，当不了真。"

润荷不干了，找到香樟王，一定要追根究底。香樟王知道润荷的脾气，只好向她说出真相。润荷知道自己是从曲院风荷引进的，吵着嚷着要回老家看看。香樟王答应了，千叮万嘱要荷花路上小心，早去早回。

润荷思乡心切，第二天一早就来到了曲院风荷，寻到约定地点，发现曲荷已经等在那里了。和曲荷聊了些家常后，润荷连声夸赞这里真是好地方。

曲荷说："这里是你的娘家，欢迎你常回家看看。对了，我还是先给你介绍一下。曲院风荷原名曲院，位于金沙涧流入西湖处。南宋时，这里辟有宫廷酒坊，湖面种养荷花，曲院风荷成为西湖十景之一。这里东接岳湖，南邻郭庄，北接竹素园、植物园、岳飞墓庙，既是观赏'接天莲叶无穷碧，映日荷花别样红'的夏游名园，也是西湖北线热点游览区休闲娱乐的好去处。"

介绍到这里，曲荷拉着润荷的手，亲热地说："我们边走边看吧。"

润荷问："你知道这曲院风荷的由来吗？"

曲荷说："相传，早在南宋时，有个画家叫马远，和一帮朋友在品题西湖十景时，曾把这里列为'西湖十景之一'。后来'院颓塘堙，其景遂废'。清朝康熙皇帝南巡杭州，题写西湖十景景名时，把这个久废的旧景移至苏堤的跨虹桥畔，亲书'曲院风荷'四字，立碑建亭。由此确立了曲院风荷的地位。"

"这个地方有什么特点？"润荷问。

"那当然是各种各样的荷花了。"曲荷笑着说："曲院风荷，以夏日观荷为主题，承苏堤春晓而居西湖十景第二位。南宋诗人王洧有诗赞道：'避暑人归自冷泉，埠头云锦晚凉天。爱渠香阵随人远，行过高桥方买船。'旧时的曲院风荷，仅一碑一亭半亩地，局促于西里湖一隅，颇有些名不副实。近年经过扩建，现在的曲院风荷起自跨虹桥畔的碑亭，沿岳湖、金沙港直达卧龙桥外的郭庄，迤逦数里，建成岳湖、竹素园、风荷、曲院、湖滨密林区等 5 个景区。"

"你还是多说说这里的荷花吧。"润荷把话题拉回来。

"这里栽培了上百个品种的荷花，其中特别迷人的要数风荷景区。你看，这里水面上架设了造型各异的小桥，人从桥上过，如在荷中行，花人两相连。沿着曲折路径，真是一步一景，步步留恋。你来看这里，一口一口大缸里面养植的是一株株荷花，各式各样都有。"曲荷侃侃而谈。

润荷注意到，六月初的荷花只是花骨朵儿，但荷叶是异常茂盛，如蒲扇般伸展着，毛茸茸的荷叶如绿色平绒布般显得特别厚实。因为茎是细细的，因而它迎风摇曳时也有一股妖娆的味道。荷叶的中心聚集着一洼水，好奇地拨弄荷叶，一洼水顿时打破了宁静，化作大珠小珠在叶面上打起滚儿来，就像欢快的小孩子在草地上玩耍一般的。"扑哧"一大颗水珠不小心离叶坠落在地上，溅起水珠点点。

看到水波潋滟，游船点点，远处是山色空蒙，青黛含翠。润荷赞叹道："毕竟西湖六月中，风光不与四时同。"

曲荷接过话题说："夏日的西湖，独领风骚的就是这片接天莲荷了。杭城夏日赏荷最佳处，当是曲院风荷。宋周敦颐作《爱莲说》，予独爱莲之出淤泥而不染，但活在尘世间，犹如活在淤泥中。有几人能不染淤泥的污油，更有几人能保得住'出淤泥而不染'的清白？"

润荷已被曲院风荷的美景所陶醉，听到曲荷的感叹，也没多想，只是连连点头称是。来到一僻静处，见旁边有桌椅空着，曲荷说："我们坐下来说话吧。"

润荷说："好啊。"就和曲荷坐在湖边继续海阔天空地聊起来。

"今天我们就是随意赏景聊天。"曲荷说着，拿出随身带来的瓜果，吟诵道："金松银杏铜钱，花生瓜子草莓，良辰美景茗茶，天南地北侃山。"

"想不到曲荷你还会吟诗？"润荷略显惊讶。

曲荷笑着说："在我们这里，吟诗作文是家常便饭。我们今天就以吟诗的形式，来抒发一下情怀，如何？"

润荷说："好啊，那你先来，我学你样便了。"

曲荷用手指了指周边，说："那我就先来几句：翠翠红红处处莺莺燕燕，风风雨雨年年暮暮朝朝，水水山山处处明明秀秀，晴晴雨雨时时好好奇奇。"

润荷说："不错不错，那我也来几句：今天清晨来此，走在曲曲折折的步道，路旁高高低低的乔木，观看错错落落的灌木，欣赏艳艳丽丽的花草，听着悠悠扬扬的乐曲，闻着萦萦绕绕的清香，望着缥缥缈缈的白云，吹着轻轻软软的微风，说着念念叨叨的细语，想着精精美美的生活。这里是我的家乡我的家。"

曲荷连声称好，说道："快乐，快乐。"接着又问："你觉得快乐是什么？"

润荷想了一会儿，说："我觉得是这样的，快乐是春天的鲜花，快乐是夏天的绿荫，快乐是秋天的野果，快乐是冬天的飞雪。给一个会心的微笑，来一次真诚的握手，聚一起倾心的交谈，这都是快乐无比的。"

曲荷拍手叫好，接着说："我很羡慕杭城的市民，他们对快乐的理解很朴实，就是：遛遛狗，逗逗鸟，唱唱歌，跳跳舞，下下棋，弹弹琴，读读书，作作画，写写诗，养养花，种种菜，爬爬山，打打球，搓搓麻，玩玩牌，拍拍照。"

润荷说："这也反映出现在杭城居民的幸福生活。"

曲荷说："杭州真是一个好地方，记得西湖老十景是：苏堤春晓、平湖秋月、曲苑风荷、断桥残雪、柳浪闻莺、花港观鱼、双峰插云、三潭印月、雷峰夕照、南屏晚钟。"

润荷接上说："现在西湖新十景是：云栖竹径、满陇桂雨，虎跑梦泉、龙井问茶，九溪烟树、吴山天风，阮墩环碧、黄龙吐翠，玉皇飞云、宝石流霞。"

曲荷连说对对对，然后随口吟道："我是月季你是桂，桃李橘柿都含笑。紫薇紫藤紫荆花，杜英杜鹃仙客来。"

润荷说："妙妙妙，那我也接一个，鸡爪马褂牛蹄草，金橘银杏铁莲花，红枫黄杨蓝莓果，垂柳玉兰茶之语。"

曲荷站起来，向润荷伸出双手，说："恭喜你，测试全部通过。"润荷莫名其妙，连忙问是怎么回事？

曲荷说："曲院荷花仙子知道你要来，派我先接待你，一方面是尽导游之职，另一方面也是借机考考你。因为你的良好表现，现在我可以带你去见荷花仙子了。"

润荷倒吸一口冷气，心想还好自己平时注意学习，肚里有些墨水，不然要出润园的洋相了，好险啊。这样想着，打起精神，跟着曲荷往院子走去。

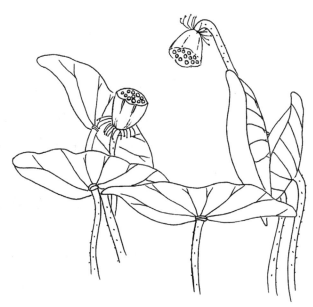

2 荷花投诉

生活在润园小区的植物，大部分居住在陆地上，但也有一些喜欢待在有水的地方，这些植物统称为湿地植物。荷花是湿地植物，荷花从曲院风荷回来后，在湿地植物中引起了极大的反响，芦苇、菖蒲、青菱、浮萍、水葫芦等植物很羡慕，也想出去开开眼界。荷花很仗义，对他们说："放心，我一定给你们争取。"

第二天清晨，在小区公园植物聚会中，荷花提出了这个议题，没想到却引来了大多数植物的反对。荷花气不打一处来，大声疾呼道："你们讲理不，你们银杏、雪松、沙朴以慰问濒危植物为名去普陀山、天台山了；枫香、水杉、广玉兰以考察森林古道为名去那么多地方了；还有柳树去了柳浪闻莺，桂花去了满陇桂雨，枇杷去了塘栖，茶叶去了龙井，松树去了九里松，桃树去了千桃园，连刚出生不久的毛笋儿都去了云栖。你们能出去，我们湿地植物就不能出去？这不是欺负我们吗？"

荷花连珠炮似的发问，说得一些植物低下了头。沙朴迎上前来说："话不能这么说，在润园，你们生长在水里的植物一共才几种？能和我们陆地植物比吗？"

听到沙朴这样说，广玉兰也接上来说："是啊，看你们的身材，既矮又小，你们出去闯荡，我们也不放心啊。"

荷花听完沙朴、广玉兰的话，怒发冲冠，厉声叱斥："你们这是在强词夺理，是以多欺少，以大欺小。人类还知道尊老爱幼，保护弱势群体，难道你们连这一点都不懂。"

在场的植物，有的支持荷花，有的赞同沙朴、广玉兰，大家观点不一致，就吵了起来。吵闹声惊动了在小区植物业委会办公的香樟王。香樟王跑到公园，询问发生了什么事。

荷花一把眼泪一把鼻涕地向香樟王投诉，要求香樟王主持公道，同意芦苇、菖蒲等植物出去见识见识。

香樟王耐心地听完荷花的哭诉，见荷花说累了，香樟王笑着说："荷花，你也不要急，我们润园植物本来就是一个大家庭，我们做任何事都要讲民主，像这种事也不是我一棵树可以决定的。"

"哪要怎么办？"荷花眼泪汪汪。

"少数服从多数，如果这里大多数植物同意了，我肯定批准。"香樟王回答。

"嘿，要他们大多数同意，你这不是等于拒绝我吗？"荷花冷笑一声。

"不是这样的。"香樟王不慌不忙地说："这里有些植物不同意，主要是对你们湿地植物不了解，如果你能把你们的生存环境特点解释清楚，相信他们的想法会改变的。"

"是这样吗？"荷花有些不相信。见香樟王十分肯定地点着头，荷花心动了，问："我要怎么介绍呢？"

香樟王对着其他植物说："我能感觉到，你们这些陆地植物，对湿地植物懂得太少。虽然都住在一个小区，但平时有交流吗？今天乘这个机会，有问题就问荷花吧。"

黄山栾树举起手来，说："我来问第一个问题，什么叫湿地？"

荷花摇晃着身体，随口说道："湿地是指天然的或人工的，永久的或间歇性的沼泽地、泥炭地、水域地带，带有静止或流动、淡水或半咸水及咸水水体，包括低潮时水深不超过6米的浅海海域。湿地是自然界生态功能全面、最富生物多样性、生产力最高的生态系统，它被誉为'物产仓库''生命的摇篮''物种基因库'。"见植物们很认真地听着，荷花补充说："据研究，1公顷湿地生态系统每年创造的价值高达1.4万美元，是热带雨林的7倍，是农田生态系统的160倍。此外，湿地还是许多珍稀野生动植物赖以生存的基础，对维护生态平衡、保护生物多样性具有特殊的意义。"

"我关心的是湿地的文化功能，这方面该如何理解？"杜英提出第二个问题。

"这个问题提得好，湿地的文化功能太多了。"荷花诗情画意上来了，朗声道："'潮来溅雪欲浮天，潮去奔雷又寂然''落霞与孤鹜齐飞，秋水共长天一色'，这些名篇佳句都来自湿地景观感受。还有耳熟能详的音乐《蓝色多瑙河》《黄河颂》，芭蕾舞剧《天鹅湖》等等对湿地之美都有体现，湿地形态之美、生物之美与我们心灵相激相融，为我们在美学、教育、文化和精神方面提供了无限的美好感受和启发。宁静的湖水、潺潺的溪流、广袤的湿地平原、灵动的湿地生命，都是我们放松心情时所喜闻乐见，湿地丰富了我们的文化生活，提供了休闲娱乐和旅游场所。"

"能不能说得具体点，比如以萧山为例。"枫杨随口说了个萧山，明显是故意出难题。

但这难不倒荷花，她稍一思索，马上接口说："大自然对萧山慷慨赠予，让她分外妖娆。历代文人墨客在这里览胜抒怀，佳话迭出；萧山人对山山水水的精心雕琢，让这片土地如盛装蹁跹，千古景物在这里流光溢彩、别具风情。在诗人笔下，气势磅礴的天下奇观钱江潮，以'怒声汹汹势悠悠，罗刹江边地欲浮''浙江八月何如此，涛似连山喷雪来'而撼人心魄；湘湖以'浙江两岸山纵横，湘湖碧绕越王城''湘湖莼菜大于钱，千顷鸥波可放船'而充满诗情画意；萧山'冬花采卢橘，夏果摘杨梅''碧水月自阔，安流净而平'。……萧山八景、湘湖八景，一景有一景的神韵，一景有一景的风情。随着萧山旅游业的蓬勃发展，湘湖旅游度假区、钱江观潮度假村、杭州东方文化园、杭州乐园等休闲胜地吸引了大批中外游客。湿地的文化功能得到充分展示。"

"你能说说给你留下深刻印象的湿地吗？"乌桕对此很好奇。

荷花赞叹道："我曾经去过位于淳安的千亩田盆地高山湿地，给我留下深刻印象。那里真是大自然的一大奇观。一边是万丈深渊，一边是一马平川，从深深峡谷攀援而上'山重水复疑无路'，一到千亩田，始觉'柳暗花明又一村'。千亩田盆地宽 200-300 米，延伸长达 1.5 公里，总面积约 0.7 平方公里，坡度小于 15 度。风光奇美，春漫杜鹃，夏盈苇草，秋飘瑞雪，冬舞银蛇，既有'天苍苍，野茫茫，风吹草低见牛羊'的塞外风情，又有'前不见古人，后不见来者，念天地之悠悠，独怆然而涕下'的诗情感怀。"说到这里，荷花仿佛又回到了千亩田，沉浸在美景中悠然自得。

"哪湿地植物又该怎么解释？"见植物们频频点头，无患子提出了新问题。

荷花介绍说："湿地植物泛指生长在湿地环境中的植物，广义的湿地植物是指生长在沼泽地、湿原、泥炭地或者水深不超过 6 米的水域中的植物。狭义的湿地植物是指生长在水陆交汇处，土壤潮湿或者有浅层积水环境中的植物。湿地植物的分类，从生长环境看，可以分为水生、沼生、湿生三类；从湿地植物生活类型看，可以分为挺水型、浮叶型、沉水型和漂浮型；从植物生长类型看，可以分为草本类、灌木类、乔木类。"

"在我们小区主要有哪些？"有植物问。

"除我之外，像芦苇、菖蒲、青菱、浮萍、水葫芦等，这些都是，你们每天都在见面的啊。"荷花愤愤然。

在场的植物大部分被说服了，沙朴改变立场，表态说："对不起，我收回前面的话。但是，你们湿地植物出去，以什么名义好呢？"

香樟王说："这个好办，可以用湿地公园学习考察团的名义。"

"湿地公园？是指什么？"沙朴提问。

"湿地公园是指以具有显著或特殊生态、文化、美学和生物多样性价值的湿地景观为主体，以保护湿地生态系统完整性、维护湿地生态过程和生态服务功能为宗旨，在此前提下充分发挥湿地的多种功能效益开展湿地合理利用，可供公众游览、休闲或进行科学、文化和教育活动的特定区域。湿地公园分为国家级和省级两种。"香樟王耐心解释。

"都有哪些地方？"沙朴追问。

香樟王说："到 2022 年为止，浙江国家级湿地公园有 12 个，它们分别是：杭州西溪国家湿地公园；杭州湾国家湿地公园；德清下渚湖国家湿地公园；长兴仙山湖国家湿地公园；绍兴鉴湖国家湿地公园；诸暨白塔湖国家湿地公园；浦江浦阳江国家湿地公园；衢州乌溪江国家湿地公园；玉环漩门湾国家湿地公园；天台始丰溪国家湿地公园；丽水九龙国家湿地公园；云和梯田国家湿地公园。"

荷花等不及了，急切问："现在，你们是不是同意芦苇、菖蒲他们出去了？"

植物们鼓掌通过。荷花高兴极了，说："谢谢，我要马上去告诉芦苇他们这个好消息。"说完扭身就跑出去了。现场爆发出植物们的一阵欢笑声。

3 西溪湿地

在荷花的全力争取下，润园小区植物同意由芦苇、菖蒲、青菱组成湿地植物考察团，去浙江各地国家湿地公园考察学习。出发前，荷花问芦苇："你们第一站去哪里？"

芦苇回答："由近而远，西溪离我们最近，我们先去西溪吧，并且西溪是国内第一个也是唯一一个集城市湿地、农耕湿地、文化湿地于一身的国家湿地公园。"

荷花先是点头表示同意，然后千叮万嘱芦苇、菖蒲、青菱仨植物出去要处处小心，注意安全。芦苇仨一再表示请荷花放心便是。

润园植物一行来到西溪湿地大门口，发现西溪的湿地植物白茅、紫萍、水芹、水马齿、燕子花、慈姑等已经等在那里。西溪植物握着润园植物的手表示热烈欢迎，希望考察团能够多多指导，批评指正。

芦苇说："久闻西溪湿地白茅等大名，今日有幸相见，果然名不虚传。我们是来学习的，要打扰你们了。"

这样相互客套一番后，西溪植物就领着润园植物去会议室坐定，端上茶水果品。芦苇不好意思地说："我们这次出来，名为考察实为游玩，我们直接去景点参观就是了。"

"芦苇团长不必客气，我们接待贵宾多了，每次都是这样，总是要先听汇报的。"水芹笑着请润园植物喝茶。

"那恭敬不如从命，我们客随主便吧。"芦苇给菖蒲、青菱使了个眼色，示意他们耐心等待。青菱喷喷嘴巴，嘀咕道："国家级的就是不一样。"

紫萍说："正式开会前，我来讲个笑话。说的是当前中国家长的现状，分5个阶段。1. 1-3年级家长最嚣张，因为啥题都会，一点都不慌。2. 4-6年级家长变低调，因为偶尔不会，还不想让孩子知道。3. 初中家长低声下气，因为啥都不会，孩子还叛逆。4. 高中家长变得勤快，因为连题都看不懂，只好洗衣做菜。5. 大学家长最惆怅，没事不联系，联系了就是转账。"

会议室里众植物听了，都哈哈大笑。经此一笑，场面就融洽多了。白茅笑着说："现在言归正传，我们会议开始，先由水芹向考察团做汇报。"

芦苇连忙摆摆手，说："做什么汇报啊，我们就随意聊聊好了。"

水芹拿着稿子，看向白茅。白茅说："芦苇团长不摆架子，平易近人，那也行，就由你们提问题，我们有问必答。"

坐在旁边的菖蒲向芦苇耳语，意思是西溪植物套路很深，我们也不能显得没文化，我们多提些涉及文化方面的问题为好。芦苇告诉菖蒲，那你就先提吧。

菖蒲喝了口茶，慢悠悠地问："所谓西溪湿地，是指哪些地方？"

水芹看看白茅，白茅示意让他回答。水芹说："关于西溪湿地的范围，不同时期有不同范围。历史上的西溪湿地是指西溪古荡—留下段两岸的宽阔地带。南岸包括今日老和山—秦亭山—灵峰山—北高峰—美人峰—龙门山—竹竿山—小和山山脊线以北的丘陵坡麓地带；北岸包括余杭塘河以南五常至蒋村一带水网平原，面积约60平方公里。简单说就是古荡以西'曲水弯环，群山四绕，名园古刹，前后踵接，又多芦汀沙溆'的地方。"

青菱点着头，赞叹道："范围好大啊，真是好地方。"接着又提问道：

"哪它的过去、现在、将来分别是怎么样的？"

西溪植物你看看我，我看看你，觉得不知从何说起。芦苇看出来了，就接上去说："我们团的青菱喜欢诗情画意，他的意思是说，西溪的过去留下了什么诗篇，现在和将来，又可以用什么诗句来概括？"

"我来介绍一下。"白茅一字一句地说："关于西溪的兴废发展，可分为几个时期。北宋以前，在西溪南侧山上建了不少寺院，如法华寺、永兴寺、光明寺、隆庆寺等。北宋时，西溪已立为镇，为钱塘四大镇之一，时任杭州通判的杨蟠写了《西溪》诗，诗云：'为爱西溪好，尝忧溪水穷。山源春更落，散入野田中。'这是至今认为最早歌颂西溪的诗。到了南宋时，因宋室南迁，西溪有了很大发展，在西溪南岸辇道两边育梅栽竹，同时发掘了金鱼井、东法华泉。在蒋村一带大面积栽植柿树。南宋诗人叶绍翁作《西溪》诗云：'一条横木过前溪，村女齐登采叶梯。独立衡门春雨细，白鸡飞上树梢啼。'董嗣杲作《西溪》诗云：'渔樵耕牧自成村，就屋编篱古意存。出坞野云多曲折，过桥溪水半清浑。'明清时期，新建涌山阁、梅花泉、花坞、金莲池等，居民大量种植梅花，'西溪探梅'景色形成。后来，'西溪梅竹山庄''西溪草堂''洪园''泊庵'相继建成，端午节'龙舟竞渡'活动兴起。随着仙岛荡、幔芦港、秋雪滩、莲花幢、杨柳城、苍葡篱、护生堤、弹指楼等'秋雪八景'形成，咏者不乏其人，如僧大绮《西溪梅墅》云：'孤山狼藉后，此地香未已。花开十万家，一半傍流水。'"

白茅一口气说到这里，累得气喘吁吁。燕子花接上来说："康熙南巡到西溪时，作《西溪》诗：'十里清溪曲、修篁入望森。暖催梅信早，水落草痕深。俗籍渔为业，园绕笋作林。民风爱纯朴，不厌一登临。'田园诗词中，厉鹗写的'芦锥几顷界为田，一曲溪流一曲烟。记取飞尘难到处，矮梅下系库蓬船'最有名。"

青菱插嘴说："好一句一曲溪流一曲烟，太令我向往了。"芦苇提醒道："别插话，让他们介绍完。"

燕子花继续说："到了民国时，西溪梅树渐渐消失，芦滩面积也逐年缩小，胡颖之在《泛舟西溪》中写道：'秋雪庵前真似雪，交芦庵旁已无芦。频年来洗看花眼，有客同题放棹图。樊榭风流今不作，梦坡好事古为徒。待寻曲水苍凉境，更种梅花十万株。'日寇侵华时，西溪湿地更是遭到极大破坏，西溪几近荒芜。"说到这里，燕子花唏嘘不已。

白茅手一挥，朗声道："过去的就不多说了，总之，一部西溪湿地兴衰史，经过东晋发现，唐宋发展，明清全盛，民国衰落，至一度废弃的过程。好在现在建立国家湿地公园，通过建筑物拆迁，河道清淤、构通、扩大，植物配置调整，构成以'西溪香雪''河渚秋雪''柿林夕阳'为植物景观；'一曲溪流一曲烟'造就的'荡、滩、堤、圩、岛'自然景观；秋雪庵、茭芦庵、烟水庵、曲水庵、洪园等人文景观，营造出'千里蒹葭十里洲，溪居宜月更宜秋。鸥凫栖水高僧舍，鹳鸲巢云名士楼。蘼卜叶分飞鹭羽，荻芦花散钓鱼舟。黄橙红柿紫菱角，不羡人家万户侯'的意境。"

见白茅说累了，水芹接上来说："下面我给你们介绍具体的景点景色。"

芦苇坐不住了，见西溪植物汇报起来没完没了，就乘机站起来说："不用介绍了，百闻不如一见，这么好的景观，我们想一睹为快，还是去现场吧。"

见芦苇这样说，白茅也站了起来，嘴上说着"好吧，那我来带路。"簇拥着芦苇仨走出了会议室。

4　下渚湖湿地

润园小区植物芦苇、菖蒲、青菱组成的湿地考察团，结束西溪国家湿地公园的考察学习后，菖蒲问芦苇："我们下一站去哪里？"

"下渚湖国家湿地公园离这里很近，也很有特色，我们去那里吧。"芦苇是团长，方向要他把握。

说走就走，芦苇仨边走边聊，往下渚湖方向赶去。路上，菖蒲忧心忡忡地说："下渚湖在德清，那里的植物是不是讲德语，我们会不会听不懂。"

"不是德语，是乡土语言，有点吴侬软语的味道。我们出来考察学习，既要考察生物多样性，还要学习文化多样性。这才是我们的目的。"芦苇告诫菖蒲。

"我们这次出来，就像一次旅行，不必在乎目的地，在乎的是沿途的风景以及看风景的心情。"青菱说起来总是富有诗意。

芦苇赞叹道："德清德清，有德便清。那是一个山清水秀的地方，上有莫干山，号称小庐山，是国家级风景名胜区，全国四大避暑胜地之一；下有下渚湖，与西溪齐名，是动物中的'大熊猫'朱鹮的保护地。听说还有个裸心谷，风格奇特。"

菖蒲仰望着芦苇，恭维道："芦苇团长，你怎么懂得这许多？以前我还觉得你芦苇是头重脚轻根底浅，嘴尖皮厚腹中空呢。"

"你错了，'头重脚轻根底浅'是墙上芦苇，'嘴尖皮厚腹中空'是山间竹笋。我们芦苇团长虽然长得细细长长的，但是肚子里可肥了，装满了知识。"青菱及时纠正。

芦苇自嘲地笑了笑，摇晃着身体说："有些事情，当我们年轻的时候无法懂得，当我们懂得的时候已不再年轻。"觉得意犹未尽，他又补上一句："只有真心去面对生活，一切才会是美好的。"

这样一路说说笑笑，很快就来到了下渚湖。青菱建议："我们吸取昨天游西溪湿地的教训，不去惊动下渚湖湿地公园的管理层，自己直接去湖中走访就好。"

菖蒲提出异议，他说："下渚湖湖中有墩、墩中有湖、港中有汊、汊中有港、水网交错、千回百转。没有当地植物带路，我们迷路了怎么办？"

"路的尽头，仍然有路，只要你愿意走；有时，看似没路，其实是你该拐弯了。"青菱总是这样诗情画意。

芦苇朝四周看了看，发现不远处的湖边停泊着一条小船，船头坐着湿地植物——荻。芦苇一拍大腿，说："有办法了，我们去包一条船，请荻给我们当向导，问题就解决了。"

芦苇仨急忙忙跑过去，和荻简单交谈后，荻把芦苇仨迎入船里。荻一边将船向湖心划去，一边问："客从何来？到此何干？"

芦苇说："我们仨都来自杭州，到这里来旅游的。"

"杭州是好地方，你们生活在大城市里的植物，真幸福啊。"荻露出羡慕的神色。

青菱一边玩水一边说："城里虽好，不如你们这里好，生活在这里，湖阔天空，自由自在，我们还求之不得呢。"

"就像'围城'，城外的植物想进去，城里的植物想出来。"菖蒲感叹道。

"不说这些了。"芦苇调转话题，问荻："你常年住在下渚湖，对这里的情况一定很熟悉，给我们说说吧！"

获说："好的。"一边划船一边介绍起来。

下渚湖是目前华东地区保存最完整、面积最大的湿地之一，保持着完好的原生态环境，不仅有山、有水、有岛，其湿地动植物资源也十分丰富，非常适合湿地鸟类生活。其中最有价值的要数朱鹮。朱鹮是一种稀有而美丽的中型涉禽，体态秀美，端庄典雅，具有很高的保护价值和观赏利用价值。在历史的长河中，朱鹮是古老的仙鸟。一身羽毛洁白如雪，一双翅膀下侧和圆形尾羽，闪耀着朱红光泽，淡雅而靓丽。她性格温顺，民间视为"吉祥鸟"。2008年，下渚湖引进10只国宝"朱鹮"，"朱鹮易地保护暨浙江种群重建"项目在下渚湖启动。截至2022年，朱鹮人工繁育种群已有359只，这里是全国最大的人工繁育与种源基地。自朱鹮落户下渚湖后，此处的湿地旅游更加兴旺，每到假日，上海、杭州等大中城市的游客纷至沓来，人鸟之间架起了一座和谐共处的桥梁。

小船轻轻掠过悠悠的水面，沿着曲水通幽的湖面前进，芦苇仁坐在船头，放眼望去，但见苇风芦影，山高水长；滩头草地，鹭鸟齐飞；一汪碧水，交相辉映；湖幽神怡，流连忘返。

介绍完自然风光，获继续说："下渚湖历史悠久，人文资源与自然景观相映生辉，远古时代的防风神话闻名遐迩。"

青菱就催获快说说防风神话。

获说："相传在上古时代，下渚湖发洪水，防风氏身材高大，脚用力一蹬就踩出一个下渚湖，既能拦蓄洪水，又能疏通水道，把洪水泄到大海中，救百姓于水深火热之中。大禹治水成功后在会稽山会盟诸侯，防风氏因耽误会期没有赶到被杀。后来，大禹经察访得知，防风氏因苕溪河'泛洪'，指挥抗洪救灾而迟到。大禹后悔不已，为防风氏平反昭雪，敕封其为防风王。当地百姓为了纪念防风氏，每年农历八月二十五日，都会举行盛大的祭祀活动，流传至今形成了防风文化节。"

青菱慨叹道："原来防风文化节是这样的来历，当地还有其他的民俗吗？"

"最有名的要算下渚湖三道茶。"荻回答。

芦苇忙问是哪三道茶？

荻说："下渚湖三道茶分甜茶、咸茶和清茶三种风味迥异的茶道，当你一一品尝过后，或许唇齿留香，或许一生难忘。先说头道茶，有俚歌云：'洪钧一转天为云，纸薄冰莹鸭羽轻，看似平常最珍贵，只馈产妇与亲朋。'这是指一种用糯米做成的食品：镬糍，是地地道道原汁原味的农家特产，是'三道茶'里泡甜茶用的。镬糍是手工制作的，颜色乳白，完整的宛如大碗，碎裂的则像天上片片云朵。镬糍既可干吃，也能加几小勺糖，冲入开水泡软吃，甜甜的，香香糯糯的，入口即化。"

看到菖蒲在流口水，荻越发来劲。他继续说："第二道是咸茶，为下渚湖最具特色的'防风神茶'。当地民间以配料独特的烘青豆咸茶为饮，家家户户浸润古老的乡土茶俗'打茶会'，世代相沿，令世人叹为观止。这道江南咸茶在茶圣陆羽的《茶经》中有记载。"

听到这里，青菱也垂涎欲滴了。荻接着说："这第三道茶是'清茶'，有道是：一碗满口甜，二碗精神爽，三碗促膝拉家常。当品尝了甜茶和咸茶以后，再来吃第三道沁人心脾的'清茶'，才算功德圆满。这'清茶'产自清幽的莫干山高山区莫干黄芽，为稀有的黄茶珍品，其品质可与安吉白茶、长兴紫笋等名茶媲美。莫干黄芽的生长环境得天独厚，群山连绵，生态绿色，吸露吞雾，纯手工炒制自然深受世人青睐，现已获得国家'原产地保护商标'注册。莫干黄芽茶香馥郁，汤色清澈，茶味鲜醇，回味甘甜。在当地，许多毛脚女婿到下渚湖的准丈母娘家时，都要面对准丈母娘用'三道茶'进行考验。"

芦苇开玩笑道："那你荻一定是被'三道茶'久经考验了。"

一句话，听得船上的植物一起哈哈大笑，笑声在湖面上传得很远很远。这样在湖里转了一圈，青菱即兴写了几句诗，是这样的：

> 德清下渚湖，比肩西溪美，
> 湿地面积大，公园级别高。
> 开阔似荡漾，狭窄如港湾，
> 港汊交错来，苇荻随风摇。
> 墩岛布湖面，野鸟聚港湾，
> 水上藏迷宫，湖下存宝库。
> 农夫忙鱼米，蚕女织丝绸，
> 钓翁讲"德"语，朱鹮会外文。
> 春来和风畅，百花齐开放，
> 夏天清风扬，绿荷撑伞盖。
> 秋到苇风影，采菱划小舟，
> 冬至霜风岸，雾散见天际。
> 桑椹天风知，湖水寒暑懂，
> 细雨鱼儿出，微风燕子斜。
> 月上柳梢头，人约黄昏后，
> 青青湖边草，绵绵思故乡。

至此，润园植物在下渚湖的活动也进入尾声。

5　白塔湖湿地

结束了下渚湖湿地公园的考察学习后，芦苇、菖蒲、青菱对下一站去哪里意见不一。芦苇团长就请示留守在润园的荷花。荷花建议考察团就近去诸暨白塔湖国家湿地公园，那里有与众不同的看点。荷花还说，会联系好白塔湖的河柳，让他给你们做向导。

听说白塔湖有新花样，青菱马上来劲了，连忙说："那我们赶快去吧。"

到了白塔湖，当地的河柳看到润园的考察团来了，喜出望外，迎上来又是握手又是拥抱。芦苇说："久闻河柳君大名，今日得见，果然名不虚传。只是这次要麻烦你们了。"

"芦苇团长谬赞了，能迎来你们城里植物下乡指导，是我们的荣幸，求之不得呢。"河柳表现得谦逊有礼。

菖蒲说："早就听说白塔湖湿地别具一格，我们是来学习取经的。"

"菖蒲君太客气了，要说取经，杭州的西溪湿地是老大哥，我们白塔湖还是个小弟弟，没法比。"河柳很低调。

菖蒲说："话不能这么说，每个湖都有其特色，何况白塔湖真的是大名鼎鼎，有句民谣'白塔湖歉收，天下要吃一餐粥'，足见这里是天下粮仓。"

见菖蒲和河柳没完没了地客套，青菱等不及了，他走上前来，拉着河柳的手，说："闲话少说，言归正传，河柳君，你还是先介绍一下白塔湖吧。"

河柳说："好的，你们跟我来吧。"一边走一边介绍起来。

白塔湖湿地位于诸暨市的北部，北连杭州萧山，东接绍兴柯桥，是钱塘江流域保存相对完好的湿地之一。白塔湖是诸暨市最大的湖畈和生态湿地，是诸暨市北部重要的生态屏障，素有"诸暨白塔湖，浙中小洞庭"之美称。

白塔湖国家湿地公园为河网平原，其中有78个岛屿，形态各异，湖内河网交错，自然曲折，呈现"湖中有田、田中有湖、人湖共居"景象，水陆相通。湖内植被除水稻、蔬菜类外，主要有河柳、早竹、桑树、香樟、芦苇、美人蕉、千蕨菜、太阳花、并蒂莲等。另有春季观赏的桃花、郁金香、薰衣草、油菜花；夏季观赏的荷花、紫薇花、水生植物；秋季观赏的木芙蓉、月季花；冬季观赏的水仙花、蜡梅。湿地公园范围内约有4门9纲85科150余种动物，其中草鸮、长耳鸮为国家二级重点保护动物。各种淡水鱼类主要有湖蟹、甲鱼、鲢鱼、鳙鱼等。

白塔湖国家湿地公园的景点主要是一些颇有特色的湖中小岛，有桃花岛、紫薇岛、木芙蓉岛、薰衣草岛、水生植物展示岛、爱心岛等，还辟有芦苇荡、塔湖鹭影、鹭鸟保护区等。

听到有这么多岛，青菱兴奋地说："我们赶快去这些岛上看看吧。"

河柳就带着芦苇仁坐上小船，先来到桃花岛。桃花岛面积76亩，共种植桃花3000株左右，分为红叶碧桃、青叶碧桃、原桃、水蜜桃、白桃、红垂枝桃、白垂枝桃、龙柱碧桃、二乔碧桃、白寿桃、红寿桃、凤仙碧桃、菊花碧桃、中熟油桃、迟熟油桃15个品种。正是阳春三月，岛上遍地桃花，重葩叠萼，姿色艳丽，远远望去，云蒸霞蔚，似红云飘动。除了桃花、莲荷，还有5000多株紫薇，以及草牡丹、郁金香、太阳花、彼岸花、矮牵牛花、大花萱草、兰花三七、长春花、再力花等花草灌木。

青菱看到这么多的桃花，连声赞叹这里真是名副其实的桃花岛。芦苇说："如此美景怎能少了你的诗歌。"

"'桃花一簇开无主，可爱深红与浅红''春来遍是桃花水，不辨仙源何处寻''杜宇青山三月暮，桃花流水一溪云'"青菱口中念念有词，引来大家一阵欢笑声。

看了桃花岛，河柳又带着考察团去香草岛、月季岛、水生植物岛、青塘圩岛等，这些岛各自特色。香草岛内有法国薰衣草、羽叶薰衣草、鼠尾草、迷迭香、郁金香、马鞭草、薄荷等花草，还种有三千多株百合花，主要品种有西伯利亚百合、香水百合、药百合、亚洲百合橙色康巴斯等。月季岛内共种植月季花苗 1 万多株。水生植物岛上有 451 盆缸养荷花，共 198 个品种。青塘圩岛上则是种植了数量众多的水杉树。

沿着这些岛都观赏了一遍，芦苇仨赞不绝口。回到船上，芦苇见河柳脖子上挂着一条项链，圆圆的一颗颗珠子，晶莹剔透，很是好看，就问起来历。河柳说："这是白塔湖一带的特产珍珠做的项链，说起这个是有神话传说的。"

听说有神话故事，青菱忙催河柳说下去。

河柳沉浸在故事里，用手指着对面的山丘，说："现在横卧在白塔湖畔的仙人山，其实是一个天真烂漫的小仙女。小仙女名叫紫薇，在天上待得久了，只知道'种瓜得瓜，种豆得豆'的道理，认为可以'种宝得宝'，于是，就带了很多金银珠宝下凡，寻找可以种宝的地方。当小仙女来到这里时，当时这里还是一片泽国，但在这片泽国的海涂上，袅袅上升的是阵阵紫气。紫薇坚信这里就是她要寻找的种宝之地，就把金银珠宝撒播在海涂里，砸出一个个的宝坑。然后她斜倚在旁边，要看着这些金银珠宝长成玉树琼林。但是她等啊等，就是不见珠宝有发芽长苗的意思，倒是宝坑因了珠宝的重量在慢慢地下沉扩大，变成一个个的小湖。

"小仙女在白塔湖里种宝的事，很快就传开了，于是人们从四面八方涌到白塔湖来挖宝，他们翻遍了整个白塔湖，把淤泥堆到旁边的高地上，小湖挖成了大湖，高地堆成了一个个小岛。小仙女种下的金银珠宝也有被挖出来的，人们把挖出来的金子堆在一起，这个地方就叫金家站，把挖出来的珠宝堆成另一堆，堆珠宝的地方就叫珠家站。这些都是流传至今的地名。

"小仙女在一边高兴地看着这批挖宝的人，她看到了自己种的珠宝虽然没能长出水面成为玉树琼林，却在水下衍生出无穷宝藏。于是小仙女留了下来，守护着这块宝地，她把头枕在珠家站，让自己的眼睛盯着这堆珠宝，身子贴着金家站，沉沉睡去，一直躺到今日。"

"这也就是白塔湖及周围一些村庄的来源，诸暨的珍珠就是小仙女带下来的珠宝衍生出来的。"

听到这里，芦苇仨不约而同拍手叫好，芦苇说："我早就听说这一带富甲一方，原来是因为小仙女带下来这么多金银珠宝，并且还在这里生根开花了。"

青菱心里想，我曾听到过传说，在很早以前，天上失踪了一个小仙女，还带走了不少金银珠宝，开始时，天宫追查过此事，后来时间长了就不了了之，原来小仙女跑到这里来了。想到这里，青菱朝横卧着幸福地睡着的小仙女看了看，决定不去吵醒她，也不把这个消息捅出去，因为小仙女的行动，为天下很多老百姓带来了幸福。

见青菱呆呆地在想着什么，河柳忙问青菱有什么不舒服吗？

青菱这才回过神来，忙说："没事没事，我是在为小仙女祝福呢。"

河柳抬头看看天上的太阳，说："午餐时间到了，我请你们去这里的鱼味馆，尝尝白塔湖特色鱼的味道。"

菖蒲说："那还不快去，我肚子早就在提意见了。"话毕，大家哈哈大笑，笑声回荡在白塔湖畈中，悠扬悦耳。

6　云和梯田湿地

离开了诸暨白塔湖，芦苇带着菖蒲、青菱往南走。菖蒲问："我们这是要去哪里？"

"去云和看梯田湿地。"芦苇回答。

"怎么想到去山区了？"青菱不解其意。

芦苇解释："我们前面已经看了西溪、下渚湖、白塔湖三个国家湿地公园，那三个都是湖荡类型的湿地，今天换换口味，到山区去见识见识梯田。"

"梯田？什么叫梯田？"菖蒲接着问。

"梯田是在丘陵山坡地上沿等高线方向修筑的条状台阶式或波浪式断面的田地。"芦苇这样解释。

"你连梯田都不知道？梯子你总知道吧，就是可以一档一档往上爬的。"青菱取笑菖蒲。

芦苇表扬青菱，说："这个比喻形象的。"

青菱先是洋洋得意，然后又叹了口气，说："我不明白，为什么知道很多道理，却依然过不好这一生？"

"你没看过电影吗？很多人之所以被干掉，就是因为知道得太多了。"菖蒲抓住机会回敬青菱。

青菱装作不在意，自言自语道："为什么有些植物宁愿吃生活的苦，也不愿吃学习的苦？"

"因为学习的苦需要主动去吃，而生活的苦你躺着不动它就来了。"芦苇很实诚，没听出青菱话中有话。

这样说着，云和梯田国家湿地公园很快就到了。芦苇仁请来国家二级保护野生植物野荞麦当导游。野荞麦在这里土生土长惯了，面对从大城市来的考察团成员，一开始有些胆怯。青菱说："我来讲个笑话，北极熊没见过熊猫，刚到动物园遇见熊猫就喊：'告诉大哥，谁把你打成这样的？'熊猫一听很生气，回答道：'天热，带个太阳眼镜还不行？'"果然，笑声过后，野荞麦说起话来从容多了，芦苇仁听得很认真。

云和梯田湿地公园位于云和西南部的崇头镇，湿地资源丰富，类型多样，拥有河流、沼泽、稻田、农用池塘4类湿地，以及"云海""雾凇""飞瀑"等自然奇观。湿地生物资源中，有20个湿地植被群系，296种湿地维管束植物。公园内有国家一级重点保护野生植物南方红豆杉；二级重点保护野生植物有野荞麦、野大豆、凹叶厚朴、香樟、香果树。湿地脊椎动物计有106种，国家一级重点保护野生动物有黄腹角雉、黑麂2种；二级重点保护野生动物有虎纹蛙、鸳鸯、中国穿山甲等23种。

在漫漫历史长河中，这里孕育了梯田文化、畲族文化、银矿文化、女神文化等独特的地域文化。每年芒种季节，这里都会隆重举行"云和梯田开犁节"，祭神田、分红肉、犒耕牛、对山歌、认亲娘等古老习俗重放光芒。云和梯田还是银矿文化的发祥地，以矿洞群、炼银遗址、矿工摩崖题刻为主要内容的"银矿文化遗址"，已成为"国保"大家庭的一员。有诗赞道：春飘条条银带，夏滚道道绿波，秋叠座座金塔，冬砌块块白玉。

芦苇点赞道："云和梯田不愧为中国最美梯田，名不虚传，一年四季景象万千。"

"云和梯田拥有美学价值极高、华东规模最大的梯田景观群，被授予'国家文化遗产抢救与保护实践基地''中国特色旅游最佳湿地''中国最美 40 个景点'等称号。2013 年，央视新闻联播报道了云和梯田冰雪美景，《美丽中国·湿地行》栏目还播出过云和梯田美轮美奂的湿地风光。"野荞麦完全放开了，越说越来劲。

"我觉得这里稻田层叠，与森林、河流、村庄完美组合，如舞动的曲线世界，似绵延的冰雪世界，是鲜活的民俗世界。"青菱不住赞叹。

菖蒲对青菱开玩笑："我知道，一到这里，你一定会诗兴大发。"

野荞麦说："那是的，这里像一位怀抱琵琶的美人，悬挂着唐诗宋词，静卧在洞宫山脉的云遮雾漫里，一颦一笑，楚楚动人。如果你想一睹她的容颜，请到山水家园、童话世界的云和来，循着那一声热情的呼唤，掀开云和梯田神秘的面纱……"

菖蒲问野荞麦："这层层叠叠的梯田是怎么来的呢？"

野荞麦介绍说："云和梯田，是大自然赠予云和的一份厚礼。云和梯田开发于唐初，兴起于元、明，距今已有一千多年历史，总面积 51 平方公里，海拔高度在 200—1400 米之间，跨越高山、丘陵、谷地三个地质景观带，梯田层层叠叠近千层，具有体量大、震撼力强、四季景观独特等特点，是华东地区最大的梯田群，被誉为'中国最美梯田'。景区内拥有梯田、云海、山村、竹海、溪流、瀑布、雾凇等自然景观，千米落差成就千层梯田，万千气象造就万里云海。因其天籁之音般的乐曲，故称为云和。"

说到这里，野荞麦语气沉重起来，他缓缓说道："云和梯田有着一部血与泪铸就的'创业史'，一千多年前，一批畲民从广东潮州府迁到这里，畲民们与当地汉人和睦相处，开山造田，抒写了一部人类征服自然、战胜恶劣生存环境，人与自然和谐共处的动人史诗。云和梯田银矿资源丰富，明王朝曾在这里设立银官局，招揽大批民工，开矿炼银。因大批矿工的涌入和炼银工艺对粮食的巨大需求，朝廷组织矿工大量开垦梯田，耕种粮食。正是千万银矿工人老茧丛生的双手，开辟出举世瞩目的人间奇迹云和梯田。"

青菱啧啧称奇道:"我看这里更像是一幅'山水画'。是山与水精心演绎的中国式童话。"

野荞麦说:"是的,这里背靠广袤的森林,雨水充沛,是一个云雾的世界。她位于云和盆地西南的高山上,水气循环异常活跃。亚热带季风从云和盆地长驱直入,被梯田所在的高山阻挡后,水气迅速抱团成云雾,于是就出现了令人叹为观止的'云海'奇观。当太阳从云海中升起的时候,光芒万丈,使'日出云海'成为经典;云和梯田也是一个冰雪的世界。由于海拔高,冬天气温低,当气温降到临界点时,水气就会结成冰。因此,云和梯田每年都会出现'雾凇'奇观。特别是下雪时,梯田白皑皑一片,千层冰封,万山雪飘,十分壮观;云和梯田还是一个曲线的世界。只要有泥土的地方就有梯田,一级级往上爬,一直爬到山巅;有梯田的地方就有曲线,一层层往上叠,一直叠到云里雾里!云和梯田的曲线忽即忽离,却层层依偎;断断续续,却首尾相连;看似无序,却错落有致……数不清的曲线,是云和人民写在'洞宫福地'的壮丽诗篇。"

青菱感叹道:"我要把这里的一切记下来,回去后写成一本书。"

野荞麦说:"云和梯田本身就是一本'线装书'。云和梯田银矿文化源远流长,银冶虽然早已成为历史,但当年的采矿故事、传说,仍在当地传诵,成为'非物质文化遗产'的重要组成部分。这里的银矿文化在全国具有唯一性,是云和珍贵历史文化遗存。银矿文化、梯田文化一脉相承、共生共荣,她们是云和梯田的一对'姐妹花',是云和梯田的灵与魂。只要打开云和梯田这本线装书,来到开犁节的盛大舞台上,您就会倾听到来自云和梯田的那一声问候,醉倒在来自远古的那一抹浓浓书香中。"

芦苇仁被野荞麦的话触动了,感慨万千。芦苇握着野荞麦的手,说:

"你讲得太好了，谢谢你！来，我们四种植物一起来合影留念。"

　　野荞麦请边上路过的牛鞭草帮忙，自己和考察团成员站在一起。随着"咔嚓、咔嚓"的拍照声，很快，芦苇仨在云和梯田湿地公园又度过了愉快的一天。

7　漩门湾湿地

看了山，就想到了海。润园植物湿地考察团参观了云和梯田湿地公园后，芦苇对同伴说："我们平原湿地看过了，山丘湿地也看过了，接下来去看滨海湿地吧。"

"太好了，哪里有滨海湿地公园？我指的是国家级的。"菖蒲问。

"漩门湾国家湿地公园，我们去那里。"芦苇说出目的地，带着菖蒲、青菱就往海滨赶。

"漩门湾在台州玉环，我对那里的木麻黄和文旦仰慕已久，这次可以见面了，太高兴了。"路上，青菱兴奋异常。

"是不是就是扎根盐碱地，守土砺风沙的那个木麻黄？"菖蒲似懂非懂。

"没错，就是他。我们就请木麻黄当导游吧。"说着，芦苇通过大本营的荷花和木麻黄取得了联系。

到了漩门湾，木麻黄已等在路边迎接了。见木麻黄披着长发，不卑不亢，像个艺术家的样子，青菱由衷赞美道："啊，木麻黄，你傲然挺立于海峡之滨。你是南国的一棵树，一棵极普通的树。你以挺拔的身姿，静静地注视着喧嚣的大海，在浙东南海滨，画出一道亮丽的风景线。在贫瘠的沙地上生长，却铸就你钢铁般的意志。每当台风呼啸而至，你总是抖擞精神，与伙伴们一起，筑成一道抗击风灾的绿色长城。"

木麻黄听青菱这样说，有些难为情。菖蒲埋怨青菱，说："你酸不拉叽，刚见面就吹，弄得人家不好意思。"

芦苇握着木麻黄的手，说："没事的，青菱有诗人气质，看到你木麻黄风度翩翩，诗兴大发，你理解就好。"

一番客套后，木麻黄反应过来，连忙带着芦苇仁来到湿地公园领导办公室，向领导做了汇报。领导说："有朋自远方来，不亦乐乎。"一边吩咐食堂准备午餐，指定要用海鲜招待，一边拿出玉环特产水果文旦，并亲自剥开了一只文旦递给青菱。青菱见这个文旦果实呈扁圆形，果皮黄色光滑，果肉蜜黄色，肉质脆嫩，化渣汁多，味浓清香，甜酸适口。吃了几片后连声赞叹"好吃、好吃"，接着吟出两句诗："多情只有春庭月，犹为离人照落花。"

说笑了一阵后，芦苇说："我们还是去实地看风景吧。"木麻黄就带着芦苇仁沿着漩门湾参观去了。

据木麻黄介绍，漩门湾国家湿地公园地处乐清湾东部，与雁荡山隔湾相望，湿地公园总面积 31.48 平方公里，其中浅海滩涂 7.06 平方公里，水域 16.7 平方公里。包括近海与海岸湿地、河流湿地、沼泽湿地和人工湿地四大类九个型，是世界濒危物种黑嘴鸥在中国的最主要越冬区之一，也是中国围垦工程中唯一的国家级水利风景区。

菖蒲一边看一边问："你们这个公园有什么主要资源？"

木麻黄回答："这里的主要资源包括动物资源、植物资源、水产资源。野生动物资源有 4 纲 16 目 29 种，有鸟类 15 目，41 科，共 167 种，其中水鸟 61 种，省级以上保护鸟类 31 种，有 20 余只有着'水中大熊猫'之称的黑脸琵鹭，还有鸢、苍鹰等国家二级重点保护动物以及国际上的珍稀物种黑嘴鸥。在公园数十个小岛上，千余只白鹭、夜鹭等野生鹭鸟纷纷在水杉林内筑巢安家、繁衍后代。每年的春天，鹭鸟都会飞来湿地搭窝育雏，到了秋天飞走，年年往复如此，为湿地上的绿洲增添了无限生机。这里也成为游客们的观鸟圣地和鸟类摄影爱好者的天堂。"

"主要植物类型有哪些？"芦苇最关心的还是植物。

"植被类型有常绿阔叶林（木麻黄林）、沼生水生植被（芦苇群落）、滨海盐生植被等野生和栽培植物111科，共475种，其中列入国家重点保护野生植物名录的植物15种。优势植被主要有木麻黄桉树林、柽柳群落、互花米草群落、盐地碱蓬群落、白茅群落、芦苇群落、水烛群落、穗花狐尾藻群落等。四季还有油菜花、郁金香、向日葵、荷花、百日草等花草开放。"木麻黄说起植物来如数家珍，一清二楚。

"水产呢？多不多？"菖蒲关心吃的。

"这里是海湾，各种海水产品很多，湿地内有各种鱼、虾、贝、蟹类，还有泥蚶、大蛏、牡蛎、对虾、蛐蟮、海瓜子、海鳗、望潮、海蜇、黄鱼、海豚等海鲜，经济鱼类有106种。"木麻黄一一道来。

"公园里主要景点有哪些？"青菱贪玩。

木麻黄说："公园的主要景点有野鸭部落、海上长城、公社棉田、水寨司台、生态湿地、九眼鱼塘、应公数帆、深浦古渡等。景区附近还有小龙王抗倭纪念碑和潘心元烈士陵园。"

芦苇问："这个湿地公园有什么特色呢？"

木麻黄神秘地说："最近，我们这里首次监测到具有'鸟界国宝'之称的国家一级保护动物东方白鹳。它长嘴、长腿、体态优美、外形有点像鹭、个头却又比鹭大很多，单脚稳当地站立在滩涂上，修长的脖颈'折'成'S'形，深深地埋进胸前浓密的白羽中，全然不被周边的'小伙伴'打扰……两只东方白鹳各站一侧，全身羽毛主要为纯白色，翅膀两侧有黑色斑块，前颈下部有厚厚的长羽，冬季里像是披上了一条白色的围巾，嘴巴呈黑色，往尖端逐渐变细，眼部裸区和脚为红色。它们时而轻啄身体，时而单脚站立休息……东方白鹳从东北地区跨越'千山万水'来玉环'做客'，说明了作为中国生态保护最佳湿地之一，这里的植被绿化高、水域中水草丰茂、食物资源丰富，近些年随着湿地保护修

漩门湾湿地

7

复力度的加大，湿地公园内生态环境越来越好，吸引了越来越多的迁徙候鸟来临时歇脚，成了中国迁徙候鸟青睐的'加油站'，每年10月底到次年4月都会有数万只迁徙候鸟飞抵。除了东方白鹳，还有濒危鸟类黑脸琵鹭和易危鸟类卷羽鹈鹕也会定期'借住'在公园。"

芦苇点着头，若有所思，说："林草兴，则生态兴，生态兴，则各种鸟类都来了。"

木麻黄继续说："东方白鹳是大型涉禽，身长可达1米多，展翅宽度可超过3米，常在沼泽、湿地、塘边涉水觅食，属国家一级保护动物，2018年被列入国际濒危保护动物名录，全球仅存3000只。东方白鹳曾是东南亚地区的常见鸟类，但因非法狩猎、农药和化学毒物污染等因素，种群数量逐渐减少。该鸟类夏季栖息在中国东北地区，冬季跨越2000多公里到东南沿海一带的湿地越冬，来年春天再飞回北方。"

木麻黄指着眼前一望无际的滩涂，接着说："要说我们这里的特色，那就是回归自然与乡野，这里是一个滨海型的国家湿地公园，由于潮汐的作用，这里的物种比其他淡水湿地公园更为丰富，且春夏秋冬四季分明，景色各异。这里的芦苇荡格外醉人，在一人多高的芦苇之间，一条木栈道蜿蜒向前，听着芦苇随风摆动时发出的沙沙声，会有一种回归乡野的感觉。绚丽花海与蓝天碧树勾勒出一幅绝妙的山水风景画，芦苇荡里，鹭鸟齐飞辉映着一汪碧水。人间天堂也不过如此吧！"

青菱笑着说："木麻黄你这招高明，这不是在夸我们芦苇团长吗？"

"去，去，去，此一地彼一地，两码事。"芦苇嘴上这样说，心里还是乐滋滋的。

木麻黄不理青菱说什么，他用手指了指远处的鸟类说："看，那些鸟类，拖着长长的尾羽，悠闲地漫步在滩涂上……"

木麻黄又拿出一摞照片，指着其中一张说："这是'水中凤凰'水雉。水雉是一种中小型鸟类，因羽色亮丽、身材修长而被誉为'水中凤凰'，主要生活在热带及亚热带的开放性湿地中，以昆虫、虾、软体动物、甲壳类等小型无脊椎动物和水生植物为食物。这是一只处于繁殖期的水雉，全身披着黑白相间的羽毛，颈后部是金黄色羽毛，十分醒目漂亮。等到8月末繁殖期结束，水雉会换上黄褐色的冬羽。"

芦苇惊奇地说："你们这里水雉也有了？水雉原是常见的季候鸟，但随着栖息生境的减少，现在中国已非常稀有。水雉出现在你们这里，说明你们这里真是风水宝地啊。木麻黄，要恭喜你们了，你要请客。"

木麻黄听到芦苇在表扬自己，开心得不得了，说："我请客，我请客，晚上我请你们夜排档吃海鲜。"

"我还要吃文旦。"青菱大叫。

"有，有，有，什么都有。"木麻黄满口答应。说罢，大家一起哈哈大笑。

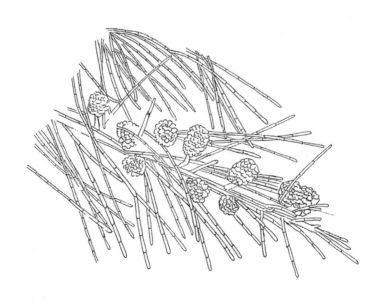

8 杭州湾湿地

润园植物湿地考察团还在漩门湾湿地时，芦苇接到了荷花的电话。荷花虽然留守在润园，但一直关注着考察团的行动。荷花说："清明节快到了，小区里植物要组织活动，你们早点回来吧。"

芦苇把荷兰的指示传达给菖蒲和青菱后，说："我们准备准备回去吧。"

青菱看了看日历，说："还能抽出一天时间，我们回去的路上还可以去看一个湿地。"

"可是，顺路哪里有好看的湿地呢？"菖蒲摇着头。

"还真有，杭州湾国家湿地公园就在回去路上，并且那里还有杭州湾跨海大桥，雄伟壮观，我本来就想着去参观的。"芦苇拍着大腿，猛然想起。

"那还不快去。"菖蒲急不可耐。

考察团一行告别漩门湾湿地的同类，立即出发，很快就来到湿地公园。当地的千屈菜已在大门口迎候多时。青菱见千屈菜花枝招展，清秀耸立，心里喜欢。握手后，也不客套，开门见山问："杭州湾国家湿地公园在慈溪境内，为什么叫杭州湾呢？"

千屈菜解释："因为这块湿地在杭州湾边缘，而杭州湾知名度大，所以就这样取名了。"

听菖蒲问起杭州湾的情况。千屈菜介绍道："杭州湾位于浙江省东北部，西起海盐县澉浦镇和上虞区之间的曹娥江收闸断面，东至扬子角到镇海角连线。与舟山、北仑港海域为邻。西接绍兴市，东连宁波市，北接嘉兴市、上海市。有钱塘江、曹娥江注入，是一个喇叭形海湾。湾口宽约 95 千米，自口外向口内渐狭，到澉浦为 20 千米，海宁一带仅宽 3 千米。自乍浦至仓前，七堡至闻家堰一带水下形成巨大的沙坎（洲），长 130 千米，宽约 27 千米，厚约 20 米。北侧金山卫至乍浦之间的沿岸海底有一巨大的冲刷槽，最深约 40 米。"

"听说杭州湾跨海大桥很气派，我们先去大桥上见识见识吧。"芦苇建议。

千屈菜带着芦苇仁来到桥上，一边观赏一边介绍。千屈菜说："以前杭州湾上面是没有桥的，后来相继建成了杭州湾跨海大桥和嘉绍跨海大桥。杭州湾跨海大桥北起海盐郑家埭，南至宁波慈溪水路湾，全长 36 公里，是世界上第二长的跨海大桥，比连接巴林与沙特的法赫德国王大桥还长 11 公里。嘉绍跨海大桥北起嘉兴海宁，南接绍兴上虞，与杭甬和上三高速公路交汇。两条跨海大桥建成后，对杭州湾两边的交通带来了极大的便利，推动了沪杭甬经济的发展。"

芦苇仁欣赏了杭州湾大桥的雄姿，观赏了波澜壮阔的杭州湾海面，一边听千屈菜介绍，一边不停点赞，对杭州湾沿线经济快速发展赞叹不已。站在桥头，放眼看去，杭州湾国家湿地公园内茫茫湿地，一望无际。

千屈菜指着前面无边无际的滩涂、沙洲、湿地说："这个湿地公园位于杭州湾新区西北部，跨海大桥西侧，总面积 43.5 平方公里，是中国八大盐碱湿地之一，世界级观鸟胜地。它是由全球环境基金（GEF）和世界银行合作支持下的第一个项目。这里是集湿地恢复、湿地研究和环境教育于一体的湿地生态旅游区。湿地类型丰富，包括沿海滩涂、离岸沙洲和塘内围垦湿地，其中沿海庵东滩涂被列为中国重要湿地名录。杭州湾湿地属于典型的海岸湿地生态系统，是东南亚最大的咸水海滩湿地之一。它是澳大利亚至西伯利亚候鸟迁徙线上重要的'中转站'，每年有上百种几十万只候鸟在迁徙途中经过此地。"

"这个湿地主要有哪些景点？"青菱对此最感兴趣。

千屈菜回答："生物的多样性、珍贵性及湿地资源的丰富性，吸引了湿地国际、全球环境中心、世界湿地与野禽基金会等国际组织的关注。杭州湾湿地公园共分为五个功能区域，分别是湿地教育中心和展示区、涉禽和游禽活动区、处理湿地区域、水禽栖息地区域、鹭鸟繁殖地及有林湿地区域。有'长廊曼回、溪影花语、天鹅戏晖、乌篷樵风、碧沙宿鹭、蒹葭秋雪、麋鹿悠游、镜花水月、林光罨画、巢林鹬归'十大景点。"

听说有十大景点，青菱催着千屈菜带他们去。千屈菜带着芦苇仁游览了上述十景，连见多识广的芦苇都被湿地公园的辽阔所感染，芦苇问："看来这里主要的保护对象是鸟类。"

千屈菜说："是的，这里湿地鸟类资源十分丰富，记录有鸟类220余种，隶属于18目45科，包括近危鸟种青头潜鸭、罗纹鸭、黑尾塍鹬、白腰杓鹬、大杓鹬和震旦鸦雀，脆弱鸟种卷羽鹈鹕、遗鸥和黄胸鹀；还有被列入国家重点保护野生动物名录的普通鵟、红隼、环颈雉和小杓鹬。鹭鸟数量最多，白鹭、苍鹭、夜鹭，鹭鸟齐飞，让你真正感受鹭鸟天堂的壮观，另外，还有环颈鸻、金眶鸻，群居浅滩；红嘴鸥、青脚鹬，展翅翱翔，勾勒出一幅和谐恬静的自然画面。"

菖蒲问："为什么湿地会有这么丰富的鸟类资源呢？"

千屈菜说："这是因为湿地是候鸟从西伯利亚迁徙至澳大利亚的重要中转站，这里植物资源丰富，水生植物众多，如千屈菜、黄花鸢尾、再力花、菖蒲、香蒲、旱伞草、睡莲，良好的生活环境为鸟儿提供了越冬的食粮，吸引着鸟儿们在此停留栖息。"

此时正当傍晚时分，但见夕阳西下，鹬鸟归巢，树林阴翳，鸣声上下。菖蒲感叹道："这里真是游人去而禽鸟乐也，是一个名副其实的其乐融融的鸟的天堂。"说到这里，菖蒲指着青菱说："青菱兄，面对此情此景，你的诗兴到哪里去了？"

青菱脱口而出："杭州湾畔泥滩涂，而今湿地换新天。芦花绽放千堆雪，柳岸萌发万缕烟。十里海堤迎潮涌，百丘草毯待云眠。公园重现桃源境，从此鸿雁不北迁。"

千屈菜大声叫好。芦苇说："这里看得差不多了，荷花来催了，我们回润园去吧。"

谢过千屈菜后，芦苇仨离开杭州湾湿地公园回杭，结束了润园植物这次的湿地考察。

9　森林公园

润园植物湿地考察团回来后，在小区不同场合作了宣传。外面的世界本来就很精彩，再加上青菱等添油加醋的一渲染，在润园植物中引起了极大的反响。这天早上，在植物晨会上，青菱又在那里妙语连珠，最后他说："湿地是地球之肾，我以前不相信，现在理解了。"

"那森林是水库、钱库、粮库，现在又加了一个'碳库'呢。"乌柏听青菱说得烦了，就拿森林来岔开话题。

"你说这话什么意思？"青菱不依不饶。

见青菱揪着不放，乌柏只好继续说："比起森林公园，湿地公园不算什么，起码数量上没得比。"

听到乌柏提到森林公园，在场的植物"呼啦"一声全围上来，大家七嘴八舌地议论开了，意思是湿地植物能去考察湿地公园，那我们陆生植物也该去森林公园看看。说了一阵后，又为谁去谁不去争了起来。

银杏和枫香也在现场，但他俩都说服不了大家，就带着问题去小区植物业委会找香樟王汇报。香樟王听明白事情的缘由后，说："森林公园是好地方，我支持小区植物派代表去学习。"

银杏说："关键是派谁去，大家都想去，为此争得不可开交呢。香樟王您来决定吧。"

"不能我来决定。"香樟王摇了摇头，语重心长地说："民不患寡而患不均，不患贫而患不安。就是说，我们做任何事，一定要有民主意识，强调平等，从群众中来到群众中去。"

"我觉得，民主是重要，但也离不开集中，民主集中制是最好的。"枫香提出自己的看法。

"我们现在要解决实际问题，如何确定哪几种植物出去。"银杏有些急了。

"你还没有理解我的意思，老百姓看重的是主人翁精神，就是要让大家充分参与，公平竞争，谁有能力谁上。"香樟王盯着银杏说。

"我懂了。"银杏说着，拉着枫香的手又来到小区公园。

公园里，植物们还在争吵。银杏、枫香挥着双手让大家静下来。银杏站到台上，高声对大家说："刚才我和枫香一起去与香樟王商量，决定采用现场竞争的方法确定首批去森林公园的植物，第一次出去的名额是三个。"

植物们鼓掌欢呼。狗尾草问："现场竞争？怎么个竞争法？"

银杏说："由我和枫香分别出有关森林公园的知识题，大家来抢答，答得既快又好的前三名胜出。"

"为了体现公平，银杏、雪松、沙朴、枫香、水杉、广玉兰，以及柳树、桂花、枇杷、茶叶、松树、桃树不参与竞争，因为他们都曾经出去过了。"枫香宣布。

"我认为这次是去森林公园，湿地植物也不要来争了，因为他们的代表已经去过湿地公园了。"乌桕提出建议，还故意朝青菱看看。

大多数植物鼓掌通过，狗尾草催银杏快出题。银杏说："那好，我问的第一个问题是：什么叫森林公园？"

"森林公园是以良好的森林景观和生态环境为主体，融合自然景观与人文景观，利用森林的多种功能，以保护遗产资源、弘扬生态文化、开展森林旅游为宗旨，为人们提供具有一定规模的游览观光、休闲度假、保健疗养、科学教育、文化娱乐、野外探险等活动的场所。"毛竹抢先回答。

"回答正确。"枫香说："我出的第二个问题是：森林公园的等级是怎么分的？"

红叶石楠笑着说："这个我知道，森林公园的等级分为三级，国家级、省级、市（县）级。"

"谁能回答浙江省森林公园的概况？"银杏继续提问题。

"我来说。"乌桕站起来，有条不紊地说："浙江省是最早建设森林公园的省份之一，自20世纪80年代起步至今，经过近四十年的建设和发展，走出了一条富有浙江特色的森林公园发展之路，森林公园旅游收入稳居全国第一。目前，全省共有省级以上森林公园128处，其中国家级森林公园44处，分布在11个设区市70个县（市、区），总面积36.5万公顷，约占全省陆域面积的3.5%。"

公园里爆发出一阵掌声，植物们纷纷为乌桕叫好。银杏点点头，接着说："乌桕回答得很到位。既然浙江有这么多国家级森林公园，谁能说出其中一部分呢？"

"我来说说看。"毛竹扳着手指头一个个报出来："千岛湖国家森林公园、大奇山国家森林公园、富春江国家森林公园、午潮山国家森林公园、青山湖国家森林公园、紫微山国家森林公园、天童国家森林公园、竹乡国家森林公园、雁荡山国家森林公园、溪口国家森林公园、九龙山国家森林公园、双龙洞国家森林公园、华顶国家森林公园、兰亭国家森林公园、香榧国家森林公园、玉苍山国家森林公园、钱江源国家森林公园、铜铃山国家森林公园、花岩国家森林公园、龙湾潭国家森林公园、遂昌国家森林公园……"毛竹一口气报出了21个，引得一片点赞声。

"所谓公园，一定要有风景资源，森林公园风景资源基本质量评价是如何进行的呢？"枫香抛出了新问题。

乌桕回答："森林公园风景资源分为地文资源、水文资源、生物资源、人文资源和天象资源五类。每类资源各包括五项评价因子，按评价因子间的相互地位和重要性确定评分值，评分值之和为该资源类的权数。"

红叶石楠接上去回答："地文资源包括典型地质构造、标准地层剖面、生物化石点、自然灾变、名山、火山熔岩景观、蚀余景观、奇特与象形山石、沙（砾石）地、沙（砾石）滩、岛屿、洞穴及其他地文景观。"

"水文资源包括风景河段、漂流河段、湖泊、瀑布、温泉、小溪、冰川及其他水文景观。"青菱虽然没资格参与森林公园学习，但他对水文熟悉，回答问题还是可以的。他答出水文资源后，乌桕对青菱的大度表示赞赏。

"生物资源包括各种自然或人工栽植的森林、草原、草甸、古树名木、奇花异草、大众花木等植物景观；野生或人工培育的动物及其他生物资源及景观。"黄山栾树对生物资源了解透彻。

"人文资源包括历史古迹、古今建筑、社会风情、地方产品、光辉人物、历史成就及其他人文景观。"桂花懂人文，所以她被评为杭州市花。

向日葵对天象最敏感，她说："天象资源包括雪景、雨景、云海、朝晖、夕阳、佛光、蜃景、极光、雾凇、彩霞及其他天象景观。"

枫香数了数，这个问题一共有 6 种植物参与回答。枫香说："看来这个问题比较难，但在大家的共同努力下，问题得到了很全面的回答，说明我们润园植物协作精神好，是个团结友爱的集体。"

"别说这些了，继续出题吧。"狗尾草因为前面的问题一个也没有答出，心中着急。

枫香和银杏商量，决定见好就收，现场竞答结束。接下来统计成绩，乌桕、毛竹、红叶石楠分别回答出 2 个问题，青菱、桂花、黄山栾树、向日葵各回答出 1 个问题，况且青菱、桂花一开始就规定是没有资格的。据此，银杏宣布说："经现场公开、公平、公正竞争，乌桕、毛竹、红叶石楠胜出，成为首批森林公园学习团成员。大家没有异议就鼓掌通过。"

植物们齐声欢叫，鼓掌通过。乌桕、毛竹、红叶石楠高兴得手舞足蹈，拱手致谢。没能选上的植物觉得乌桕仁是凭实力取胜，心服口服，纷纷对他们表示祝贺，现场气氛活跃，其乐融融。

10　天童森林公园

润园植物通过公开选拔，确定乌桕、毛竹、红叶石楠三种植物组成考察团，去浙江省各地对国家级森林公园进行考察学习。结果一出来，乌桕、毛竹、红叶石楠就聚在一起商量起来。

乌桕先说："这次我们难得有这样的机会，乔灌草组合在一起出去考察学习，我觉得身上的担子很重，压力也很大，我们一定要共同努力，很好地完成任务。"

"且慢，你刚才说乔灌草组合，你乌桕是乔木，我红叶石楠算灌木，难道毛竹是草本？"红叶石楠满脸疑惑。

"毛竹是不是草本，让毛竹自己说。"乌桕示意毛竹解释。

毛竹摇晃着身子，乐呵呵地说："所谓乔灌草之分，都是人类弄出来的，他们认为，草本和木本区别的关键要看是否有'年轮'。木本植物每过一年，茎干的横断面便增添一圈同心轮纹，然而锯断竹子看，里面却空空如也。由此可知，竹子是'草'，而非'树'。另外我们竹子属禾本科多年生常绿植物，与稻、稗等同属一科，所以将我们归入草本类。对这种划分，我们竹子是持保留意见的。但归类不重要，我们全心全意为人民服务的宗旨是不变的。"

"我懂了，毛竹的境界太高了，我红叶石楠一定要好好向你学习。"红叶石楠连声称赞。

"有你们这样的思想觉悟，我们这次一定能出色完成任务。"乌桕放心了。

"还有什么问题？你接着说吧。"毛竹提醒乌桕。

"关于我们这次出去的名称问题，因为无论从年龄、资历、地位、影响力等方面看，都不适合叫考察团，但叫什么好呢？你们俩都说说。"乌桕提出新问题。

"这个好办，我认为也是低调点好。"毛竹朝红叶石楠看看，笑着说："我们有红叶石楠在啊，她可是著名的植物主持，我们就叫采访团吧。采访这种事，对红叶石楠来说，还不是小菜一碟。"

乌桕征求红叶石楠意见，红叶石楠同意以采访团为名，并表示自己可以多做些具体的采访工作，但这个团长必须乌桕担任。

乌桕笑着说："好吧，那我就挂个团长虚名，业务工作主要你们来做，我为你俩做好服务。"

"我们第一站去哪里？"毛竹喜欢直来直去。

乌桕考虑了一会儿，说："我们先去天童吧。"

"为什么先去天童？"红叶石楠觉得要先了解清楚。

"因为天童森林公园是浙江省第一个森林公园，有特殊意义。"乌桕解释道。

"我记得全国第一个森林公园是湖南张家界森林公园。"红叶石楠想起来。

"是的，张家界是独一无二的，是由当时的国家计委批的，但天童森林公园是由当时的国家林业部批的，那次同时批了 16 个，浙江就天童一个，时间是 1982 年。"乌桕记忆力真不错。

"那到现在正好 40 年了，是值得采访宣传。"红叶石楠明白了。

"那我们还不快去。"毛竹是个急性子。

到了天童，见到古松夹道，红叶石楠掏出纸笔，对着马尾松古树就采访起来。红叶石楠说："苍松，您好，您德高望重。我记得王安石在这里当县令期间，曾多次入住天童寺，留诗曰：'村村桑柘绿浮空，春日莺啼谷口风。二十里松行欲尽，青山捧出梵王宫。'非常生动地描绘了周边乡村及苍松夹道的美丽景象。但现在似乎二十里松不复存在，您能介绍一下吗？"

苍松摇头叹息道："沧海桑田，变化万千。过去是过去，现在是现在。如今的古松只剩山门至寺院这一小段了，这一段能保留下来已是万幸。"

"这是为什么？"采访团大惑不解。

"很早以前的事就不提它了，近几十年来，因万恶的松材线虫病危害，很多地方的松树损失惨重，我们这些古松是人们花很大的代价才保护下来的。"苍松慨叹不已。

乌桕示意红叶石楠多提开心的事。红叶石楠心知肚明，就调转话题请苍松介绍这里的森林植被。

说起公园里的植物，苍松如数家珍，他介绍说："天童国家森林公园位于宁波市鄞州区境内，公园三面环山，主峰太白山，海拔约653米。'天童千重秀，丛林十里深'。这里除亚热带常绿阔叶林外，还有常绿阔叶落叶阔叶混交林、落叶阔叶林、常绿针叶林、竹林和次生山地灌丛等。有种子植物149科1064种，其中蕨类24科114种，苔藓植物37科105种，有古树名木750株，有天目木兰、香果树、浙江楠、金钱松、银杏、花榈木等，还有药用植物119种。代表性植物乔木有栲树、木荷、石栎、青冈；灌木有莲蕊茶、山矾、隔药柃、窄基红褐柃、马银花、檵木；地被植物有里白、山莓、狗脊、箬竹等。"

"哪野生动物呢？"红叶石楠问。

"公园内有国家二级保护以上的野生动物红嘴相思鸟、雀鹰、猫头鹰、穿山甲等。光鸟类有16目45科142种，主要为隼形目、鸮形目、鹃形目、佛法僧目等猛禽及攀禽，而鹳形目、鸽形目、鹤形目、雁形目等涉禽及游禽则相对较少；雀形目84种，主要为鹎科、鸫科、莺科、画眉科等森林鸟类以及鹡鸰科、雀科、鹀科等农田鸟类。"苍松对动物也了如指掌。

"景观方面怎么样？"毛竹插进来问。

"景观好得很啊。看你们远道而来，我带你们边走边看吧。"苍松看着乌桕仁，说："森林公园以优美的自然景观和历史人文古迹相结合，形成了天童二寺三关十景。二寺即天童寺、阿育王寺。三关即万松关、铁蛇关、清关。十景为深径回松、凤岗修竹、玲珑天凿、太白云生、清关喷雪、双池印景、西涧分钟、东谷秋红、平台铺月、南山晚翠。"

"太好了，那我们先去看天童寺。"红叶石楠建议。

来到天童寺，苍松指着四周及寺院，介绍说："'群峰抱一寺，一寺镇群峰'，这就是天童寺。它建于西晋永康元年，号称'东南佛国'。为佛教禅宗五大名刹之一。天童寺傍山而筑，层层递升，建筑宏伟。有天王殿、大雄宝殿、千佛阁、御书楼、回光楼、返明楼、钟楼、法堂、六草堂、戒堂、罗汉堂等20多幢古建筑群。这里有宋状元张孝祥的宋碑，有明崇祯年间铸造的'千僧锅'，有清朝顺治、康熙、雍正皇帝的诏书、玉玺、御笔，有顺治所赐的'鎏金药师铜佛'，有罗汉堂石刻画像，有20世纪30年代铸成的重达7.5吨并铸有81卷《华严经》的大钟等。天童寺是佛教临济宗的重要门庭，是日本曹洞宗的祖庭。"

参观了天童寺，红叶石楠说："因时间关系，阿育王寺我们就不去了，请苍松前辈介绍一下吧。"

苍松有求必应，说："阿育王寺为中国禅宗名刹，至今已有1700多年历史，现存建筑为清代所建。因寺内珍藏佛国珍宝'释迦牟尼真身舍利'而闻名中外。寺院坐北朝南，平面布局由南而北次第升高，整座建筑以天王寺、大雄寺和舍利殿为中心，左右翼分，形如凤凰展翅，气势雄伟。寺内完整地保存着建筑、绘画、雕刻、园林、书法、碑刻等灿烂的古代文化艺术和文化古迹。有《大唐阿育王寺常住田碑》，苏轼撰《宸奎阁记》碑和宋状元张久成撰写的《妙喜泉铭》碑等。阿育王寺在中日文化交流史上有重要地位。唐天宝年间，鉴真第二次东渡日本未成，曾住在阿育王寺为高僧们讲道受戒。"

"您介绍下天童三关吧。"乌柏把话题扭过来。

"万松关自少白岭脚起，到天童寺门前，青松夹道，绵延十余里。铁蛇关即少白岭，这里有座'五佛镇蟒'，传说唐代会昌年间，天童寺高僧心镜禅师用此塔镇毒蟒。清关是天童寺外万工池畔的一座桥，有'清关喷雪'景观。因时间关系，我只能简单这样说几句。"苍松摊开双手，露出无可奈何的神情。

"我们去看天童名胜十景吧。"红叶石楠提议。苍松就带领采访团去名胜十景都走了个遍。红叶石楠将所见所闻都做了记录。

深径回松：深径回松为入寺松径，从"优虎亭"至"景倩亭"，全长1.5公里。高大参天的千年古松，故有"一路寻幽数碧峰，林荫路转忽闻钟。到来坐听涛声壮，半是溪流半是松。"的赞誉。

凤岗修竹：寺东有青凤岗，山脚幽径，凤尾修竹婆娑蔽空，传说曾有凤来仪，乃名。盛夏涉此，清凉沁人。

清关喷雪：清关桥引双池水，溪流横溢，瀑布飞溅，似雪喷涌，遂成胜景。传说有青蛇盘桓，与万松、铁蛇合称天童三关。

玲珑天凿：十景中以玲珑天凿最著名。"洞天东诸峰，太白最居上，其中玲珑岩，小有洞天旷。"从寺右石砌步道进森林公园石牌楼，循石砌山径拾级而上，沿途有听涛亭、玲珑洞、玲珑岩、甲寿泉、甲寿坊、磐陀石、悟心洞、飞来峰、拜经台、善财洞、观音洞等景点，数步一景，峰回路转，步步升高。玲珑天凿洞奇、石怪、峰险、玲珑精巧，宛若天成，山坡上浓绿锁幽，林木葱郁，藤蔓遍生。登上飞来峰可鸟瞰东南群峰及天童寺全貌。石阶尽处，攀岩可上太白峰顶，观看天童森林公园苍山如海的大自然景观。

东谷秋红：太白山东谷旧时枫林向晚，至深秋，叶红如血，壅塞山谷，似霞似荼。四周青山中，裹挟红枫，景色如画。

太白生云：寺旁太白山为鄞东第一高峰，晨昏岚霭缭绕；阴雨云雾如蒸，清风拂云，穿壑出岫，犹如青峰吐云，有漫舞鲛绡之姿。

南山晚翠：古山门前，有南山如屏，晴日黄昏，夕阳映照，翠色愈浓，其时游人乘兴而归，意外又见一景，别有一番滋味。

西涧分钟：寺西有涧，又称罗汉沟，苔滑林深，流水淙淙，有千年古藤钩挂两岸，称罗汉藤。此处夜阑人静，梵钟鸣响，越涧至灵珑岩，有回声反传，似两岸各鸣钟声，地以涧分。

双池印景：寺有内外万工池，旧为放生池。池水清澈，游鱼可数，碧瓦朱檐倒映池中，有入桂宫之佳趣，传说曾有观音现世于玲珑岩，为双池倒映，平添一层神奇色彩。

平台铺月：寺内藏经阁前有石砌晒经台，开阔平坦，宛如玉台，皓月临空，青光铺地，其四周重山迭嶂厚重如寮，满台银辉则突兀光明，幽境中别具一番圣洁。此外，唐代的狮子柏，明代的罗汉藤，似从天而降的觉磐石都各具特色，天趣自成，为名刹增添古色天声。

这样一圈走下来，天色已晚，润园植物对天童森林公园的情况也大致清楚了，采访团第一天的活动宣告结束。

11　四明山森林公园

润园植物采访团离开天童森林公园，前往四明山。至于第二站为何选择四明山森林公园，乌桕解释道："四明山曾是全国十九个革命根据地之一，也是中国南方七大游击区之一。在抗日战争和解放战争时期，为中国的革命事业作出了不可磨灭的贡献。曾有无数革命志士在这里留下了感人的故事。选择去四明山，有其特殊意义。"

"乌桕团长总是有理由的，昨天去天童森林公园有特殊意义，今天来四明山也有特殊意义。"红叶石楠半开玩笑半认真。

"四明山和天童都在宁波，不是也离得近嘛。"乌桕补充道。

"没有关系，我们听你便是了。"毛竹很耿直。

坐在车上，一路无话，迷迷糊糊中，四明山森林公园快到了，毛竹醒过来，脱口说道："四明山是好地方，我先念四句：又到四明山，风情不一样。山下似烤箱，此处盖棉被。"

红叶石楠忍俊不禁，笑了出来，说："你这个算什么诗？"

"你念几句给我听听？"毛竹不服气。

红叶石楠说："念就念。"说着摇头晃脑地朗诵起来："一年二上四明山，三面云海四边雾。五颜六色遮不住，七转八弯何所惧。九里青松十里枫，百丘千岗皆网红。万亿花草来打卡，遍地精灵升紫烟。"

乌桕数了数这首诗，有数字一、二、三、四、五、六、七、八、九、十、百、千、万、亿，就说："诗虽然不敢恭维，但用的这些数字还有点意思。"

"和乌桕团长肯定不能比，要不你也来一个？"红叶石楠使出激将法。

乌桕宽厚地笑着说："我不懂诗，只能说几句赞四明山：晴赏奇松怪石，阴观云海变换，雨觅流泉飞瀑，雪看玉树琼枝，风听空谷松涛，雾辨茫茫细雨，屋如天上广寒，路似华山绝顶。"

这样说笑着，车到甘竹岭，乌桕仁一下车，当地的金钱松就迎了上来，少不了一顿客套话。乌桕赞叹道："你们看，四明山上金钱松，树木高大如关公，树干苍劲似张飞，叶形秀美赛赵云，叶色变化像刘备。金钱松春季嫩绿，夏季翠绿，秋季金黄，冬季落叶后其枝条遇严寒挂上雾凇，便成为晶莹透亮的玉树。太美了。"

"惭愧，惭愧。"金钱松脸都红了。

"我们开始工作吧。"红叶石楠掏出纸笔准备采访。

"你们跟我来吧。"金钱松领着采访团往景区走，边走边介绍说："四明山因其山峰顶有个'四窗岩'，日月星光可透过四个石窗洞照射进去，故称'四明山'。四明山国家森林公园位于四明山腹地的余姚、海曙、奉化、嵊州、上虞五市区，总面积 6665 公顷。公园山峰起伏，岗峦层叠，海拔在 600-900 米之间，主峰金钟山海拔 1018 米。这里森林群落异彩纷呈，动物家族众多，有常绿阔叶林、柳杉长廊、金钱松林、柏木林、黄山林，还有万亩红枫林和各种鸟类。园内物种丰富，有植物近千种，动物 106 种。维管束植物有 150 科 547 属 974 种，其中有国家一级保护植物南方红豆杉，国家二级保护植物金钱松、榧树、长序榆、榉树、野大豆、七子花等 6 种。野生动物主要有野猪、獐、松鼠、斑羚、刺猬、猪獾、穿山甲等，鸟类主要有鹁鸪、雉鸟、画眉、猫头鹰等，爬行动物主要有五步蛇、眼镜蛇、石蛙、石龟等。"

介绍到这里，金钱松停下来，看到红叶石楠都记下来了，自豪地接着说："公园内可晨观日出，夕眺晚霞，阴看云海蜃楼，冬赏雪景雾凇。

雾凇出现于公园内的各个景区，为华东一带罕见的天象景观。冬季时，漫山雾气升腾，凝成闪亮的银屑，点点滴滴堆嵌在高山之巅的树木之上，或绣出各式各样的冰凌花，或结成钟乳石笋般的冰挂。遍山的花草树木，恍若银枝玉叶。这时的四明山俨如天上广寒宫，海中珊瑚岛。"

来到位于公园接待中心四明山庄东侧的深秀谷景区，两个一大一小的人工湖分布在景区内，分别称"深湖"和"秀湖"。湖边绿树掩映，湖水碧绿澄清，宁静深秀，故而称为深秀谷。绵长的森林石步道环湖而筑，步移景易，曲折幽深。林荫深处，山间湖畔，散落着各式精巧的亭台水榭：灵芝亭、含翠亭、深秀亭、将军亭、林湖涵碧、林荫水榭、举足腾云等。

站在将军亭，乌桕仁对这里的秀美景色赞不绝口。连不擅诗词的乌桕都诗兴大发，脱口而出道："举足腾云将军亭，林湖涵碧深秀谷。云浮岗上飘蓝天，人在林下闻鸟鸣。"

金钱松先是点赞乌桕，接着说："我们去鹁鸪岩吧，那里更是别有洞天。"

从四明山庄出发，步行约 2 公里的崎岖山路，沿溪涧而下，幽静的山谷里不时传来鸟儿啼鸣声。金钱松介绍说："鹁鸪岩是因为传说有鹁鸪鸟在这里啼鸣而得名。"流水的尽头是断崖，水冲下至崖谷就成了颇有气势的瀑布，但在山崖上只见其声不见其影。从山崖旁边的小路可直抵山谷，迎面是一道峭壁，落差大约 20 米的瀑布在谷底半月形的洞口前，形成了四五米宽的水帘，注入洞前的圆形水潭。

"洞口宽 35 米、高 3 米，洞内深 11 米，可容纳 300 多人。这个拥有瀑布加岩洞的双重景观，有专家称之为'中国最大'的水帘洞。"金钱松介绍，这里的溪流长年不息，到了冬天，水帘就变成了冰帘，流水凝结成一条条长长的冰柱，悬挂在洞外，晶莹剔透，更为壮观。

鹁鸪岩地处四明山深处，地势险要。当年新四军浙东游击纵队司令部就曾用这个山洞储藏物资、隐蔽伤员。北撤后，共产党人曾在一段时间内，带着一部电台以此为指挥部，及时接收来自延安的命令，与敌人展开顽强斗争。可以说，这个水帘洞还见证了一段光辉历史。采访团来到实地感受，都被它的奇妙所折服。

离开鹁鸪岩，又到了商量岗景区。红叶石楠好奇地问："这个商量岗，听名称就很有意思，有何来历？"

金钱松解释道："民间传说，晋代有三位仙人相聚仙人桥，商量建寺大计，开拓四明山佛地，商量后，智能、静空、目空三位高僧，分头建寺。结果智能向南到雪窦山建宝山寺，静空赴'四明山心'建杖锡寺，目空到鄞县建灌顶寺，后来均成浙东名刹。乡人为纪念他们在此商议，便称商量岗。奉化方言称'商量'为'相量'，故又称相量岗。"

商量岗风景区由避暑山庄、商量历史展示区、森林瀑布广场、拓展基地、森林攀爬、自然攀岩、垂钓乐园、森林氧吧、小木屋、健康步道、休闲度假村、仙人桥等20个景点组成，分为蒋宋遗迹寻踪游、月光小屋逍遥游、拓展健身仙境游和森林狩猎野趣四条游览线。

一天采访下来，乌桕仁对四明山的森林资源赞不绝口。金钱松说："四明山森林公园丰富的林木资源，得益于宁波市林场几代人坚持不懈的努力，通过几十年的艰苦奋斗，才将过去遍地荒山秃岭变成如今的林海花园。"接着，金钱松举了几个林场职工艰苦创业的例子。

"这些人太伟大了，我一定要将他们宣传出去，为后来者树立榜样。"红叶石楠奋笔疾书。

"是啊，当你真心想做一件事的时候，全世界都会给你让路；当你只想试一试的时候，总能找到不去努力的借口；当你连尝试都不愿意的时候，便能找到一万个不做的理由。"毛竹感慨万千。

看看天色已晚。金钱松说："我们回场部去吧，柳杉、柏木、红枫等植物还等着你们共进晚餐呢。"说完又问红叶石楠一天采访下来有何感想。红叶石楠笑着说："我用几句诗做总结：白云飘山岗，峰峦藏民舍。青山行不尽，绿水去何长。大美四明山，秀丽商量岗。晨行深秀谷，夜宿甘竹岭。"

说完，大家都会心地笑了，笑声回荡在四明山深处，传得很远很远。

12 植物晨议

润园植物清晨来到小区公园聚会时，发现沙朴满脸的不高兴。广玉兰问："沙朴，一大早的，你这是怎么了？"

沙朴见好友广玉兰问他，就气呼呼说："还不是被西方媒体气的。"

"能被媒体气成这样？到底发生了什么事？"植物们都觉得奇怪，围拢在沙朴周围，催他把事情说出来。

"我早晨看到一篇文章，是西方某媒体发的，声称'中国每年强迫种植数亿棵新树'，指责这简直是在'犯罪'。你们听听，这说的是什么胡话？"沙朴怒气冲冲，把自己看到的报道简要说了一遍。

"按照这篇报道的思路，是说中国每年种植数亿棵新树，但把这些新树种下去之前并没有征求这些树的同意，这数亿棵树是在不一定自愿的情况下被种植的，却全部被中国人强迫种在地里了。言外之意，是说中国种树有罪，因为中国每年强迫数亿棵新树被种植，这很显然侵犯了树权。是这个意思吧？"雪松边分析边问。

"就是啊，说中国侵犯了树'自由被种植'的权利，强迫树木劳动，这属于犯罪，因此中国需要反思自己这种野蛮的行为。多荒谬啊！"沙朴余怒未消。

知道了沙朴生气的原因，植物们七嘴八舌议论开了。桂花说："我们把他们想得太好了，没想到他们这么坏。强迫新树被种植这种罪名都能想得出来，真是刷新三观了，简直是舆论战的奇迹，匪夷所思啊。"

"欲加之罪何患无辞，我早就看明白西方媒体的嘴脸了。"杜英哼了一声，似有先见之明。

"不是听说欧美是言论自由的吗？难道言论自由就可以胡言乱语？"无患子摇着头，觉得不可思议。

"沙朴，别生气！像这种无聊的事，我都懒得去理它。前几年，他们指责中国使用一次性筷子是摧毁森林，破坏环境；后来又说中国荒漠绿化工程种树过多，会导致人类资源枯竭；更有甚者，还说中国种植水稻会产生温室气体，造成全球气候变暖，导致人类灭亡。"黄山栾树列举出几个案例，直言其荒诞不经。

"一句话，就是让我们饭也不要吃，空气也不要吸。我们做什么都是错的，只有被他们殖民才是对的，这是什么逻辑？都什么年代了。"紫薇实在听不下去。

"此路是我开，此树是我栽，要想从此过，留下买路钱。典型的强盗逻辑。"月季花告诉紫薇。

"我倒要问问，美国和澳大利亚经常发生森林大火，烧毁森林无数，他们有没有征求过烧毁的森林？难道这些被烧毁的森林是自愿的？"茶花觉得滑稽可笑。

"不要告诉我，美国每年死于枪击案的人是自愿的。"芦苇冷笑不止。

"让他们问问，印这篇文章时有没有问过纸的意见油墨的意见印刷机的意见，发到网站时有没有问过键盘的意见'显示器的意见'路由器的意见？"狗尾草愤愤不平。

枫杨静静地听着，看大家说得差不多了，他反向思维，问："那中国每年种植几亿棵树，这些树是高兴呢还是痛苦呢？"

"你什么意思？"沙朴对枫杨怒目而视。

雪松领会到了，他说："中国所种的树当然高兴了，你看这些树都长得活泼可爱的就说明问题了。"

"那我们就向世界宣布，中国人没有强迫树木被种植，不存在侵犯树权的问题，每年种植树前都征求过树的意见，树们是自愿被中国人种下去的。不信的话，你们可以自己来问。"枫杨说出了自己的想法，引来一阵掌声。

"我记得以前乔治·华盛顿曾说过：'你的生活深度取决于你对年幼者的呵护，对年长者的同情，对奋斗者的怜悯体恤，对弱者及强者的包容。因为生命中总有一天，你会发现其中每一个角色你都扮演过……'可是你们看看现在，他们竟然会堕落到如此地步，可悲啊。"水杉感慨万千。

"他们堕落倒也罢了，可是我们这里，还是不少'精美''精欧'者，认为月亮是外国的圆，空气是外国的甜，生活是外国的自由。该醒醒了！"荷花痛心疾首。

"算了，不要周旋于消耗着你的关系里，远离那些总是带给你'情绪污染'的人和事，跟烂人划清界限，去和相处起来觉得轻松舒服的人来往，跟在乎你的人相爱，我们的热情和爱是有限的，一定要投放在真正值得的人身上。我们走自己的路，做自己的事，让他们去说吧。"枫香说出这一番话，在场的植物觉得有道理，就不再谈论此事，转而商量起其他事情。

13 华顶森林公园

听说润园植物采访团要来，华顶森林公园的植物们兴奋不已。天台鹅耳枥，浙江七子花、樱果朴、黄山松、青钱柳、云锦杜鹃、云雾茶等植物聚在一起，七嘴八舌商量起来。

谈到如何准备采访，植物们意见不一。黄山松认为不需要做什么准备，他说："我们华顶国家森林公园，是天台山国家风景名胜区的中心，面积达5.8万亩，峰峦叠嶂，如千叶莲花，有七十二峰之胜。主峰高1098米，云海茫茫，有'南国雪域'之誉，为旅游休闲避暑胜地。是唐诗之路的重要一站，李白在此写下千古名篇《天台晓望》。"

青钱柳同意黄山松的观点，他补充说："华顶山有奇峰怪石异瀑幽洞，峰有华顶、归云、天柱等名峰；石有护法神龟、羲之笔、灵芝石、赤龙玉玺、浴龙戏珠、女娲石、龙床、龙门等50余处怪石；瀑有石梁飞瀑、小铜壶滴漏、铁剑泉等奇瀑；洞有黄经洞、归云洞等幽洞；还有惠泽潭、双龙潭、蛙鸣潭等8处碧潭；方广金溪河谷风光及华顶日出、云海、雾淞、雨淞等气象景观。华顶素以观云揽日、品茗探幽赏奇花著称。如此美景，随便找地方陪采访团去看看，定能让他们赞不绝口。"

和黄山松、青钱柳的洋洋得意相反，天台鹅耳枥、浙江七子花、樱果朴等植物比较低调。樱果朴说："润园植物采访团来自大城市，是见过大世面的。他们先前去的天童、四明山国家森林公园都各有特色，不见得比我们差，我们千万不能沾沾自喜。"

"是啊，有备无患，多做准备总没有错。"天台鹅耳枥支持樱果朴，认为汇报材料一定要先弄好。浙江七子花、云雾茶也站在樱果朴这边，并强调要有华顶特色。

见大多数植物想法和自己不一样，黄山松也不再固执己见。他转而问："我们这里，由谁出面接受采访为好？"

"云锦杜鹃，华顶一绝，非她莫属。"樱果朴用手一指，众植物一齐看过去。但见这云锦杜鹃树高丈余，龄逾百年，古朴苍劲，枝繁叶茂。众植物皆喝彩。

樱果朴接着说："在华顶拜经台、避暑山庄和华顶寺周围，广泛分布着高山云锦杜鹃，每年五月，淡红、嫩黄之花竞相开放，花大而艳，一树千花，广袤数十亩，望之似锦若霞。树之古、面之广、花之盛，实属少见。"

"云锦杜鹃古称'娑罗'，属杜鹃花科，为中国特有的稀有珍贵树种。虽然很多地方都有，但成片成林面积近300亩，而且树龄在200年以上形成古树群，则惟有天台华顶独有，堪称天台山的一大植物奇观。"浙江七子花补充道。

"惭愧，你们夸得我不好意思了。"云锦杜鹃嘻嘻笑着。

天台鹅耳枥说："云锦杜鹃出名了，我们也跟着沾光。请云锦杜鹃自我介绍一下，我们都记下来，可以发在朋友圈里显摆显摆。"

云锦杜鹃摇着头，不肯说。云雾茶说："我和云锦杜鹃常年在一起，是同在云端的好朋友，太了解她了，她不好意思说，那我来说。"

据云雾茶介绍，华顶云锦杜鹃是一种常绿、高大的灌木，高约四五米，树冠浑圆，主干分明，旁枝逸出。叶片革质，形似夹竹桃叶，正面墨绿油亮，背面有鹅黄色茸毛。花蕾形如鸽蛋，顶生伞状花序，自头年7月孕蕾至次年5月花开，足足"十月怀胎"。每个花苞会开七至十二朵花，颜色有大红、粉红、白色、紫色等。盛开时花大如碗，灿若云霞，所以叫它云锦杜鹃。一树千花，似牡丹、似芍药、似芙蓉，绚丽夺目，馨香袭人。用云锦杜鹃盆栽点缀宾馆、小庭园和公共场所，因其姿色艳丽，娇媚动人，使人流连忘返。如摆放居室的窗台、阳台或客室，亦因其灿烂夺目，异常热闹，增添欢乐气氛。

没等云雾茶介绍完，黄山松挥挥手道："不用多说了，就让云锦杜鹃代表我们华顶植物接受采访吧。"

"云锦杜鹃，你汇报材料初稿出来后，我们一起通稿吧。"青钱柳拍着云锦杜鹃的肩膀说。

云锦杜鹃很要强，接受任务后，马上行动起来，又是实地踏勘，又是查找资料，不分昼夜全身心投入，但写出来的材料总是欠火候，自己都不满意。这天晚上，云锦杜鹃正在考证清初张联元写红踯躅的诗："翠岫从容出，名花次第逢。最怜红踯躅，高映碧芙蓉。琪树应同种，桃源许并秾。无人移上苑，空置白云封。"云锦杜鹃想到，诗里的红踯躅是云锦杜鹃的别名，但诗人不了解，云锦杜鹃性喜寒，适宜生长在高山上，如果把它移栽到上苑去，反而没有生长在高山上合适。像华顶山，即使在盛夏酷暑也凉爽宜人。所以，华顶山适宜云锦杜鹃的生长，是享誉全国的云锦杜鹃生长地之一。自古就有立夏前后到华顶山上赏云锦杜鹃的习惯。

由于连日劳累，云锦杜鹃想着想着竟扑在桌子上睡着了。睡梦中，云锦杜鹃看到有一个人朝自己走来。

"你是谁？"云锦杜鹃问。

"我是七仙女。"来人答。

"你找我有事吗？"云锦杜鹃很好奇。

来人慈祥地看着云锦杜鹃，说："我来给你讲一个故事。"没等答复，来人坐在桌边就讲了起来。

很早以前，天上有七位仙女下凡在华顶山落脚，决心把华顶山打扮一番。她们到处种花，每种一次，就把当地老百姓找来问："这种花怎么样？"被问的人见是当地常见的花，就摇摇头说："不怎么样。"于是，七位仙女就一种一种地换，一遍一遍地问。可被问的人还是说："见多了。""蛮平常。""不见得好。"

七姐妹因为种不出特别让老百姓喜爱的花，感到很沮丧。有一年立夏时，七姐妹中的小妹硬拉着住在半山腰的一位老药农上山，说她在高山上种了一株花，是世上少见的鲜花，让老药农一定上山去看一看。

老药农常年在华顶山上行走，什么样的花没有见过！只是觉得姑娘盛情邀请他，不便扫了她的兴，只好跟着她上山。他一边走一边想，要是真的能见到一种世上少有的花就好了。可是到山上姑娘种花的地方一看，到处都是一丛丛常见的杜鹃花，根本没有见到姑娘所说的世上少有的鲜花。老药农大失所望，正待转身往回走，谁知刚刚转身，他的面前却出现了一丛不同寻常的杜鹃花。那盛放的花朵如同牡丹，却开得比牡丹更显姿色。老药农在山上这么多年，还真没见过这么好看的杜鹃花。他想问那位姑娘，却已遍寻不得。正待叫，却听到从花丛中传出来"咯咯咯"的笑声。老药农以为姑娘藏身在花丛中，俯下身去，却听得见笑声看不见人。他恍然大悟，这丛花就是那位姑娘变的。

老药农早就听说过七仙女下凡华顶山的事，他断定变成这样漂亮的杜鹃花肯定是仙女中的一位。因此，他开始仔细打量起来，这一细看，还真的让他看出了很大的遗憾。原来，花很漂亮，但花的枝干却很平常，是普普通通的杜鹃花的枝干。老药农左看右看，怎么看怎么不顺眼，一边摇头，一边叹惜，心里却默默地为这丛世上少有的鲜花设计起不同一般的枝丫来。不知不觉中，他把自己融进了花丛，使自己变成了花的枝干。

就这样，华顶山上出现了枝干苍劲、花朵盛放的云锦杜鹃。人们说，那花，是七仙女变的；那枝干和根，是老药农变的，可入药。

听到这里，云锦杜鹃惊疑道："如此说来，你七仙女是我们的祖先了？"见来人点头承认，云锦杜鹃抱住七仙女泪如雨下。

七仙女怜爱地擦去云锦杜鹃的泪水，说："听闻你为准备采访材料竭智尽虑，我来帮你一把。华顶山的文化底蕴太深了，我将知道的都告诉你，你可一一记下来。"说着，七仙女从李白说起，一直说到徐霞客，将古代文人墨客在华顶山留下的故事都叙述了一遍。也许是后来七仙女说得快了些，云锦杜鹃来不及记录，心中焦急，大叫一声，醒了过来，才知是做了个梦。

说来也怪，此梦一做，云锦杜鹃似打开了任督二脉，脑洞大开，写起材料来如行云流水，一气呵成。像李白名篇《天台晓望》："天台邻四明，华顶高百越。门标赤城霞，楼栖沧岛月……"，以前总记不住，梦后如印在脑子里，灵感源源不断而来。到第二天早晨，汇报材料写成，云锦杜鹃将其发到华顶森林公园植物群里，博得了一片叫好声。现在万事俱备只欠东风，翘首以待润园植物采访团到来。

14　雁荡山森林公园

　　来自杭城润园小区的乌桕、毛竹、红叶石楠仨植物，在雁荡山国家森林公园会议室，和公园植物雁荡润楠、雁荡三角槭、南方红豆杉、银杏、水杉一起座谈采访。

　　当雁荡润楠说到雁荡山国家森林公园位于浙江省乐清市东北部，处于雁荡山风景区的核心地带。辖区内有净名、灵峰、灵岩、大龙湫、雁湖等五个林区9个护林点时，被红叶石楠打断了。

　　红叶石楠说："我有一个问题，我知道雁荡山是著名风景区，而你刚才说到森林公园在风景区的核心地带，这个森林公园和风景区到底是一种什么样的关系？"

　　"这个问题提得好，我来解释一下，我说的不一定对，你们大家可指正。"雁荡润楠想了一会儿，接着说："在我们国内很多地方，同一个地方有不同的名称，风景名胜区、自然保护区（保护小区）、森林公园、湿地公园、地质公园、海洋公园等往往存在交叉重叠的情况，比如我们这里，既是'国家重点风景名胜区'，又是'国家森林公园'，还有'世界地质公园'的称号。"

　　"怎么会出现这样的情况？我都弄糊涂了。"毛竹插问。

　　"这是因为多头管理引起的，比如风景名胜区是旅游主管部门管理的，森林公园、湿地公园是林业主管部门管理的，自然保护区和环保部门相关，海洋公园和海洋渔业部门有关，总之，同一块地，有不同主管单位，各个部门按自己的标准做规划，就形成了交叉重叠。"雁荡润楠回答。

"雁荡山森林公园和雁荡山风景区是同一个地方，无非有不同的叫法，我这样理解对吗？"毛竹还是似懂非懂。

"不对。"雁荡润楠摇头否定。"雁荡山风景区范围很大，雁荡山森林公园不过是风景区里面很小的一部分。但就是这小部分地方，却是风景区里风景资源最好的部分。"

"这又是为何？"毛竹更加糊涂了。

"这是历史原因造成的，新中国成立后，很多地方将一些偏远不便的地方划为国有，成立国有林场，由林业部门主管。这些地方往往风景资源较好，加上林场长期以来的植树造林及资源保护，为后来国有林场创建森林公园打下了基础。雁荡山森林公园实际上就是雁荡山林场的范围。"雁荡三角槭出来解释。

"森林公园和风景区的关系如何协调？"乌桕忧心忡忡。

"是有问题。"雁荡三角槭犹豫了一会儿，还是开口说："雁荡山风景区管委会是处级单位，雁荡山林场是县局下面的股级单位，曾经有段时间，为了便于管理，管委会主任上兼林业局副局长（副处级），下兼雁荡山林场场长，这个恐怕也是少见的。"

"好在现在上层认识到了这些问题，现在正在搞自然保护地优化整合，就是一个地方只能有一个自然保护地，一块牌子，一个机构，彻底解决这个问题。"水杉信心满满。

"如果能够做到这样就太好了。"回过头来，雁荡三角槭有点不好意思地对乌桕仁说："你们觉得奇怪吧？这种情况你们城里不会有吧？"

乌桕摇着头，说："不奇怪，我们能理解，我们城里，各种各样的牌子更多，什么文明城市、卫生城市、园林城市、森林城市、花园城市等等，叫都叫不过来。"

"是啊，我前段时间去所在社区办事，发现小小一个社区，墙上挂满了各个部门发下来的奖牌，整面墙都挂不下。"红叶石楠摇头叹息。

"扯远了，扯远了，还是言归正传吧。"乌桕调转话题。

"刚才说到哪里了？我继续汇报。"雁荡润楠微笑着，接着说："雁荡山因'岗顶有湖，芦苇丛生，结草为荡，秋雁宿之'而得名。雁荡瀑布多为条形飞流，悬空而泻，因风作势，绰约多姿。众多瀑布中，以大龙湫最负盛名。此瀑高190米，是我国落差最大的山岳飞瀑之一。盛水季节，飞瀑奔泻似白龙狂舞，旋风般直捣瀑下深潭，声嚣如雷。少雨时节，似罗纱徐徐垂下，化作潇烟雨，凌空飘洒。凡到雁荡山的游客都以一睹大龙湫为'开平生眼界'。一水流经三处危崖陡落的三折瀑，每折背景造型皆筒形峭壁，瀑布如珠帘摇曳，遇光从外口射照，五彩缤纷，尤其是中折瀑，极富'珠帘掩翠楼'的情趣。"

"雁荡山以水为奇？"毛竹不理解。

"不是的，雁荡山是中国十大名山之一，根植于东海，山水形胜，以峰、瀑、洞、嶂见长，素有'海上名山''寰中绝胜'之誉，史称'东南第一山'。开山凿胜，发轫于南北朝，兴盛于唐宋。"雁荡润楠回答。

"雁荡山人文荟萃，古今许多文人墨客、学者仕宦曾游历雁荡山水，留下大量的摩崖石刻和诗文画卷，为雁荡山水润色增辉。古代有谢灵运、沈括、徐霞客、王十朋等，近代和现代有康有为、郁达夫、郭沫若、黄宾虹、张大千等，都为雁荡山留下了许多珍贵的名篇佳作。共存摩崖石刻达300多处。"雁荡三角槭补充道。

"我们还是谈谈属于森林公园的景色吧。"红叶石楠掏出纸笔，准备记录。

"森林公园按自然地块分为净名游览服务区、真际游览科教区、雁湖游览避暑区、飞泉休养游览区、大龙湫游览区、灵岩游览区及灵峰游览区等7个区域，其中灵峰夜景、灵岩飞渡、大龙湫瀑布为雁荡三绝。"雁荡润楠接着一个个景区介绍起来。

净名景区位于雁荡山三折瀑、灵岩景区之间，邻近响岭头服务中心，规划范围东起林场办公楼、西至阳刚峰、南起游丝嶂、北至铁城嶂，规划面积约30公顷。景区以自然景观为主，不仅具有雁荡山风景峰、嶂、瀑、洞四绝交辉、天下奇秀的总特征，而且以净名峡谷及其两侧的铁城嶂、游丝嶂为代表，峡谷幽深清净，两嶂对峙争雄，独具"幽、净"之特点。

大龙湫景区包括大龙湫及能仁两部分，即大龙湫的整个汇水地段，总面积为9500公顷。大龙湫连云嶂环列成城，雄峻凝重，有一种坚实利落之美，配上飞龙直下的大龙湫，使人感到一种高远而飘逸的空间美，与灵峰、灵岩形成不同感受。能仁寺的景观特征是宁静而秀丽，其浓厚的田园风光与大龙湫的雄奇造成强烈对比，使游人精神放松、愉悦。

雁湖景区位于森林公园的西部，南邻大龙湫，北接显圣门，西连梯云谷，东通芙蓉镇的丹灶里。建设的重点范围是雁荡山的发祥地——雁湖岗，即原雁荡林场雁湖林区范围，面积约150公顷。

真际游览科教区位于灵峰游览区的北部，与仙溪南阁交界，以南北两坑为主要组成，区内保留"真际桂花林"遗迹。

飞泉休养游览区位于风景区南部，以古刹飞泉寺为中心，周围一带森林茂盛，飞泉岭一路松林，微风吹过，阵阵松涛，岭上保留着罗汉松群落等一批古树名木，环境幽静宜人，是休养保健和文人学者创作的佳处。

灵岩环境雄浑壮丽，景色以"清、幽、秀、绝"著称，"雁荡冠天下，灵岩万绝奇"，为雁荡风景三绝之一。入谷后，经林荫夹道，便可见山峦包围中的灵隐寺，寺前有高达260米的天柱、展旗两峰相对而立。转寺后，经修竹曲径可达小龙湫，沿踏阶可上龙鼻洞。

灵峰游览区以观赏奇峰异洞为主，也是雁荡风景三绝之一。灵峰和倚天峰相并高耸，因形若合掌而称"合掌峰"。灵峰夜景更令人流连忘返，主要有夫妻情深、犀牛望月、雄鹰展翅、婆婆羞转脸等夜景。

　　看到采访团对灵峰夜景特别感兴趣，南方红豆杉说："天色已晚，我们食堂已准备好晚餐，现在我陪你们去用餐，晚上由银杏陪你们去欣赏灵峰夜景。"

　　"好啊，客随主便。"乌桕仁说笑着，跟着南方红豆杉往食堂走去。

15　钱江源森林公园

采访完雁荡山森林公园，红叶石楠问乌桕："我们下一站去哪里？"

"去钱江源国家森林公园好不好？"乌桕征求采访团同行意见。

"钱江源？这个钱江是指钱塘江吗？"毛竹很好奇。

"是的，钱江源就是指钱塘江的源头，这个森林公园位于浙江省开化县齐溪镇。开化县地处浙、皖、赣三省七县（市）交界，北靠黄山，东连千岛湖，西依三清山、婺源，是森林科考、生态旅游、休闲度假的'金三角'，是人人向往的天然氧吧、休闲胜地。"乌桕仔细解释。

"钱塘江是我们的母亲河，我们是喝钱江水长大的，去这里采访特别有意义。"毛竹首先表态同意。

见红叶石楠似有不同想法，乌桕进一步说："并且那里还正在建设国家公园，在浙江是独一无二的。"

"国家公园？是像美国'黄石国家公园'那样的吗？这个我感兴趣。"红叶石楠被说服了。

乌桕告诉同行，国家公园是指国家为了保护一个或多个典型生态系统的完整性，为生态旅游、科学研究和环境教育提供场所，而划定的需要特殊保护、管理和利用的自然区域。前几年，中国设立了10个国家公园体制试点，分别是三江源、东北虎豹、大熊猫、祁连山、湖北神农架、福建武夷山、浙江钱江源、湖南南山、北京长城和云南普达措国家公园。浙江省选择开化钱江源作为国家公园试点地，可见开化钱江源的生态环境多么优质以及保护钱塘江源头的重要性。

"既然如此，我们快去吧。"毛竹急不可耐。

润园植物采访团来到钱江源森林公园，在当地向导带领下，对传奇的七叶莲花塘景区、人称"江南第一飞瀑"的大峡谷景区、世外桃源景区、爱情圣地枫楼坑景区转了个遍。重点观赏了飞天瀑布、百丈魔崖、九瀑十八潭、古松闻音等景点。其中落差约 120 米，呈 4 级的飞天瀑布；悬崖高达 200 米，石壁如削、深不可测的百丈魔崖；九瀑同源，形态各异的九瀑十八潭；石滩泉擎天苍松傲立，倚松可闻潺潺瀑布声。都给采访团留下了深刻印象。

向导自豪地介绍说："钱江源峰峦叠嶂、谷狭坡陡、岩崖嶙峋、飞泉瀑布、潺潺溪流、云雾变幻、古木参天、山高林茂、珍禽异兽众多，自然资源、人文资源极为丰富。因其生态美景荣获'浙江最美生态景观''浙江省十佳避暑胜地'等荣誉称号。钱塘江之发源地的名声使森林公园独具吸引力，其浓郁而独特的地方特色吸收了众多游客。"

"我们感受到了'钱江源头、林茂树古、峰雄瀑飞、人文点缀'的主要特色，正如诗中所云：碧水淙淙入海流，钱江千里是源头，老林密树皆天趣，原始风光待客游。"乌桕说到这里，觉得意犹未尽，补充道："这充分说明了绿水青山就是金山银山的道理。"

红叶石楠一边观赏一边记录，还不时赞美道："这里远离车水马龙的喧嚣，亦无灯红酒绿的浮华；这里山水间时有时无的鸟鸣，农舍忽远忽近的犬吠鸡啼不时传来，还有浮桥、曲堤、湖光、田园尽收眼底；这里是理想的世外桃源。"

毛竹不甘落后，也夸赞："这里是河的源头、云的故乡、花的世界、林的海洋、鸟的乐园。我就想着能在这里安下心来，享受着与青山绿水为邻，和油菜花香为伴的生活。"说着，感慨万千，诗兴大发，随口吟道："谷雨时节百花开，桃红柳绿农夫忙，最是春色撩心神，一路风景一路情。"听得大家哈哈大笑。

晚上，采访团独处时，乌桕对同行说："钱江源的自然风光好是肯定的，但我们出来采访，不能只看表面，而要注重实质。"

"你有什么新想法？"毛竹疑惑不解。

"我们去老百姓家里看看，那里一定能了解到实情。"乌桕的提议得到同行的支持。

第二天上午，采访团成员扮成游客，谢绝东道主陪同，来到林区一户农家讨口水喝。屋里走出一位老农，很是热情，请乌桕仁进屋里坐，并端上茶来。乌桕仁道谢后，就和老农攀谈起来。

乌桕问起老农现在的生活，老农表示很满意，老农说："我家祖祖辈辈都生活在这里，深知'天育物有时，地生财有限'的道理，也知道'草木荣华滋硕之时则斧斤不入山林，不夭其生，不绝其长也'，'竭泽而渔，岂不获得？而明年无鱼；焚薮而田，岂不获得？而明年无兽'等朴素的观念。"

红叶石楠问老农："现在和以前相比最大的区别在哪里？"

老农说："最大的区别就在于现在的领导重视生态环境了，以前是开荒种粮，现在是退耕还林。我们这里是钱塘江的源头，上面的领导经常来宣传，什么良好生态环境是最公平的公共产品，是最普惠的民生福祉。对人的生存来说，金山银山固然重要，但绿水青山是人民幸福生活的重要内容，是金钱不能代替的。你挣到了钱，但空气、饮用水都不合格，哪有什么幸福可言。现在我们这里的山林全部划为公园，一草一木都要保护好。政府发给我们公益林补偿金，我家里一年光公益林补偿金就有几万元，游客多了，村里很多人都搞起了农家乐，或者去景区承包个小卖部，卖些土特产，也可以去打工，挣一份固定工资。总之，现在的收入比以前在山上种玉米、番薯的收入强多了。还是党的政策好，让我们偏远山区的老百姓也过上了好日子。"

说到这里，老人满意地笑了笑，继续说道："听说我们开化作为国家公园试点，以后会有更多保护环境的优惠政策出台，我们的好日子还在后头呢。"

红叶石楠连连点头，说："是啊，是啊。"

正当他们说着话时，从外面跑进来一个男孩，连声叫着"爷爷、爷爷"，并扑到老农的怀里。那男孩约莫10岁，生得聪明伶俐，十分讨人喜欢。老农摸摸小孩的头，对乌桕仁说："这是我的孙儿，在开化城里住，读小学三年级。今天放假，回老家看我来了。"

毛竹正想了解一下这方面的情况，就问了小孩一些问题，包括小学上几门课、课业负担重不重、考试成绩怎么样等问题。男孩都一一做了回答，并且言谈举止非常有礼貌，毛竹赞不绝口。

老农对毛竹说："我也不知道孙儿学得怎样，客人到此旅游，想必是大城市来的人，可否出题考一考他？"

毛竹询问小孩愿意否，小孩马上点头同意。毛竹就出了下面这道题：甲，乙、丙三人中，有一个医生、一个教师和一个警察。已知乙比警察年龄小，丙和医生不同岁，医生比甲年龄大，请你判断甲，乙、丙分别是什么职业？

没想到，毛竹出题后不到一分钟，小男孩就报出了答案：甲是教师、乙是医生、丙是警察。

毛竹大为吃惊，心想小男孩估计是蒙出来的，就要小男孩解释是怎么算出来的，

小男孩说："根据已知条件，丙和医生不同岁，医生比甲年龄大，凭这两条可立即得到医生是乙的结论，根据医生比警察年龄小，医生比甲年龄大这两条，可知警察年龄最大，是丙，剩下的教师就是甲。"

毛竹频频点头，连说："对的，对的。"毛竹又问小男孩："这道题你们班里有多少人可以做出来？"

小男孩说："这道题我们班同学大多数都可以做出来。"

这时，门外有小朋友来招呼小男孩去玩。小男孩朝爷爷看了看，老农说："去吧，去吧。"

小男孩叫了声"叔叔再见"，就欢快地跑出去玩了。

红叶石楠给同行使着眼色，借机和老农道谢告别。走出农舍，毛竹问红叶石楠："怎么不问了？"

红叶石楠笑着说："还问什么，不是已经很清楚了。"

回到住处，红叶石楠写了一篇通讯稿，历陈浙江农村政通人和，人民生活安定；生态文明建设、美丽乡村建设、小康社会建设卓有成效；年少一代勤奋好学，国家前途不可限量。结论是天佑中华，定能实现中国梦。

这篇稿子后来得了奖，此处按下不表。

16　千岛湖森林公园

谷雨季节，春光明媚，山川都披上了黛青色的外衣，显得格外生机盎然。润园植物采访团离开钱江源，顺着溪流往下走。毛竹问团长："我们这是要去哪里？"

乌桕微微一笑道："'西子三千个'知道吗？"

"当然知道，不就是淳安千岛湖嘛。"毛竹回答。

"西子三千个，群山已失高；峰峦成岛屿，平地卷波涛。记得这是郭沫若写的诗。"红叶石楠补充道。

"是的，我们去千岛湖国家森林公园吧。"乌桕边走边说："我功课做好了，千岛湖被誉为'天下第一秀水'，位于杭州——千岛湖——黄山黄金旅游线中段的淳安县，东西距杭州、黄山各100公里。千岛湖是由新安江水电站拦江大坝蓄水而成的人工湖，因湖内有大小岛屿1078个，故名千岛湖。千岛湖国家森林公园总面积9.5万公顷，是中国面积最大的森林公园之一。其中山地面积4.17万公顷，水域面积5.33万公顷，水域面积是杭州西湖的108倍；蓄水量为178亿立方米，是杭州西湖的3184倍，融山、水、林、岛于一体，风光秀丽。"

"我对千岛湖仰慕已久，这次能够一睹芳容，真是太好了。"毛竹拍手称快。

到千岛湖后，森林公园指派当地名茶千岛玉叶为导游，先陪同采访团去景区观赏。红叶石楠看着千岛玉叶感觉很面熟，问："你怎么和西湖龙井长得很像?"

千岛玉叶哈哈笑着说:"我们本就是同类,长在西湖边就是西湖龙井,长在这里就叫千岛玉叶。只是你们城里植物命好,锦衣玉食金贵得很。"

"话不能这么说,我们还巴不得来你们这里生活呢,你看,蓝天白云,空气多好。"毛竹满脸羡慕。

"我以前没有看到过千岛玉叶真身,但是却品茗过茶香。千岛玉叶外形扁挺似玉叶,叶肥芽壮露白毫,色泽绿翠呈嫩黄,香气清鲜持久,滋味鲜嫩醇厚,叶底嫩匀成朵,汤色清澈明净。好茶,好茶。"乌桕伸出大拇指夸赞。

"谬赞,谬赞。"说笑几句后,千岛玉叶回归主题,介绍说:"这里有丰富的森林动植物资源,据调查有高等植物1830种,其中木本植物有810种,野生花卉有498种,属国家重点保护的植物有18种。这些森林植被大多是水库建成后,经封山育林、天然更新和人工造林而形成的。丰富的植物种类组成了复杂多样的森林景观。森林亦是珍禽异兽、昆虫的栖息之所,公园内野生哺乳类有68种,鸟类有100多种。有黑熊、云豹、鹿、白颈长尾雉、白鹇、鸮鸟、天鹅、鸳鸯等珍稀动物,还引进了狒猴等动物,使千岛湖充满了勃勃生机。"

"你带我们去看湖吧。"毛竹急不可待。

千岛玉叶带着采访团,坐上游船,向着湖心而去。抬头仰望浩瀚湖面,低头俯视清碧湖水,乌桕仁啧啧称奇。导游介绍说:"千岛湖湖面宽阔,山环水拥,山中有湖,烟波浩渺,犹如仙境。湖水澄碧晶莹,属国家一级水体。湖面开阔,视野宽广,远观可见水天相接,起伏的山峦若隐若现。狭窄处,山重水复,曲折幽邃。西湖之秀,太湖之壮,千岛湖兼而有之,人们赞誉'千岛湖水人间稀'。"

船行湾转景变,扑朔迷离,神奇莫测,妙趣横生。千岛玉叶指着星罗棋布的岛屿及奇特的湖湾，自豪地说："千岛湖除了碧水，就是数不清的岛屿。鸟瞰千岛湖，像一只展翅的金凤。那一千多岛屿或散而跌落湖中，若块块翡翠，伶仃独居；或聚而列成群岛，似堆堆碧玉，有的像腾舞的青龙，有的似跃然而起的烈马，时而双峰对峙，时而锦屏挡道。船到岛前，峰回路转，错落有致，有岛皆秀，有水皆绿，奇特的湖湾组成了一幅幅似相隔实相连的山水长卷。"

船在湖心荡悠，千岛玉叶指着蓝天白云，豪情满怀地说："在森林、水体与岛屿的共同作用下，千岛湖的气象变化万千，清晨时，水、岛、天一色，迷茫而神秘；随着'初日照高林'，林、岛、石、湖一览无遗。此时湖平如镜，天上彩云在水中徘徊，岛屿与湖岸群山倒影在湖里，一色青青，情意缱绻；夕阳西下时，当云层豁然开朗之际撒出它最后的光芒，将群山染成一片紫绛。"

船在一码头靠岸，千岛玉叶带领乌桕仁登上小岛，指着山上奇丽多姿的峰岩洞瀑，说："湖区山体岩石以砂岩、页岩、板岩、石灰岩、紫砂岩为主。这些岩层经历多次构造运动，升降沉浮，并受气候影响，形成颇具特色的峭岩怪石，分布有赋溪石林、羡山石景、桂花岛、铁帽山等，其中以绵延十余里的赋溪石林最奇特。千姿百态，气势雄伟，真可谓是鬼斧神工，惟妙惟肖，令人赞不绝口。石灰岩山地溶洞也分布较多，洞内多有石笋、石幔、石峰，形状各异，玲珑剔透，五彩缤纷，犹入仙境。此外还有天堂、流湘、龙门等瀑布，飞瀑直泻宏伟壮观。"

"历史文化方面怎么样？"红叶石楠提问。

"这个我正要说呢。"千岛玉叶对着话筒，朗声道："淳安历史悠久，文化发达，名人辈出，文物古迹众多。素有'文献名邦'之称。这里是唐代农民起义女英雄陈硕真和北宋农民起义领袖方腊的出生地，也是他们起义的地方。明朝著名清官海瑞曾在淳安任县令四年。还有李白、范仲淹、朱熹等亦曾到过淳安，留下许多动人的传说，脍炙人口的诗篇佳作，内容丰富的文物古迹。"

"他们留下了什么名句？"红叶石楠对此特别感兴趣。

"李白有'人行明镜中，鸟度屏风里'的佳句。朱熹有'半亩方塘一鉴开，天光云影共徘徊。问渠哪得清如许，为有源头活水来'这样富有哲理的诗。"千岛玉叶声情并茂吟诵。

毛竹对景区景点入迷，他问："千岛湖游览的景区布局好在哪里？"

"概括起来说，分成这6处。绝妙风光之梅峰景区，包括梅峰观岛和鸵岛；多姿多彩之龙山景区，以历史古迹、人文景观为主题，包括龙山、五龙岛；水上娱乐之屏峰景区，以水上娱乐项目为主，主要为温馨岛；野趣横生之动物系列景区，包括猴岛、蛇岛、鹿岛等；原汁原味之羡山景区，包括天池、羡山、蜜山、桂花岛；号称'中国第一绝'之赋溪石林景区。如果登上梅峰之巅，可纵览南山列岛、贤桥列岛及界首群岛 500多个岛屿，是目前千岛湖中登高览胜的最佳处。"千岛玉叶侃侃而谈。

"这些地方我都想去。"毛竹兴致勃勃。

"好，一定让你们玩个痛快。"千岛玉叶满脸笑容。

"不是玩，是工作。我们是来采访的。"乌桕虽然兴奋，但还没有忘记初心。

"是的，是工作，我带你们去工作。"千岛玉叶连忙改口。

采访团跟着千岛玉叶游览了温馨岛、龙山岛、五龙岛、孔雀岛、三潭岛、赋溪石林等千岛湖主要景点，红叶石楠一一记录下来。

温馨岛港湾众多，岛面积 3.7 公顷，是以休闲度假和水上娱乐为主题的旅游景点，有水上降落伞、冲浪艇、水上自行车、情侣艇等水上娱乐设施和天然浴场。还可以到竹楼民俗表演厅领略少数民族独特的风情。

龙山岛是千岛湖的主要人文景观，有钟楼、海瑞祠等景点。海瑞于明嘉靖三十七年至四十一年在淳安县任知县，政绩斐然。淳安百姓在他离任时为他修建了一座海公祠，后几经改建修缮，传习至今。1959 年 9

月，千岛湖形成后，旧祠拆除，祠址沉入水下，如今海瑞祠为当地政府于 20 世纪 80 年代重建，系庭院式砖木结构，三厅两院，内有海瑞塑像及去思碑、海瑞亲笔诗文碑与历代颂碑共 10 块，是游人缅怀先贤的好地方。

五龙岛由中心岛、锁岛、鸟岛组成，岛与岛之间由状元桥、幸运舟桥相连接。锁岛上遍布着用金属制成的爱情树、吉祥树和友谊树，挂满游客留下的充满美好祝愿的纪念锁。鸟岛上设有笼鸟廊、孔雀园、珍鸟园等，共有 50 多种珍稀鸟类可供观赏。中心岛上有真趣园、古戏台、茶室等，是观景、娱乐休闲的好去处。

孔雀岛林木繁茂，空气清新，修篁流泉，鸟语花香，良好的自然景色和生态环境，是孔雀栖息繁衍的理想之地。孔雀园内现有花孔雀、白孔雀、蓝孔雀、绿孔雀 4 个品种 1000 余只，孔雀的品种、数量、规模在全国首屈一指。

三潭岛面积 80 公顷，距县城 10 公里，为度假休闲区，由山寨遗风、娱乐参与和特色餐饮三大部分组成。岛内有一座天桥与景区连接，使它成了目前千岛湖唯一由陆路上岛的景区。

赋溪石林位于赋溪乡境内，濒临千岛湖，从该乡的岭脚村至西山坪，全长约 15 公里的山谷两侧，奇石盘踞，怪石耸立，千姿百态的石景和惟妙惟肖的象形巧石连成一片。它们集中分布在蓝班坪、玳瑁岭和西山坪三大片，统称"赋溪石林"，总面积为 1000 公顷。因其分布面积广，规模大，特色明显而成为"华东第一石林"。

这样整整工作了一天，累得采访团气喘吁吁。夜幕降临时，千岛玉叶说："我们去鱼味馆吧，晚上森林公园植物界领导接风，请你们吃千岛湖鱼头。"

"好啊，肚子真饿了。"润园植物簇拥着千岛玉叶往餐馆走去，街上传来阵阵欢笑声。

17　兰亭森林公园

润园植物采访团在历史文化名城绍兴，见到了在此等候多时的兰花。兰花是兰亭国家森林公园的代表植物，公园派她来迎接采访团。采访团成员毛竹见兰花亭亭玉立，婀娜多姿，有少女般的纯真，也有碧浪红香似的潇洒，满心欢喜，拉着兰花的手不放，"兰花长、兰花短"地亲热个没完。

毛竹对同行介绍说："兰花不仅花朵色淡香清，而且多生于幽僻之处，因此常被看作是谦谦君子的象征。"

兰花嘻嘻笑着说："竹哥谬赞，你竹子不仅经冬不凋，自成美景，而且刚直谦逊，不亢不卑，潇洒处世，常被看作不同流俗的高雅之士的象征。"

红叶石楠悄悄问乌桕团长："这是怎么啦？我们一路采访了许多森林公园，也没见毛竹对哪种植物如此亲热，为何独对兰花如此？"

乌桕对红叶石楠说："梅、兰、竹、菊四种植物，同属花中四君子，我想他们是惺惺相惜吧。反正我们多说好话吧。"转过身来，乌桕对兰花说："兰生深山中，馥馥吐幽香。偶为世人赏，移之置高堂。兰花绰约多姿的叶片，高洁淡雅；神韵兼备的芳香，沁人肺腑。"

红叶石楠反应过来，连忙接上说："我记得兰花四季常开，代表着美好、高洁、贤德。"

"兰花太多了，你生长在绍兴，我们称你为绍兴兰吧。"毛竹满脸堆笑。

"好啊，好啊。"绍兴兰满口答应。接着介绍说："兰亭国家森林公园位于绍兴市区西南12公里的会稽山脉北麓，面积670公顷。是一个集森林、山水自然景观和兰亭书法圣地、印山越国王陵，融兰文化、名人文化的休闲度假型国家森林公园。古有王羲之'崇山峻岭、茂林修竹，清流激湍、映带左右'的千古绝句，今有费孝通'山明水秀、人杰地灵、自古风流、钟情兰亭'的赞美名诗。"

"我们去现场边看边说吧。"乌桕提议。

来到森林公园门口，绍兴兰指着周围说："你们看，这里遍地都是兰花。'兰亭旧种越王兰，碧浪红香天下传'。每年一届的'绍兴兰花节'汇集国内外名兰精品，数万盆兰花竞相开放，这里是兰花的海洋。"

"难怪公园派你兰花来接待我们。"红叶石楠明白过来。

进入公园内，绍兴兰介绍说："现在公园已建成了水上乐园、森林浴场、野餐烧烤、农家山庄、跑马场、孔雀园、森林休闲中心和森林度假村等一批配套设施。"

"我们一路看过去吧。"采访团在绍兴兰带领下，沿山阴道、兰亭江而上，至书法圣地兰亭，隔路相望的本鱼山平地崛起，形像一条巨大木鱼，与兰亭一高一低，相映成趣。沿山路登山四望，重峦叠嶂，起伏连绵，溪流纵横，山高水长，环视诸峰，步移景换，或陡壁如削，或缓坡如带。难怪当年王羲之有"仰观宇宙之大，俯察品类之盛，所以游目骋怀，足以极视听之娱，信可乐也"的感慨。在书法圣地兰亭挥毫泼墨之余，置身山中饱览茂林修竹，极顶俯视兰亭全貌，乃置身于诗情画意之中。

来到兰亭，绍兴兰介绍说："这里位于兰渚山麓，是书圣王羲之的园林住所。相传春秋时期越王勾践曾在此植兰，汉时设驿亭，故名兰亭。现址为明嘉靖二十七年时任郡守沈启重建，而后几经改建，于1980年修复成明清园林的风格。景观总体布局错落有致，可分为8个景区，分别是鹅池、乐池、小兰亭、流觞亭、御碑亭、右军祠、兰亭江、书法博物馆。"

自入口步入景区，穿过一条修篁夹道的石砌小径，迎面是一泓碧水，即为鹅池。池畔是一块用石块铺砌的40平方左右的"道地"，道地的西首立有一碑，碑上"鹅池"二字传为王羲之、王献之父子分别所书。碑上有一三角亭覆盖。过鹅池越三曲桥前行，便是小兰亭，亭中碑上"兰亭"二字，系清朝康熙帝手书。

来到流觞亭，绍兴兰指着墙上壁画说："东晋穆帝永和九年上巳日，王羲之邀约好友多人聚会于此，行修禊之礼。是日，'天朗气清，惠风和畅''群贤毕至，少长咸集'。王羲之等人列坐于兰渚上环曲的小溪两侧，将酒觞置于清流之上，任其逐流漂浮。一旦酒觞滞留在谁的面前，谁就得即兴赋诗一首，诗如不成，则罚酒三觞，如此以为娱乐。事后，王羲之将这些诗汇成一集，并作序一篇，记下了这次聚会的盛况和作者的观感。序文共324字，字字珠玑，这就是被褚遂良评为'天下第一行书'的王羲之书法代表作《兰亭集序》。"

"《兰亭集序》是书法界的圣书，不知有多少人在临摹此帖。"红叶石楠赞叹不已。

看到乌桕仁流露出羡慕的神色，绍兴兰说："现在兰亭景点有'曲水宴'的表演节目，参与的游客，可以效仿古人、焚香礼乐、曲水流觞，体味当年曲水邀欢的情趣。你们要不要表现一下？"

乌桕和红叶石楠推辞了，毛竹自告奋勇上来，卷起袖子，铺开纸张，提笔在上面画了几根竹笋。

红叶石楠上前一看后说："你这不是山间竹笋，嘴尖皮厚腹中空嘛。"引得大家一阵哄堂大笑。

毛竹急了，指着红叶石楠说："你厉害，你上来试试，你不就是墙上石楠，头重脚轻根底浅嘛。"

乌桕连忙纠正："不是这样的，是墙上芦苇，头重脚轻根底浅。"

"反正他们都是一路货色。"毛竹自知说错，还是强词夺理。

大家又是一阵大笑。乌桕若有所思，说："任何事情，不能长期持续，只做一次的，都不要做。做一件事，就做一辈子。每一个动作，都是终身动作，临死再嘱咐儿子接着干的动作，这就是成功之道。"

绍兴兰笑着说："你们城里植物太好玩了，说出来都是一套一套的。来，来，来，我们学学古人，也来个曲水流觞，诗歌大会。"

"要怎么玩，兰花是君子之花，你先示范一下。"红叶石楠热情很高。

"我们以自身为题，作诗明志。我来一首刘伯温的《兰花》诗。"绍兴兰沉默片刻，缓缓吟唱起来："幽兰花，在空山，美人爱之不可见，裂素写之明窗间。幽兰花，何菲菲，世方被佩资蔍施，我欲纫之充佩韦，袅袅独立众所非。幽兰花，为谁好，露冷风清香自老。"

"我想到了唐代权德舆的《石楠树》。"红叶石楠心有所动，悠悠吟哦："石楠红叶透帘春，忆得妆成下锦茵。试折一枝含万恨，分明说向梦中人。"

"那我来一首辛弃疾的《临江仙手种门前乌桕树》。"乌桕说着大声吟诵："手种门前乌桕树，而今千尺苍苍。田园只是旧耕桑。杯盘风月夜，箫鼓子孙忙。七十五年无事客，不妨两鬓如霜。绿窗划地调红妆。更从今日醉，三万六千场。"

毛竹拍手叫好，说："你们都太厉害了。我喜欢郑燮的《竹石》诗，刻画出我们竹子的风骨。诗云：咬定青山不放松，立根原在破岩中。千磨万击还坚劲，任尔东西南北风。"

在一阵掌声后，红叶石楠满怀信心说："我已将今日所见所闻记录下来，晚上做个美篇，和《兰亭集序》放一起，发到朋友圈，一定能吸粉无数。"

"明明是东施效颦，还吸粉呢。"毛竹取笑道。

植物们都笑了，兰亭森林公园的采访也到此结束。

18　香榧森林公园

　　结束了对兰亭国家森林公园的采访，乌桕、毛竹、红叶石楠坐下来商量下一站去哪里。红叶石楠说："我们这次代表润园植物出来采访，已经去了 7 个森林公园，其中有风景资源丰富的，有文化底蕴深厚的，都很好，但我不知道有没有以植物为主题的森林公园？"

　　乌桕和毛竹你看看我，我看看你，回答不出来。

　　站在旁边的绍兴兰嘻嘻笑着问："我可以发表意见吗？"

　　"当然可以。"采访团成员异口同声。

　　"远在天边，近在眼前。"绍兴兰用手往南面指了指。

　　毛竹急忙问："此话怎讲？"

　　绍兴兰说："这里过去不远就是诸暨，那里有个诸暨香榧国家森林公园，就是以香榧为主题的。你们如果要去，我可以联系他们。"

　　"太好了，知道诸暨盛产香榧，还真不知道有个香榧森林公园。"乌桕一拍大腿，如梦初醒。

　　"那我们快去吧。"毛竹生来心急。

　　告别绍兴兰，采访团快马加鞭，只一会儿功夫就来到了诸暨市赵家镇，知道乌桕仁要来，香榧王早就等在路口了，见面后，少不了问长问短。乌桕仁见香榧王冠蓄如画、枝繁叶茂、苍劲葱茏、留香飘逸，顿生敬佩之心。红叶石楠说："香榧王，您已 1300 岁高龄，被誉为'千年活文物'，德高望重，还如此亲力亲为，实在佩服。"

香榧王笑笑说："我这把老骨头没有用了，就只能做些迎来送往的事，创新发展这些事情就靠那些年轻的香榧树了。"

乌桕说："香榧王看起来还很壮实，精神状态也很好，听说到这里来的人都以能见到您为荣。"

香榧王说："我徒有虚名，惭愧啊。不过他们到此一游，只是来拍个照发朋友圈而已。"

"我们也要和您一起拍照的，不介意我们发植物界朋友圈吧？"毛竹开玩笑道。

"可以，尽管发吧。"香榧王哈哈笑着，接着说："话说回来，你们这次来，不是为了来拍张照到此一游吧？"

"我们一则是来拜访您；二则是来向你们学习的。"毛竹谦逊有礼。

香榧王朗声道："需要我做什么就直说吧。"

"我们想采访您，做一个香榧国家森林公园的专题报道。"红叶石楠挑明主题。

"好事啊，我代表森林公园要谢谢你们啊。"香榧王连声称好，接着介绍说："诸暨香榧国家森林公园，有香榧面积3万多亩，出产香榧达到全国总产量的60%以上，是国内最大的香榧集聚地。园内香榧栽培历史距今已有1500多年，现拥有香榧古树群126个。其中百年以上香榧古树达28771株。"

"我们去现场看看吧。"乌桕提议。

"好，我带你们先参观。"香榧王领着采访团仨植物来到公园高点走马岗。登高望远，只见公园内几万亩珍稀榧树，连绵成林，历经千年，姿态奇异，气势壮观，是世上罕见的自然奇观。公园内山高林茂，空气清新，奇景异趣，堪称人间仙境。乌桕仨赞叹不已。

香榧王自豪地说："香榧文化历经千年岁月，留下了无数历史传说和名诗佳话，形成了'珍稀、吉祥、远古'的文化理念。而这里的古榧奇姿、林茂树古、重岩飞瀑、清流激湍、人文点缀，都显得那么的自然，置身其中仿佛如入梦境。"

"现在请您给我们介绍一些香榧常识吧！"红叶石楠递过话筒。

香榧王清了清喉咙后说："香榧，简称'榧'，属常绿乔木。香榧是稀世珍果，培植一枝成榧需长达20年左右方有收获，其生命力极强，产果期通常有五、六百年，甚至上千年，而且香榧还有一个与众不同的特性，就是从开花到结果，要通过三年才会成熟，所以枝头上三代同堂，因此，当地榧农也称之'三代果'。香榧主产于浙江省诸暨、嵊州、东阳等地，因诸暨枫桥的香榧产量大，质量好，历史上，枫桥古镇一直为香榧的集散地，久而久之，香榧就被称为'枫桥香榧'，早在清朝末期'枫桥香榧'就开始驰名中外。"

香榧王停下来吸了几口气后继续说："香榧为中国特有的著名珍稀干果。诸暨香榧品种类型齐全，榧子之品质，随产地而异，以粒数均匀、壳薄而尖小者为最优。此外果皮之是否取尽，亦与品质有关。诸暨枫桥出产之榧子，皮肉多用手剥除，且粒数均匀，堪称上等。"

"除了这一带，其他地方能种植吗？"红叶石楠提问。

香榧王说："当然可以了，以前以为香榧的种植范围很小，就只局限在诸暨、东阳、嵊州三地的交界处，现在发现，其他一些地方也长得很好，所以这些年我们的子孙后代就在很多地方安家落户了，不仅浙江，连江西、安徽、福建等地都有我们的身影了。"

毛竹问："不同地方的香榧品质有差异吗？"

香榧王回答："当然了，橘生淮南则为橘，生于淮北则为枳，叶徒相似，其实味不同，为什么呢？水土环境不同的原因。诸暨所产香榧外壳细长秀气，具有壳薄仁满、种仁酥松细腻，质脆味香、营养丰富的优良品质，为榧中珍品。香榧以其色、香、味俱佳而见称，不仅香脆可口，营养丰富，而且还有多种药用价值。具有化痰、止渴、清肺润肠、消痔等功能，香榧果衣还可以驱蛔虫，所以吃的时候不必将果衣仔细去掉。香榧仁含脂肪 50%，脂肪酸中以油酸、亚油酸、亚麻酸等不饱和脂肪酸为主，占 78.4%，因此有降血脂的功能，可预防血管硬化、冠心病，还有美容长发等作用，成为真正的绿色保健食品，是馈赠亲朋的最佳礼品。"

"香榧的种类怎么分？"乌桕插问。

香榧王说："香榧，又有细榧（芝麻榧、米榧等）和粗榧（茄榧、獠牙榧、大小圆榧等）之分，其中以细榧品质最佳。另有木榧，因壳厚质粗，只供药用。枫桥香榧，壳面洁净黄亮，种衣深褐色，核仁微白淡黄，外形一端尖，一端略圆，颗粒瘦长，每斤约 290 颗左右。"

红叶石楠笑着说："香榧王一直在做枫桥香榧的广告，可以做枫桥香榧的形象大使，当代言人了。"

香榧王说："谁不说我家乡好，我也就是有一分热发一分光吧。"

毛竹竖起大拇指说："前辈楷模啊！有什么有趣的故事吗？说来听听。"

香榧王说："我们香榧历史悠久，也为后代留下了许多美丽的传说，更加为香榧蒙上了一层神秘的色彩。其中，最为古远和广为流传的当属'秦始皇御口封香柀'。相传公元前 210 年，秦始皇嬴政东巡来到诸暨，前往会稽山，命令宰相李斯刻石记功，世称'会稽石刻'。当地官员奉上特产珍品香榧，秦始皇还没有见到香榧果就闻到了香味。秦始皇金口品尝，果仁松脆可口，又香又甜又鲜，龙颜大悦，便问道：'这是什么果？'县官回答说：'这是柀子'。秦始皇赞叹道：'这个果子异香扑鼻，世上罕见，叫香柀如何？'众人忙齐声附和：'谢圣上隆恩赐名！'从此，会稽山一带的榧农叫柀子为香柀，后来又改叫香榧。"

来到一农庄，香榧王带乌桕仁进屋坐下喝茶，又要庄主拿出一盘炒好的香榧，不好意思地说："你们先吃几颗香榧，前面忙着看景说话，还没有让你们尝尝味道呢。"

毛竹拿起一颗香榧，见外面包着壳，左看看，右瞧瞧，用力压了压，没动静，就是找不到破壳的办法，无奈地摇了摇头。

香榧王指着香榧的一个部位说："你看，这里有两颗眼睛状的凸起，被称作'西施眼'，据说是西施发现的。"

毛竹惊讶地说："香榧还有'西施眼'？并且是西施发现的？太有意思了，说来听听。"

香榧王说："自古吴越多美人，位居中国古代四大美女之首的西施就是诸暨人。西施不但有闭月羞花之貌，沉鱼落雁之容，而且还很有智慧。西施小时候，与邻里姐妹们一起去城里玩耍，她们走进一家店铺，见店里山货琳琅满目，其中有一堆干果上插着一块标签，上面写着'香榧'二字。其中一个小姑娘问店主，多少钱一两，店主一看她们是小姑娘，知她们指嫩力薄，便开玩笑道：'你们谁要是能用两个手指头掐破香榧壳，我就随你们吃，不要钱！'姑娘们听了，都争先恐后地拿起香榧，使尽吃奶的力气摁香榧壳，可就是压不破。这时，聪明的西施发现香榧头上有两个白点，好像两只眼睛，她用拇指和食指轻轻一捏，壳就裂了缝。原来，香榧壳上的两个点是排泄孔，两边是香榧生长的中缝，因此，捏住'眼睛'，用力一掐，中缝自然裂开了。这个'西施眼'就是破香榧壳的点。"

"原来还有这样的巧妙。"按着香榧王说的一捏，果然壳就破开了。毛竹哈哈大笑。

香榧王说："想不想听文人雅士的故事。"乌桕仁一边吃着香榧一边点头称好。香榧王就说了起来。

有一个员外想要求得王羲之的书法，就特地请他喝酒，因为席间没有香榧，王羲之酒兴不发，书法更无从谈起。酒毕，王羲之踱到偏间，看见一个木匠在做八仙桌，随口问道："这是什么木材做的？"木匠答道：

"香榧木。"王羲之仔细一看，见木材色泽黄润，质地上乘，光滑柔润，于是情不自禁拿起笔来饱蘸浓墨，在八仙桌上写下了"香榧"两个苍劲有力的大字。待王羲之走后，木匠看桌上有两个字，觉得不妥，正想刨去。这时员外过来问清缘由后大喜，嘱咐木匠不能刨，反而用真漆漆好这两个字，让它更加光彩夺目。从此，员外将这张八仙桌珍藏起来，等到贵宾来临便抬出"香榧桌"供宾客欣赏，员外由此风光不少。

"说到文人雅士，我倒想起了宋代大文豪苏东坡赞美香榧的一首诗，是这样的：彼美玉山果，粲为金盘玉。驱除三彭虫，已我心腹疾。"红叶石楠笑着补充说："以前读这首诗，似懂非懂的，今天来实地所见所闻后，理解就深刻了。"

"所以实践出真知，要从群众中来到群众中去。你们城里植物是要多到乡下来走走。"香榧王开玩笑道。

说笑声中，香榧森林公园的采访活动仍在进行。

19　竹乡森林公园

　　香榧森林公园采访结束后，采访团团长乌桕对着毛竹笑个不停。毛竹觉得很奇怪，问乌桕为何发笑？

　　乌桕笑着说："我们真是聪明一世糊涂一时，真神就在面前，却还在外面到处乱找。"

　　"你说的什么意思，我也搞糊涂了。"红叶石楠问。

　　"红叶石楠，你不是要找以植物为主题的森林公园采访吗？"乌桕反问。

　　"是啊，像香榧森林公园就是以香榧为主题的。"红叶石楠还没有反应过来。

　　"哪以毛竹为主题的算不算？"乌桕嘻嘻笑着。

　　"那当然算。"红叶石楠回答得很肯定。

　　"好了，我没问题了，接下去你问毛竹吧。"乌桕用手指着毛竹。

　　毛竹明白过来了，一拍脑袋，说："都怪我，怎么没想到呢，浙江是竹子大省，以竹子为主题的国家级森林公园就有两个，分别是安吉竹乡国家森林公园和龙游大竹海国家森林公园。"

　　"这叫'蛾儿雪柳黄金缕，笑语盈盈暗香去。众里寻他千百度。蓦然回首，那人却在，灯火阑珊处。'"红叶石楠明白了。

　　"踏破铁鞋无觅处，得来全不费工夫。"乌桕补上一句。

　　"好事多磨吧。"毛竹自嘲地笑着说："其他不说了，两个竹子公园，你们想去哪个？"

"我们不走回头路，况且安吉离杭州近，去竹乡森林公园吧。"乌桕仨作出决定。

方向路线确定了，接着执行就是了。采访团立即动身，往湖州市安吉县奔去。

来到安吉竹乡国家森林公园，当地的吉竹早已在门口迎接，一阵寒暄后，吉竹陪着采访团边参观边介绍起来。

吉竹说："竹乡森林公园位于全国著名竹乡安吉县，面积达 16600 公顷。公园距杭州 60 千米，距上海 230 千米。公园以竹乡风情暨竹文化为主体，以浩瀚的竹海为特色，以人文景观为点缀，是供人们旅游、科学考察、竹文化交流、佛教文化传播等综合旅游的活动场所。园内有亚洲第一的天荒坪抽水蓄能电站、中国竹子博览园、龙王山自然保护区、千年古刹灵峰寺。园内的山山岭岭，秀竹连绵，碧波茫茫，翠浪接天。可以说是峰回路转、竹径通幽、瀑流争辉。天然图画赏心悦目、美不胜收。"

乌桕仨在吉竹带领下，漫步林间，万竹参天，暮色苍然，一派幽林胜景。登高远眺，但见境内山峦重叠，坡地起伏，呈现一片郁郁葱葱、苍翠欲滴的竹海景观。吉竹告诉乌桕仨，公园集竹林、古寺、瀑布、山泉于一体，景观丰富、清幽寂静。园内的建筑都是由竹子修建而成，古朴、美观、浑然天成。

"我们去几个主要景点看看吧。"润园毛竹提议。

来到安吉竹种园，吉竹介绍说："这里是亚洲最大的竹子主题公园，也是国内散生和混生竹种最为齐全的多功能植物园，全园占地 40 公顷，汇集了世界各地竹子 300 余种。园内有高达 10 余米的毛竹，也有高不盈尺的菲白竹；有叶大如帛的箬竹，也有叶面细长如柳的大明竹；有竹节呈龟背状的龟背竹，节间膨大如佛肚状的佛肚竹，也有竹竿呈方形的方竹；有通竿紫褐色的紫竹，竿上斑斑黑晕的斑竹，也有竹竿黄绿条纹相间的花毛竹、枝叶似凤凰尾巴的凤尾竹、竹节像算盘珠的筇竹。还有金镶玉竹及各种鲜嫩味美的食用竹等。"

坐落于竹种园内的中国竹子博物馆是中国竹子展馆面积较大的、展品最丰富、设施最先进的专业博物馆，总面积 3200 平方米，设有历史资源、栽培利用、专题展览、文学艺术、学术交流、工艺集萃、竹乡安吉 7 个展厅。馆内收藏竹子展品近万件，展出 1700 多件，许多展品极具史料价值、科研价值和收藏价值。其中有距今 3 万年前的竹化石，6000 年前新石器良渚遗址出土的竹制品，从湖北荆州和湖南马王堆汉墓挖掘出的竹简、竹牍及竹乐器。丰富的展品和翔实的史料向人们展示"竹文化国度"丰富的竹资源、悠久的竹史迹和多姿多彩的竹文化。

来到灵峰寺，吉竹介绍说："灵峰寺建于五代后梁开平元年，距今已 1000 多年。寺因峰命名，峰因寺而传，一点灵光，千年不堕。其间高僧辈出，最为著名的是明末清初的藕益大师，为明代四大高僧之一，后被推荐为净土宗第九祖师，在佛教界影响深远。寺周围有灵峰十景及桂花园等景区。"

在天荒坪电站，吉竹说："天荒坪抽水蓄能电站属抽水蓄能调节电站，共安装 6 台 30 万千瓦发电机组，年发电量 31.6 亿千瓦时，年抽水电量 42.86 亿千瓦时，曾是当时亚洲第一的抽水蓄能电站。天荒坪山体雄伟，峰峦层叠，竹海茫茫，电站内的大溪峡谷纵深 9 公里，两岸高山对峙。抽水蓄能电站建成后，高峡出平湖，在天荒坪顶的百顷旷坪上和大溪谷底形成两个相对高差近 600 米、面积达数十公顷的大湖泊，两岸翠竹相映，使抽水蓄能电站风姿独具。"

这样游了一圈，回到森林公园办公楼，乌桕建议到会议室开个座谈会。会前，吉竹说："我先来说个孟宗哭竹冬生笋，天道从来护好人的故事。说的是三国时期江夏人孟宗，年少时父亲早亡，只有年老体衰的母亲和他相依为命。一日母亲深感不适，经过求医问药，得知用新鲜的竹笋做汤就可以医好母亲。其时正值凛凛寒冬，根本就没有鲜笋，小孟宗盼望母亲的身体好起来，可是又无计可施。担心忧愁中，独自一人跑到竹林，扶竹而哭。他的哭声打动了身边的竹子，于是奇迹发生了，只听"呼"地一声，地上瞬间长出了许多的嫩笋。孟宗看到心里特别高兴，他小心的摘取了竹笋，欢欢喜喜回到家里，为母亲熬好笋汤。母亲喝了后身体果然大有好转。孟宗后来大有作为，官至司空。"

一阵感叹后，毛竹说："现在，春笋冬出已不是新鲜事了，竹农用砻糠覆盖技术促进竹笋生长，孟母冬天喝笋汤不难了。"

这样聊了一会儿，座谈会开始，乌桕先说："竹子亭亭玉立，清秀俊逸，古朴雅致，四季常青，素有'文明使者'之美称。因其气质刚劲，傲寒而立，故历来与松、梅并称为'岁寒三友'。我对竹子一直是很钦佩的。"

坐在边上的毛竹朝乌桕看看，直言不讳指出："你这些话，在润园可从来没听你说过。"

"这会上和会下说的能一样吗？"不知哪个植物咕噜了一句，会场里的植物都笑了。

吉竹说："不管会上会下，好就是好。我来说说竹子的用途，竹是八音之一，为制作民族乐器的材料；用竹可造纸，竹纸'滑、发墨、宣笔锋、卷舒虽久、墨终不渝'，备受文人称颂；竹管毛笔为'文房四宝'之一，竹简或竹牍为文史宝典，颇具研究价值。在安吉竹乡，竹笋待客、竹器装饰、竹筏漂流、竹笛长鸣，形成了一个独特的竹乡文化特色。竹乡人杰地灵，人才辈出。中国著名的林学家陈嵘、著名金石书法画家吴昌硕均为安吉人。"

"请你从文化方面谈谈。"红叶石楠提问。

"在植物学中，竹子其实是草类植物，但竹子在诗词歌赋中，十分重要。"吉竹一口气说出了竹子的一大堆优点，包括竹子坚韧、挺拔，宁折不弯，不惧严寒酷暑，被文人们誉为"君子"。

"竹子有七德之说，是哪七德？"红叶石楠继续提问。

吉竹回答："竹身形挺直，宁折不弯，是曰正直。竹虽有竹节，却不止步，是曰奋进。竹外直中空，襟怀若谷，是曰虚怀。竹有花不开，素面朝天，是曰质朴。竹超然独立，顶天立地，是曰卓尔。竹虽曰卓尔，却不似松，是曰善群。竹载文传世，任劳任怨，是曰担当。"

"太好了，写竹的名篇能说说吗？"红叶石楠深挖题材。

吉竹说："这可太多了，例如郑燮的《竹石》：'咬定青山不放松，立根原在破岩中。千磨万击还坚劲，任尔东西南北风。'又如薛涛的《酬人雨后玩竹》：'南天春雨时，那鉴雪霜姿。众类亦云茂，虚心宁自持。多留晋贤醉，早伴舜妃悲。晚岁君能赏，苍苍劲节奇。'都是歌颂竹子的高尚品格的。"

众植物一起鼓掌，赞叹诗人对竹子本质的领悟。乌桕指出："我们植物界的一草一木都是有灵性的，你只有赏识它了，读懂它了，和它心灵有感应了，你才能进入它们的世界，它们也才会把心里话告诉你。"

红叶石楠问吉竹："你们竹子家族都很优秀，有什么秘诀吗？还有你对未来怎么看？"

"我们无法预知未来是什么样的，但却可以通过把握现在去塑造未来。珍惜今天的每分每秒，读书、工作、健身、旅行，让自己变得更好。只有抓住当下，充实自己，才能站稳脚跟，拥抱未来。"说到这里，吉竹觉得意犹未尽，补充说："竹林是水库、钱库、粮库，现在又加上一个'碳库'，你说未来的前景会有多美妙。"

"哇！"全场掌声雷动，座谈会还在进行之中。

20 植物分享会（1）

润园植物采访森林公园回来后，采访团成员乌桕、毛竹、红叶石楠向小区植物业委会做了汇报。听取汇报的是香樟、银杏、枫香。听完乌桕的汇报，枫香说："你们这次出去采访辛苦了，外面的世界很精彩，我建议召开一次分享会，请采访团给小区植物介绍在森林公园的所见所闻。"

"我同意枫香的意见！另外，在采访团之前，润园植物还组队去过湿地公园，可以放在一起分享。"银杏补充说。

"那就一不做二不休，银杏你带队出去慰问过濒危植物，枫香你带队出去考察过森林古道，都集中在一起搞吧。"香樟拍板决定。

植物们说干就干，马上准备起来。两天后，润园植物外访分享会在小区中央公园召开。在台上就座的有香樟和外访团成员。香樟主持会议，他说："从去年年底开始，我们润园植物分别派出几批植物去浙江各地学习考察，学到了很多新知识，懂得了许多新道理。我们今天召开这个分享会，就是要把他们看到的、听到的、闻到的、想到的告诉大家，让大家都能有所提高。外访团成员先说，说完后大家一起来讨论。"

一阵掌声后，银杏代表植物慰问团首先介绍。银杏说："春节前，我和雪松、沙朴曾经去慰问了普陀鹅耳枥、国清寺隋梅、百山祖冷杉等植物，他们或濒危、或珍稀，都是植物界的宝贝，我们带去了润园植物的问候，也从他们身上学到了许多优秀品质，比如隋梅的博学、达观、善良都给我们留下了深刻的印象。"接着，银杏把他们的慰问经历做了详细分享。

第二个介绍的是枫香，他说："森林古道是指具有一定历史文化底蕴、森林生态环境良好、连接各类森林景区、古村落等，为城乡居民提供森林徒步、野外体验、森林浴等森林休闲养生活动而修复的山地慢行线路系统。"枫香说到这里，看着台下静静听着的各种植物，继续说："今年春节假期一结束，我和水杉、广玉兰组成考察团，考察学习了霞客古道、苍岭古道、括苍古道、仙霞古道、衢处古道等，其所见所闻所感，我用几句诗来概括：巍巍山间，垒石成路，成就古道之清高；幽幽林中，踏阶穿行，书写古道之春秋。森林古道，美在自然，美在人文。"

接下来是芦苇介绍。芦苇和菖蒲、青菱组成的湿地植物考察团，去浙江西溪湿地、下渚湖湿地、白塔湖湿地、云和梯田湿地、漩门湾湿地、杭州湾湿地转了一圈，对这些国家级湿地公园进行了深入考察，取得丰硕成果。芦苇兴奋地说："湿地是自然界生态功能全面、最富生物多样性、生产力最高的生态系统，被誉为'物产仓库''生命的摇篮''物种基因库''地球之肾'，不仅如此，湿地的文化功能也很丰富，这个以后有时间时再细说。"

芦苇刚停下来，乌桕就迫不及待说开了。乌桕说："我和毛竹、红叶石楠组合在一起，我们去的是森林公园。什么？台下有植物在问什么是森林公园，我先解释一下：森林公园是以良好的森林景观和生态环境为主体，融合自然景观与人文景观，利用森林的多种功能，以保护遗产资源、弘扬生态文化、开展森林旅游为宗旨，为人们提供具有一定规模的游览观光、休闲度假、保健疗养、科学教育、文化娱乐、野外探险等活动的场所。我们去了 9 个森林公园，都是国家级的，分别是：天童森林公园、四明山森林公园、华顶森林公园、雁荡山森林公园、钱江源森林公园、千岛湖森林公园、兰亭森林公园、香榧森林公园、竹乡森林公园等。这些地方或者以风景资源丰富见长，或者以文化底蕴深厚著称，每到一地，我们都做了详细采访，有些还拍了专题片。等下可以请我们组的红叶石楠给大家做介绍。"

银杏、枫香、芦苇、乌桕分别作分享介绍后，香樟说："刚才四个组的组长说得都比较简单，下面请各个组的组员作补充。"说到这里，香樟像是想起了什么，对着台下的植物问："你们想听什么？"

"我们想听浙江的名山大川。"台下有植物高叫。

"浙江省地处东南沿海，长江三角洲南翼，东濒东海，南接福建，西连江西、安徽，北临太湖与上海、江苏为邻。全省陆域面积10.18万平方公里，具有'七山一水二分田'的地貌特征。浙江的名山大川数不胜数，你们谁来说说名山？"香樟转身对台上的成员说。

红叶石楠走上前来，说："我这次出去采访森林公园，发现名山上大多建有森林公园，所以对浙江的名山，我有发言权。"接着红叶石楠说起了以下十大名山。

天台山，位于浙江省天台县北面，依托自然山水景观，以佛教文化为特色，集旅游观光、休闲度假、礼佛朝圣为一体。

普陀山，是舟山群岛中的一个小岛。素有海天佛国、南海圣境之称，普陀山也是中国四大佛教道场之一。

雁荡山，位于浙江省乐清市境内，因主峰雁湖岗上有着结满芦苇的湖荡，年年南飞的秋雁栖宿于此，因而得名"雁荡山"。被誉为"海上名山，寰中绝胜"，史称"东南第一山"。其中，灵峰、灵岩、大龙湫三个景区被称为"雁荡三绝"。

莫干山，位于浙江省北部德清县境内，美丽富饶的沪、宁、杭金三角的中心，莫干山山峦连绵起伏，风景秀丽多姿，以绿荫如海的修竹、清澈不竭的山泉、星罗棋布的别墅、四季各异的迷人风光称秀于江南，享有"江南第一山"之美誉。

天目山，素有"大树华盖闻九州"之誉，地处杭州市临安区境内。天目山有东、西两峰，顶上各有一池，长年不枯，故名。天目山动植物种类繁多，珍稀物种荟萃，为国家教学科研重要基地。素有"大树王国""清凉世界"盛名，为古今览胜颐神胜地。

天姥山，位于浙江省新昌县境内，属于道家七十二福地之第十六福地，以李白的《梦游天姥吟留别》而为世人熟知。"天姥连天向天横，势拔五岳掩赤城，天台四万八千丈，对此欲倒东南倾。"李白在诗中把天姥山的气势描绘得淋漓尽致。

大明山，位于临安西部顺溪镇，以大明山为主体，共有32峰、13涧、8瀑。此山多奇峰怪石，森耸峭拔，足称名胜。有一巨石，平坦如榻，相传朱元璋起义兵败至此，曾卧石上，故名"天子石"。朱元璋屯军于此，招兵买马，养精蓄锐，然后杀下山去，打下大明江山，故此山称"大明山"。

超山，位于浙江余杭的塘栖镇，是一座风光绮丽、古迹众多、传说迷人的平原小山，以梅景而出名，兴盛时期方圆十里如飞雪漫空，故有"十里梅花香雪海"之美誉，中国有五大古梅，即楚梅、晋梅、隋梅、唐梅、宋梅，超山就五中有其二。主峰海拔265米，因超然突立于皋亭、黄鹤之外，故名。

雪窦山，为四明山支脉的最高峰，有"四明第一山"之誉。山上有乳峰，乳峰有窦，水从窦出，色白如乳，故泉名乳泉，窦称雪窦，山名亦因此得名。有千丈岩、三隐潭瀑布、妙高台、商量岗、林海等景观。

大奇山，位于杭州市桐庐县，富春江南岸，又称"塞基山"，史称"江南第一名山"。境内有山峦、怪石、峡谷、溪瀑，以雄、险、奇、秀、旷著称。与桐君山、七里扬帆、富春江小三峡、严子陵钓台共同构成富春江旅游板块。

红叶石楠说完了，台下掌声雷动。香樟说："十大名山果然不错，那大川谁来说？"

菖蒲站起来说："我们去看了很多湿地公园，对浙江的大川我是了然于心。浙江有八大水系，它们是钱塘江、瓯江、椒江、甬江、苕溪、运河、飞云江、鳌江八条长龙，还静卧着东钱湖、西湖、鉴湖、南湖四大湖泊，密布着杭嘉湖、姚慈、绍虞、温瑞、台州五大平原河网。"

对八大水系作了简单介绍后，菖蒲分析道："浙江犹如一名清秀水灵的江南女子，密布的河网、八大水系便是让她钟灵毓秀的生命之脉。水，赐给浙江物华天宝；浙江八大水系作为一条条'财富之江'，凝聚着古今无数先贤志士修库筑坝、治理江河的丰功伟绩。从史传大禹治水'大会诸侯于会稽'，到新安江、分水江、老虎潭、长潭、珊溪等一座座水库，'紫金锁澜'降伏昔日肆虐的'蛟龙'，化狂澜为平湖，大坝巍峨，如一座座丰碑，永载史册。如今浙江的水绽开了笑靥，富春清澈清凉、西湖波光摇曳、鉴湖桑青水碧，运河百舸争流……肆虐逞凶的江河，成为人们争相观赏的天下景观；浙江的城市再现'水清可游、岸绿可闲、街繁可贸、景美可赏'的水乡风光。灾害不断的八大水系变成了可持续利用的财富之江，浙江文化的发展底蕴，浙江巨变的安全保障都凝聚在八大水系之中。"

菖蒲一口气说了这么多，说得口干舌燥，香樟看到大家都显得累了，就宣布先休息 15 分钟，分享会暂告一段落。

21　植物分享会（2）

　　润园植物召开的分享会，在休息 15 分钟后继续举行。主持会议的香樟请大家静下来，香樟说："前面红叶石楠介绍了浙江的十大名山，菖蒲介绍了浙江的八大水系，他们都讲得很好，其他成员还有什么要补充的吗？"

　　毛竹站起来说："我完全同意前面这些植物说的，我比较关注生态环境。我感觉，美是浙江的一大标签。美景，美人、美食，浙江都拿得出手。浙江之美无处不在，但需要细细品味。从会稽山到杭嘉湖平原；从西子湖到莫干山；从在安吉赏竹海，品白茶，到在开化观根雕，尝螺蛳；从在象山吃海鲜到在龙泉吃山珍。一路走来，风景固然很美，但真正打动我，让我流连忘返、准时赴约的，其实是一种宝贵的精神体验和天人合一、物我两忘的气韵。一路上或曲水流觞、柳浪闻莺；或白云扫榻，明月锄花；或水净潭清，烟凝山紫，'若在江南赶上春，千万和春住'，浙江秀美风物与无数诗人留下的诗篇，一同铸就了中国传统美学的高峰。被传统文化的浸淫越深，对浙江之美的感受就越深，这种精神体验的密度之高、强度之强，是其他地区难以企及的。"

　　毛竹发现大家都听得很认真，越发来劲。他眉飞色舞地说："说完美景，再说美人。其实中国各地都出美女，但气质不一。单论眉眼姿容，浙江的确算不上各省翘楚，但浙江女孩皮肤好，说话好听，吴侬软语，普遍气质上佳。我见过很多出色的浙江美女，一眼就能看出她们是典型的江南美女，这种美和所谓病态美的'扬州瘦马'不太一样，既风流蕴藉，又自有一种潇洒气度在其中，这种气质很难用言语形容。直到有一天，听我的朋友香樟王讲到，'桃李春风一杯酒，江南夜雨十年灯'，我才悟到这两句诗不就是浙江美女的最好写照吗？"

"你只管讲自己的，怎么扯到我身上来了。"香樟哈哈笑着，插了一句。

毛竹继续按着自己的思路讲道："除了美景、美人外，浙江的美食我也了解一些。熟悉我的植物都知道，我对吃很讲究。顶级的杭帮菜我吃过很多，但较之中国各地的代表菜系，着实不算突出。所谓的名菜没给我留下深刻印象，倒是饭店名、菜名起得大多温情脉脉，雅致风流，再加上雅致的用餐环境和服务小姐们一张口、一迈步时的做派、嗲声嗲气的腔调，搞得我骨头都酥了，这种人文体验甚至掩盖了菜肴本身的味道。在温台和宁绍，能吃到不错的海鲜，绍兴黄酒那更是不错，每到菊黄蟹肥的时候，温一壶花雕，赏黄菊，吃螃蟹。是何等的享受。山海湖泊，草木沟壑，风物历史全都烩到了一起，荟萃的不只是山水，还有全中国的文化。"

"原来你毛竹还是个吃货。"银杏开玩笑道。

"那我不说了。"毛竹借机结束发言。

青菱站起来说："我也讲几句，我们湿地组在全省转了一圈，发现现在浙江都在搞美丽乡村建设。我觉得乡村就是要有乡村的特色，要望得见山、看得见水、记得住乡愁、吃得到美食。晚霞下的炊烟，倒影中的瓦房，手里的糯米团……这样一幅幅原汁原味的景象，才是我们应该去追求的。"

"你是怎么理解乡愁的？"香樟问。

"乡愁是袅袅炊烟，乡愁是鸡鸣犬吠，乡愁是瀑布流水，乡愁是树叶沙沙，乡愁是细雨蒙蒙，乡愁是春笋发芽，乡愁是游子梦回。"青菱一连用了七个排比句。

这时，台下有植物在叫喊："你们不要净说好听的，难道就都那么好吗？"

香樟说："是啊，人无完人，金无足赤，我也不相信浙江十全十美，存在的问题，你们也要说说。"

水杉走上来，说："浙江在美丽乡村建设方面做了很多尝试，应该说现在农村面貌是焕然一新了。但是美丽乡村就是要的乡村之美，这种美不在于一时一地，而在于可持续发展，这就必须坚持走生态、绿色、和谐的发展之路。尊重自然，因地制宜，保持特色。"

"你就说存在什么问题吧。"香樟提出要求。

"我发现在美丽乡村建设过程中，出现了这样那样的问题，我将其归纳成 10 个'通病'。"水杉决定实话实说。

台下的植物窃窃私语："啊，10 个'通病'，够多的，且听水杉一一道来。"

水杉说："以下就是我发现的问题，并且我还提出了相应的改进意见。"

"通病一"是过度推山削坡。建议保持原有生态，形成优美的自然景观；

"通病二"是过度填塘造地。可利用原有池塘，种植亲水植物，将其改建为景观氧化塘，净化污水。

"通病三"是溪流、沟渠等驳岸过度追求硬化。驳岸用于溪流、沟渠、池塘等整治，原则应自然质朴，避免使用过多的水泥。整治中应因地制宜，保持原生态风貌，宜采用卵石、块石等地方材料，保持水岸自然、古朴的风貌；

"通病四"是乡村绿化城市化，大面积种植景观草坪。采用大片草坪，维护成本高，不适合农村。绿化植物应采用乡土植物，以免维护、少维护为原则，节省成本。

"通病五"是村政设施城市化，建设大公园。乡村的田间资源就是公园，田间小道就是绿道，充分利用田间资源，就可以形成田野公园。不需要建设像城市那样的大公园。

"通病六"是村政设施城市化，建设大广场。可以利用废旧房屋拆除后留下的砖瓦石等材料，采用丰富的地面铺装形式。建设透水效果较好且保留历史乡土记忆的道场。

"通病七"是村政设施城市化，路面过度硬化。古民居周边场地不应过度水泥硬化，可采用卵石、青砖、块石等材料，用传统工艺铺设，与传统风貌相协调；

"通病八"是村庄标志性建筑过大。农村不建议建设大牌坊、大水池、大假山，在乡村风土与建筑小品尺度把控方面，宜保留村庄古树、古井、古墙等历史环境要素，利用乡土材料组合，创造富有乡土气息的特色节点；

"通病九"是建造工艺工业化，机械化石栏杆等。在乡村，栏杆可采用木（或仿木）、竹篾、砖石等地方材料搭配，通透简洁，不宜采用封闭式石栏杆。

"通病十"是墙面整治简陋化。老建筑反映了乡村历史和地方材料，如砖、石、土坯等乡土材质，整治中要因地制宜，保持其原生态、原材料、原工艺的立面肌理，对其进行清洁、相同材质修补即可。不得简单粗暴对其进行粉刷喷涂或瓷砖贴面。墙面上施以彩绘、装饰等，可宣传村规民约，也可表达本村历史文化特色，或者利用垂直绿化对墙面进行遮挡美化。

水杉一口气把10个"通病"说完了，他不但指出了问题，还提到了解决问题的方法。听得在场的植物纷纷竖起大拇指，连称厉害，厉害，不愧是子遗植物的后代。连见多识广的香樟也叹服了，肯定水杉指出的

10 条都说到点子上了。香樟抬头看看，日已中午，就说："大家一定饿了，先回去吃午餐吧，吃饱喝足了，我们下午继续开会。"上午的分享会到此告一段落。

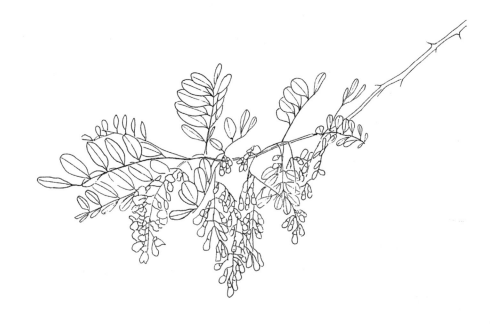

22　植物分享会（3）

下午2时，润园植物分享会继续举行。香樟说："上午四个组分别做了介绍，银杏组去慰问珍稀濒危植物，那是点；枫香组考察森林古道，那是线；芦苇组、乌桕组分别参观采访湿地公园、森林公园，那是面。点线面相结合，东南西北都走遍，说明我们组织的活动很全面，取得的成果很丰硕。下面进入提问讨论环节，植物们有什么问题都可以谈，我们不设条条框框，大家随意聊。"

香樟话音刚落，老槐树站起来要求发言。香樟示意老槐树坐着说就行了。老槐树说："上午听了毛竹、青菱、水杉等植物关于美丽乡村建设的介绍，很受鼓舞，我有些想法，不知是否适合说？"

"老槐树您德高望重，但说无妨。"香樟拱手致意。

"现在美丽乡村建设如火如荼，地面硬化了，沟渠清洁了，墙面亮堂了，公园广场建起来了，外表看起来是漂漂亮亮的，成绩有目共睹，但是总觉得少了点什么。"老槐树停下来，喘了口气后，继续说："前段时间，乡下的小槐树接我去小住，我发现乡下每个村都建有文化礼堂，外表很气派的，门口牌子也挂了不少。可是走进去一看，看不到多少文化元素啊，连书刊都没有几本，徒有虚名啊。"

"这不是形式主义吗？"植物们交头接耳议论纷纷。

"所以我认为，美丽乡村建设应该以'文化'建设为重点。文化这个东西，各地都有特色的，都是可以深入挖掘的。这方面搞好了，可以避免千篇一律的模式化建设。"老槐树说得气喘吁吁。

"老槐树的意思是物质文明和精神文明，两手都要硬。"香樟含笑致谢。全场响起一阵掌声，献给老槐树。

"我有一个问题想不明白，我到外面跑了一圈，发现过去有的人神通广大，可以跨学科发展，比如有些哲学家同时又是数学家，而现在则很难再出现这样的人。这是为什么？"广玉兰站起来提问。

香樟朝台上看看，说："谁能回答这个问题？"

银杏站起来说："我来谈谈我的理解。知识这个东西，好比是一个倒圆锥体，下面小，上面大，知识是往上面累积的，开始时，圆锥体的直径小，往里面倒水容易满上来，越往后，圆锥体的直径越大，再往里倒水就不容易满上来了。"

"你的意思是说，越早时，基础越薄弱，所需的积累越少，越容易出成果？"广玉兰将信将疑。

"是的，随着科学技术的发展，过去的知识积累越来越多，要突破就越来越难，而人的生命是有限的，在现在的情况下，能专注于某个点取得成功已不容易，不要说跨学科全方位发展了。"银杏解释道。

"我同意银杏的说法，另外补充一点，过去的人静得下来，现在的人普遍浮躁，而科学上要取得突破是需要坐得住冷板凳的。"雪松谈了自己的看法。

"我来讲个现代笑话。"枫香站起来笑着说："一对夫妻分别写我的一天。老公是这样写的：我媳妇的一天！起床，骂我，吃饭，骂我，骂娃，打扫卫生。骂我，吃饭，辅导作业，骂娃，顺道骂我，吃饭，睡觉！我的一天！挨骂，起床，挨骂，吃饭，看手机，莫名其妙被骂，吃饭，又莫名其妙被骂，玩手机，挨骂，挨骂，睡觉！

"老婆是这样写的：我老公的一天！不起床，不做饭，不洗碗，不打扫，不管娃，不辅导作业，玩游戏，玩完游戏看抖音，看完抖音看微博，看完微博玩游戏，睡觉！我的一天！做早饭，发火，洗碗，发火，打扫卫生，发火，洗菜，发火，做午饭，发火，辅导作业，发火，做晚饭，发火，帮孩子洗澡，发火，睡觉！"

"我懂了。"广玉兰笑着连连道谢。

"我也有个问题。"沙朴站起来说："我原来在润园，自认为懂得不少，这次到外面跑了一圈，发现不懂的东西实在太多了，这该如何解释？"

"你这叫山中无老虎，猴子称大王。"狗尾草嘻嘻笑着说。

"他这是井底之蛙。"枫杨也借机取笑。

"去，去，去，有你们什么事，瞎起哄。"沙朴佯装生气。

"这个问题我来回答。"枫香站起来说："我也来举例说明，我们掌握的知识，就好比是一个球的表面积，我们在润园，这是个小球，表面积很少，和外界的接触面就少。越到外面去闯荡，就好比这个球扩大了，表面积越来越大，和外界的接触面也越来越多，你就会越来越觉得自己的知识贫乏。"

"无知者无畏，也是这个道理吧。"杜英补了一句。

"广阔天地，大有作为，我们要鼓励大家多出去多锻炼增长才能。"香樟在笔记本上记了下来。

"我知道了。"沙朴脸都红了。

"我有一事想不明白。"茶花气呼呼地站起来，欲言又止。

香樟鼓励她，说："茶花你有话尽管说出来，不要闷在心里。"

茶花说："前几天我在外地的小姐妹给我发微信，说她们本来好端端种在田里的，突然接到通知说这里不能种了，要搬迁，她们好担心，不知道背井离乡能不能活得下去。"

"这个问题就出在一个'田'字上面，田是用来种粮食的，不是用来种花木的。"不等茶花说完，无患子就解释起来。

"可是，种的时候也是他们鼓动的，说是什么东西经济效益好就种什么。"茶花不服气。

"这叫一时一策，人不能在同一棵树上吊死。"无患子自鸣得意。

"扯远了，扯远了。茶花，你还有什么要说的吗？"香樟想把话题拉回来。

"我话还没有说完呢。"茶花泪眼汪汪地说："我的小姐妹告诉我，拆迁移植她们也接受的，就是给主人适当的补偿好了，只要是符合公开公正公平的三公原则。可就是这样一件简单的事，有人又要弄得很复杂。"

"怎么个复杂法？"无患子兴趣来了。

"田里种的茶花树本来都是一样的，可在补偿时，非要分出个三六九等来，有的家的补 100 元一株，有的家的补 80 元一株，有的家的只补 60 元一株，你说这也太不像话了吧。"说到这里，茶花气得脸都涨红了。

黄山栾树说："这个补偿高低和花木主人的利益有关系，和你们小姐妹花木本身又没有关联的，你又何必如此气急。"

茶花女说："看来你是真不知道，不是有句话叫狗仗人势吗，我们茶树之间本来大家都是很平等的，平常见面也都是客客气气的，可自从被人类分出等级以后，有的家的茶树变得趾高气扬，有的家的茶树变得垂头丧气，双方见了面都不打招呼了。这段时间以来，几个要好的小姐妹都来向我诉苦，我又没有办法摆平，所以连日来心情一直不好。"

听到这里，大家都明白了。很多植物都摇头叹息起来。香樟对茶花女说："原来如此，这事虽然由人类引起，但我们也有责任和义务帮你。这样吧，我在业委会上班，改天我把这个情况向人类通报，希望人们引起重视，想出一个符合公开、公正、公平"三公原则"的好办法来。你就放心好了。"

茶花女听到香樟这样说，开心地笑了。香樟见好就收，宣布润园植物分享会到此结束。植物们开了一天会也累了，听到"散会"，就急忙起身回自己住地取食去了。

23　木芙蓉

　　清晨，润园小区池塘边的木芙蓉，被"吱吱喳喳"的鸟叫声从梦中惊醒。她用手揉揉双眼，朝停在树梢的鸟儿做个鬼脸，说声"去，去，去，你好不知趣，打断了我的美梦。"鸟儿嘻嘻笑着，飞走了。

　　木芙蓉回忆起刚做的梦，梦里那人自称"花蕊夫人"，说是五代后蜀皇帝孟昶的妃子。她不但妩媚娇艳，还特爱花。有一年她去逛花市，在百花丛中看到层层叠叠的芙蓉花如天上彩云滚滚而来，尤其喜欢。孟昶为讨爱妃欢心，颁令在成都城头尽种芙蓉，待到来年花开时节，成都就"四十里如锦绣"。后来，孟昶的绿化城市工程大功告成，携花蕊夫人一同登上城楼，相依相偎观赏红艳数十里、灿若朝霞的木芙蓉花。成都自此也有了"芙蓉城"的美称。后蜀灭亡后，花蕊夫人被宋朝皇帝赵匡胤掠入后宫，她常常思念孟昶，偷偷珍藏他的画像，寄托想念之情。赵匡胤得知后，逼她交出画像。但花蕊夫人坚决不从，赵匡胤一怒之下将她杀死。后人敬仰花蕊夫人对爱情的忠贞不渝，尊她为"芙蓉花神"，所以芙蓉花又被称为"爱情花"。

　　回忆到这里，木芙蓉止不住泪水汪汪，正伤感时，突然听到水面上发出了"扑噜"的声响。木芙蓉转向水池，看到了有几条小鱼仰着头晃着尾巴正看着自己，似乎在关切地问："你是谁啊？为何要伤心呢？"

　　是啊，我是谁呢？木芙蓉想告诉小鱼，我是芙蓉花，又名木芙蓉、拒霜花、木莲、地芙蓉、华木，为锦葵科木槿属落叶灌木或小乔木。我是土生土长的中国植物。喜欢温暖、湿润的环境，不耐寒，忌干旱，耐水湿。我对土壤要求不高，瘠薄土地亦可生长。我的花于枝端叶腋间单生。花、叶均可入药，有清热解毒，消肿排脓，凉血止血之效。

这样想着，再寻小鱼，发现鱼儿已经游走了。"我为何要伤心呢？"木芙蓉自言自语。她朝自己上下左右打量了一番，自信心慢慢上来了。她扳着手指头思量：自己的枝、干、芽、叶在一年四季中有不同的形态，春季梢头嫩绿，一派生机盎然的景象；夏季绿叶成荫，浓荫覆地，能消除炎热带来清凉；秋季拒霜宜霜，花团锦簇，形色兼备；冬季褪去树叶，尽显扶疏枝干，寂静中孕育新的生机；春夏秋冬各有风姿和妙趣。

她进一步发散思维：由于花大而色丽，中国自古以来多在庭园栽植，可孤植、丛植于墙边、路旁、厅前等处。特别宜于配植水滨，开花时波光花影，相映益妍，分外妖娆，所以《长物志》云："芙蓉宜植池岸，临水为佳。"还有"照水芙蓉"之称。此外，植于庭院、坡地、路边、林缘及建筑前，或栽作花篱，都很合适。

更引以为荣的是，芙蓉花是非依光型，因温度、水分等因素引起花瓣内花青素浓度的变化，一天中花色可有几种变化。早晨开放时为白色或浅红色，中午至下午开放时为深红色。人们把木芙蓉的这种颜色变化叫"三醉芙蓉""弄色芙蓉"。有些芙蓉花的花瓣一半为银白色，一半为粉红色或紫色，人们把这种芙蓉花叫做"鸳鸯芙蓉"。现代科技还培养出复色芙蓉花，使其花瓣上镶有彩边、彩色条纹、斑块、斑点等，花朵也更加硕大，花期更为长久。

想到这里，木芙蓉心情豁然开朗。这时，小鱼摇头摆尾的又回来了。木芙蓉满脸堆笑地和小鱼打招呼，小鱼似乎听懂了，但还是痴痴地望着自己。

"什么？你认可我的美艳，但不知道我还有什么其他价值？我的价值可多了，你听我慢慢说。"木芙蓉心情好了，就耐心地对小鱼说了起来。

我先说说经济价值：茎皮含纤维素 39%，茎皮纤维柔韧而耐水、洁白柔韧、耐水湿，可供纺织、制绳、缆索、作麻类代用品和原料，也可造纸等用。古人还用木芙蓉鲜花捣汁为浆，染丝作帐，即为有名的"芙蓉帐"。

再说说生态价值：在固土护坡方面，木芙蓉防止水土流失的作用十分显著，因其拥有盘根错节的根系，也有能向土壤内部伸展的侧根，这样使根系与土壤接触的面积不断增大，同时根系与土壤的固着强度也大大增加，从而有助于边坡稳定性的增强。在净化大气方面，木芙蓉小枝、叶片、叶柄、花萼均密被星状毛和短柔毛，能有效地吸附大气中飘浮的固体颗粒物；另外，木芙蓉对 SO_2 抗性强，对 Cl_2 与 HCl 也有一定抗性。它不仅是优良的园林观花树种，同时也是工厂周边环境绿化净化的理想树种。适合在精密仪器厂、自来水厂、电视机厂等要求周边环境尘埃少、空气洁净的地点种植。

还有食用价值：木芙蓉花亦可烧汤食，软滑爽口，花瓣与鸡肉一道可制成芙蓉花鸡片；与竹笋同煮可制成雪霞羹；与粳米一道可煮"芙蓉花粥"；还可与面粉调合，放入油锅中炸，炸后与软骨煨汤等。

药用价值也不少：清热解毒，消肿排脓，凉血止血。用于肺热咳嗽，月经过多；外用治痈肿疮疖、乳腺炎、淋巴结炎、腮腺炎、烧烫伤、毒蛇咬伤、跌打损伤等。

小鱼听得累了，摇摇尾巴游开了。木芙蓉摇摇头叹了口气，自嘲道："我这不是对牛弹琴吗？"

"吱吱、喳喳！"鸟儿回来了，对着木芙蓉嘻嘻哈哈地欢叫着，亲热得很。

"你又来凑什么热闹？"木芙蓉嗔怪道。

"我远远地在听着呢。"鸟儿在木芙蓉树梢上跳来跳去。

"那我说得怎么样？"木芙蓉正式问。

鸟儿："你说的都是事实，但我对这些不感兴趣。"

木芙蓉："你感兴趣的是什么？"

鸟儿："我关注的是植物文化。"

木芙蓉："植物文化？你想知道什么？"

鸟儿："芙蓉花的命名缘由知道吗？"

木芙蓉："当然知道，因其花或白或粉或赤，皎若芙蓉出水，艳似菡萏展瓣，故有'芙蓉花'之称，又因其生于陆地，为木本植物，故又名'木芙蓉'。木芙蓉开的花一日三变，故又名'三变花'，其花晚秋始开，霜侵露凌却丰姿艳丽，占尽深秋风情，因而又名'拒霜花'。"

鸟儿："芙蓉国是怎么回事？"

"据史料记载，自唐代始湖南湘江一带便广种木芙蓉。唐末诗人谭用之赋诗曰：'秋风万里芙蓉国'。从此，湖湘大地便享有了'芙蓉国'之雅称。"木芙蓉学过历史，对自己的身世更是了如指掌。她觉得意犹未尽，又补上一句："'芙蓉国里尽朝晖'，这是当代伟人的名句，有很多人是因此而成为木芙蓉的粉丝的。"

鸟儿："我想听几首古人写木芙蓉的诗。"

木芙蓉："那太多了，王安石《木芙蓉》诗：'水边无数木芙蓉，露染胭脂色未浓。正似美人初醉著，强抬青镜欲妆慵'着眼于水边；范成大《窗前木芙蓉》诗：'辛苦孤花破小寒，花心应似客心酸。更凭青女留连得，未作愁红怨绿看'着眼于怨愁；杨万里的木芙蓉诗：'染露金风里，宜霜玉水滨。莫嫌开最晚，元自不争春'着眼于时令；而苏东坡的木芙蓉诗：'千林扫作一番黄，只有芙蓉独自芳。唤作拒霜知未称，细思却是最宜霜'写得气韵充足，理趣盎然。"

鸟儿和木芙蓉一问一答，见木芙蓉对答如流，鸟儿乐得"吱哩呱啦"叫个不停。鸟儿赞叹道："木芙蓉风姿绰约，丽影照水，'水明玉润天然色，千树芙蓉独自芳'。好了，我肚子饿了，要找食去了，再见！"说着，扑腾着翅膀飞走了。

木芙蓉这才感觉到自己也饿了，连忙猛吸几口水分和空气，迎着太阳进行光合作用。

24　自然保护区

润园植物分享会结束后，香樟正在办公室和银杏、枫香商量工作，老槐树走了进来，对香樟仁说："润园植物出去慰问过濒危植物，走过森林古道，考察学习过湿地公园、森林公园，却偏偏遗留了一个重要的区域没有去。"

"还有什么重要区域没有去？"香樟连忙问。

"自然保护区！浙江有很多国家级自然保护区，可是我们润园植物一个都没有去，是不是应该补上。"老槐树一字一板地说。

"是啊，我怎么忘了呢？真不应该。"香樟拍拍脑袋。

枫香扶着老槐树坐下来，倒了一杯水给他，说："您在我们小区德高望重，我们要向您多请教。关于自然保护区，您给我们先介绍一下。"

老槐树说："自然保护区是指对有代表性的自然生态系统、珍稀濒危野生动植物物种的天然集中分布、有特殊意义的自然遗迹等保护对象所在的陆地、陆地水域或海域，依法划出一定面积予以特殊保护和管理的区域。中国自然保护区分国家级自然保护区和地方级自然保护区。"

"在浙江有哪些国家级自然保护？"银杏插嘴。

"据我所知，现在浙江境内至少有 10 个国家级自然保护区，分别是天目山国家级自然保护区、清凉峰国家级自然保护区、凤阳山 - 百山祖国家级自然保护区、古田山国家级自然保护区、九龙山国家级自然保护区、乌岩岭国家级自然保护区、大盘山国家级自然保护区、南麂列岛国家级海洋自然保护区、象山韭山列岛国家级自然保护区、长兴地质遗迹国家级自然保护区。其中前面 7 个以野生动植物为主要保护对象，南麂列岛和象山韭山列岛以海洋生物为主要保护对象，长兴那个以地质遗迹为主要保护对象。"老槐树边喝水边说。

香樟给老槐树杯子里加上水，说："您慢慢来，这 10 个保护区都简单说一说。"

"有些我也没有去过，只能把我所了解的情况向你们做个汇报，供你们参考。"老槐树很谦虚，见香樟仨都用期许的眼神看着自己，就一个一个介绍起来。他一边说，枫香一边记。

天目山国家级自然保护区位于杭州市临安区境内，面积 4300 公顷，1956 年建立，为我国最早的一批自然保护区之一，1986 年经国务院批准列为国家级自然保护区，主要保护对象为银杏、天目铁木、南方红豆杉等珍稀濒危植物。1996 年加入联合国教科文组织"人与生物圈"保护区网。本区地处东南沿海丘陵区的北缘，属温暖湿润的季风气候。植物为亚热带落叶常绿阔叶混交林，是中国中亚热带植物最丰富的地区之一，植物区系反映出古老性和多样性。计有各类植物 1570 种。其中国家重点保护植物 25 种，以天目山命名的植物 24 种，珍稀子遗植物银杏的野生种也分布于此，具有重要的科研价值。此外，天目山自然风景优美，人文历史遗迹众多，也是旅游、避暑的胜地。

清凉峰国家级自然保护区位于安徽省东南部绩溪县、歙县、浙江省西北部杭州市临安区两省三县区交界处。浙江境内的清凉峰国家级自然保护区前身为龙塘山省级自然保护区，建立于 1985 年。1998 年 8 月，扩区晋升为国家级自然保护区。毗邻浙江省淳安县、安徽省歙县、绩溪、宁国等四县市，总面积 11252 公顷，由于其独特的地理位置和自然条件，区内生物多样性突出，拥有多种珍稀、濒危植物和特有属种、模式植物、经济植物以及多种珍稀、濒危的野生动物，属森林和野生动物类型保护区，兼具生物种源自然保护区和自然生态系统保护区的性质。

凤阳山－百山祖国家级自然保护区位于浙江省西南部龙泉市、庆元县境内，属森林生态系统类型自然保护区，原为两个保护区，1992年经国务院批准合并为凤阳山－百山祖国家级自然保护区。区内有高等植物271科1059属2567种。属国家一级重点保护的植物有伯乐树、红豆杉、南方红豆杉3种；属国家二级重点保护的有香果树、福建柏、白豆杉等18种。保护区列入国家重点保护野生动物名录的有53种。其中属一级保护的有金钱豹、云豹、黄腹角雉等；二级保护的有大灵猫、小灵猫、短尾猕猴、苏门羚、水獭、赤腹鹰、穿山甲、小隼、夜鹰、白鹇等。

古田山国家级自然保护区位于开化县城西北30公里处的苏庄境内，与江西省婺源县毗连。因其山畔有田，山中深处有古森林，林中有古田庙，故名古田山，"东南之名胜，为七十二洞天之一"。山上林木葱茏，遮天盖日，天然次生林发育完好，有"浙西兴安岭"之称，总面积13.68平方公里，1975年列为全国45个自然保护区之一。主要保护对象是中国特有的世界珍稀濒危物种白颈长尾雉、黑麂及其原生态的森林生态系统。

九龙山国家级自然保护区位于浙、闽、赣三省毗邻地带的遂昌县西南部，与福建浦城、浙江龙泉接壤，属武夷山系仙霞岭的一个分支。保护区始建于1983年9月，2003年6月经国务院批准晋升为国家级自然保护区，总面积5525公顷。主要保护对象为黑麂、黄腹角雉、伯乐树、南方红豆杉，属森林和野生生物类型自然保护区。

乌岩岭国家级自然保护区处中亚热带南北亚带分界上，位于浙江省泰顺县西北部，西连福建省寿宁，北接浙江省景宁，距离温州市245公里，是中国濒临东海最近的森林生态与野生动物类型国家级自然保护区。保护区内山峻地广、复杂的地形地貌及原始森林构成了多种独特的自然景观。保护区内有植物2150种，国家重点保护动物50多种。世界珍稀濒危鸟类、国家一级保护动物黄腹角雉就栖息于此。

大盘山国家级自然保护区位于磐安县，总面积 4558 公顷，主峰大盘山海拔 1245 米，是钱塘江、瓯江、灵江三大水系主要支流的发源地。是南北植物汇流之区，区内植物种类丰富而复杂，区系具有暖温带和亚热带两个类型成分相互渗透的特点。该区以珍稀濒危药用植物和道地药材种质资源及其原生地生态系统为主要保护对象，是中国东部药用植物野生种或近缘种最重要的种质资源库。2002 年 7 月被批准为国家级自然保护区。

南麂列岛国家级海洋自然保护区位于温州市平阳县，总面积 201.06 平方公里，其中陆域面积为 11.13 平方公里，海域面积为 189.93 平方公里。区内有面积大于 500 平方米的岛屿 52 个，主岛南麂岛面积为 7.64 平方公里，西距大陆最近点约 30 海里。该区是以海洋贝藻类、海洋性鸟类、野生水仙花及名贵海洋鱼类为主要保护对象的海洋生态系统保护区。

象山韭山列岛国家级自然保护区位于舟山群岛最南端，保护区成立于 1981 年，2011 年升级为国家级自然保护区。总面积为 484.78 平方公里，其中核心区面积 58.84 平方公里，缓冲区面积 117.16 平方公里，实验区面积 308.78 平方公里。保护区主要保护对象为大黄鱼、曼氏无针乌贼、江豚、黑嘴端凤头燕鸥等以及与之相关的岛礁生态系统。

长兴地质遗迹国家级自然保护区位于长兴县城西北青塘山麓，总面积 275 公顷。保护区内有一个以"金钉子"为主题的地质公园，见证地球历史代与代之间变迁的"金钉子"，全世界只有两颗。长兴"金钉子"所处的时代，是三大断代界线之一，它经历了历史上最大的生物灭绝事件，具有极其重要的国际对比意义，是当之无愧的瑰宝。保护区内还可以参观国家地质遗迹博物馆。博物馆内设有地球奥秘厅、生命演化厅、岩矿标本厅、金钉子展厅、长兴古地理厅和科普演示厅等 6 个展厅，采用图文、化石标本、模型演示以及电视专题片等多种形式，全方位展示地球历史的巨变过程，介绍长兴灰岩和金钉子的科普知识。

老槐树介绍完 10 个保护区，累得气喘吁吁。香樟仁为老槐树的博学不停点赞。银杏说："百闻不如一见，我建议还是要选派润园植物出去考察保护区，补上这个短板。"

"派谁带队去好呢？"香樟征求银杏和枫香意见。

"杜英、无患子、黄山栾树仁植物，对前面几次活动没轮到他们一直耿耿于怀，这次就给他们一个机会吧。"枫香建议。

"好吧，那就这么定了。"香樟拍板。接着，又商量起其他事情。

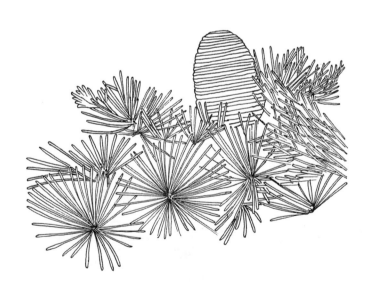

25 天目山保护区

润园植物决定由杜英、无患子、黄山栾树仨组团，对浙江境内的自然保护区进行考察，杜英任组长。消息公布后，黄山栾树心里不爽，对无患子嘀咕道："论资历贡献，杜英怎么能和我们俩比，为啥让他当组长？"

"现在提倡年轻化、知识化、专业化，这些方面杜英比我们有优势，况且当组长担子重，我们无官一身轻何乐而不为。"无患子劝慰他。黄山栾树想想也对，就不吱声了。

杜英把无患子、黄山栾树找来，发给他俩各一张纸条，纸上左边一列写着天目山、清凉峰、凤阳山－百山祖、古田山、九龙山、乌岩岭、大盘山，右边一列写着中草药、大树王、冷杉、梅花鹿、白颈长尾雉、黑麂、黄腹角雉。杜英说："我想先摸个底，了解下你们对自然保护区知道多少。请将保护区和动植物的对应关系用线条连起来。"

黄山栾树哼了一声，拿起笔，一下子就划好了，结果是这样的：

天目山——大树王

清凉峰——梅花鹿

凤阳山—百山祖——冷杉

古田山——白颈长尾雉

九龙山——黑麂

乌岩岭——黄腹角雉

大盘山——中草药

杜英点点头，说："不错，不错。"

"太小儿科了，你当我们是上幼儿园啊。"黄山栾树气呼呼的。

无患子赶紧岔开话题，问杜英："我们先去哪里？"

"第一站去天目山。"杜英回答。

"有什么理由？"黄山栾树气还没有顺过来。

"理由多得很。"杜英知道黄山栾树心有不服，但他胸有成竹地说："首先，天目山不光是国家级自然保护区，还是浙江唯一国际级的保护区；其次，天目山在临安，属杭州市，离得近，我们办事情总是由近而远为好；最后，天目山有柳杉王，柳杉王和我们这里的香樟王是好朋友，香樟王还写了封亲笔信让我带给他呢。"

杜英还要强调理由，无患子说："够了，够了，不用多说了，我们听你的，现在就去吧。"

杜英仁来到天目山，找到柳杉王。这个柳杉王在植物界大名鼎鼎，和香樟王常有联系。柳杉王见到杜英仁，看了香樟王的信，笑着说："这个香樟王，现在都什么年代了，还写亲笔信。"

杜英说："亲笔信更正规一些吧。"

"兄弟之间，何必这么讲究。"柳杉王朗声大笑。接着问："说吧，需要我做什么？"

"听说天目山古树名木很多，请您先介绍一下。"杜英开门见山，直入主题。

柳杉王说："天目山确实有很多中国特产的古树，数量最多的当然是我的同类柳杉。其中树龄1000年以上的有26株，500年以上的有564株，300-499年的有4236株，100-299年的有709株；胸径2米以上的有12

株，1 米以上的有 566 株。我这个大树王，相传是当年乾隆皇帝下江南时所敕封。"

黄山栾树环顾四周，见天目山古柳杉群，四季常青，挺拔壮美。再细看柳杉王，苍骨丰肌，腰宽臂粗，要 5 人才能合抱。就握着柳杉王的手说："久闻柳杉王大名，如雷贯耳，今日得见，三生有幸。柳杉王果然气宇轩昂，一身正气，佩服佩服。"

"黄山栾客气了，我乃深山老朽，不中用了，不像你们，英姿飒爽，在城市里正可大有作为啊。"柳杉王脸露喜色，慈祥地看着黄山栾树仨。

"您刚才提到大树王是乾隆皇帝敕封的，这是真的吗？"无患子很好奇。

柳杉王说："当然是真的，我给你们讲个故事。"

乾隆皇帝第一次南巡时，最后一站落在杭州。他们登临天目山，赐禅源寺御笔木刻《心经》一卷后，沿着三里亭的古道拾级而上。众人来到五里亭附近，路边的草丛里响起了窸窸窣窣的声音，引得乾隆皇帝好奇下轿察看。不料一条长蛇蹿了出来，随行的一众人都吓得面如土色。乾隆皇帝却急中生智，拔出宝剑刺去，可惜未中。此时，一个机敏的太监趁机讨好说："莫不是这条蛇是来讨封的？"

乾隆皇帝顺势道："看在天目灵山的面上，饶了这牲畜一条性命。"话音刚落，不曾想，这条蛇竟径自往宝剑利刃上撞来。

乾隆皇帝更觉得这生灵有灵性，于是动了恻隐之心，便提笔一书，在此地立了一块"斩蛇碑"。一行人浩浩荡荡继续前行。终于上得山来。眼见开山老殿隐隐约约就在前头，于是大家在一株巨大的柳杉下歇息。没料到刚一坐定，头上传来飒飒簌簌还略带发颤的声音，倏地，一阵山风随之而来。莫不是大树也想讨个封赏？

随行的太监一脸殷勤说："圣上看这大树大否？"

乾隆皇帝遂上前仔细察看，见这棵大树树干奇大、枝粗叶茂，于是令人围抱。周边随从呼啦上前，好几个人一起才刚刚把树合围。好奇之下，乾隆解下腰上的玉带一试，恰好围了一圈，忍不住脱口夸道："大，朕看此树可算得'大树王'了。"乾隆玉带围过的那一圈，从此还留下了一圈凹痕。

无患子等植物啧啧称奇，交口称誉。柳杉王带着杜英仁来到三里亭和老殿之间的山谷地，指着前面的一片银杏树，说："天目山除了柳杉，还有银杏，'上千轫，达连抱，夸条直畅，实叶峻茂'，说的就是这里的活化石银杏树。古树深深，绵长悠久。云雾缭绕间，树们领略过秦皇的威武、汉武的风采，欣赏过盛唐的诗风、宋代的烟霞，也感叹过大清的日落。"

杜英问："那您柳杉王和银杏比，如何？"

柳杉王说："我怎能和银杏比，差距可大了。天目山所有的树中，银杏树的辈分最大、资格最老。尤其是天目山上海拔千米的岩石旁，有一株树龄超过 1500 多年的古银杏树，树冠横展，枝叶层层伸延于峭壁之上，老、壮、青、少、幼 22 株共生，一树成林，相互偎依，有着'五世同堂'的美誉。自从遥远的亘古开始，上万年的四季轮回中，银杏叶一茬又一茬地绿了又黄再抽新芽。这一株，是天目山至今保存着的余株中生代孑遗植物野生银杏的形象代表。天目山被公认为当代世界银杏的发源地。天目山银杏后来传到了中国北方和日本，然后落脚全球。著名的植物学家彼得·克兰曾在《银杏：被时间遗忘的树种》一书中，深情地描述银杏'是中国送给世界的珍贵礼物'。歌德也曾经写过，我的花园有一棵银杏，她来自遥远神秘的东方。每一位深富学养的人见到她，都有一种朝圣的虔诚。她原本就是一个神灵，集天地之精气，合千古之灵秀，让全世界都倾目于她。银杏作为现存世界上最古老的树种之一，挺过了沧桑巨变，一直走到今天。"

无患子问："天目山除了柳杉、银杏，其他主要高大树种是什么？"

柳杉王说："柳杉群体现的是壮美，银杏群体现的是古老，而金钱松是以高度而著称。天目山的金钱松里有一棵全省最高的'冲天树'，树干笔直，直冲云霄，树高达到56米，约有15层楼那么高。金钱松是世界著名的五大庭院观赏树种之一，入秋季节，满树金黄，景色独特。它的树皮呈圆块状开裂，叶子簇生呈圆形，形似铜钱，故而得名。"

"天目山最珍贵的植物是什么？"黄山栾树插问。

柳杉王说："是天目铁木，它是天目山的特有植物中最为珍贵的。因此树唯天目山独有，故称它为'天目铁木'，目前仅剩5株。这5株野生的天目铁木，被称为'地球独生子'。在植物学家眼里，这5株天目铁木，藏着植物基因的秘密，对于研究植物区系有不可估量的科学价值。"

杜英说："我发觉在这里用天目命名的植物比较多。"

柳杉王回答："是的，比如天目木兰、天目琼花、天目杜鹃、天目紫茎、天目木姜子等。以'天目'命名的植物有37种。而模式标本采自天目山的，则有92种之多。亿万年前，天目山随海浮沉，汪洋成了江南古陆。天目山山势高峻，地形复杂，沟谷纵横，很适合植物的生长、繁育、绵延。天目山得名之时，应该也想不到会有如此多沃植其间的植物，以及穿行林间的动物，有朝一日会以天目之名冠之，并流传远方。"

杜英边走边问："有关植物的故事，您还有什么要说的？"

柳杉王说："这里有很多植物，都有着惊心动魄的经历，比如羊角槭。在西天目山海拔800至870米的沟谷林里，一开始有人在原生境林内发现了两株野生羊角槭，一株已经成年，一株还是幼树。可惜后来它们遭遇了一场雨雪冰冻，被压断而亡。幸运的是，自1979年羊角槭被发现以来，当地林业科研人员陆续开展羊角槭的人工繁育工作。30多年之后，羊角槭繁育保存至200余株，有的已经开花结果。"

柳杉王指了指前面的一片林子说："在天目山，不仅天目铁木、羊角槭生长得很好，还有浙江楠、毛竹、榧树等喜温暖的树木，在雨量充沛的山麓安家；柳杉、金钱松等好阴湿的古老树种，在几乎终年云雾笼罩的山腰定居；黄山松、仙顶梨等耐高寒的物种，则在山顶落脚生根。连香树、羊角槭、香果树、凹叶厚朴……特殊的山地小气候环境，成就了天目山上的江南嘉木随处皆是。朝鲜落叶松、日本扁柏、美国红杉、法国梧桐等一大批'异乡来客'，也远渡重洋落户天目，展露新姿。在天目山6万多亩的山地上，生长着800多种木本植物、1600多种草本植物（其中药草就有800多种）。《天目真镜录》称此山'有养生之药，菁草芫花，皆名著仙经'。天目山，这座离城市这么近的原生态森林，从亘古开始延绵至今，由'物种基因库'发端，荟萃五光十色的植物群落，终成天下奇观。"

走过开山老殿数里之后，柳杉树辞去，绿葱葱的落叶灌木中，点缀着塔状、伞状的苍松。漫山遍野的金叶，在沿袭数千年、不绝于耳的钟鼓梵唱中，加深了天目山的禅意，一草一木均为天目山的别致增添风采。时移景换，四季如画。站在天目山的四面峰，俯瞰纵横起伏的林貌，柳杉、银杏、连香树、领春木、金钱松和羊角槭组成了古老风景林。杜英拿出相机，咔嚓咔嚓地将如此美景一一拍了下来。红枫、黄杏、紫柏、绿松、蓝天，天目山仿佛是一块被打翻了的调色板。天目千重秀，闻名遐迩的景色，更胜一筹。无患子看得忘神了，情不自禁地吟出唐代诗人李频的诗一首：

承恩虽内殿，得道本深山。

举世相看老，孤峰独自还。

溪来青壁里，路在白云间。

绝顶无人住，双峰是旧关。

至笔者发稿时，杜英一行还在天目山保护区考察学习中。

26　清凉峰保护区

"我们去清凉峰自然保护区吧。"结束了对天目山的考察学习，杜英团长对无患子、黄山栾树俩说。

"你要说出理由。"黄山栾树对杜英的决定总要多问几句。

杜英知道黄山栾树心结还没有解开，就耐心地解释说："一是清凉峰保护区也在临安，这里过去很近；二是那里的自然风光极美；三是我想去见见银缕梅，那可是国家一级保护野生植物，浙江只有在清凉峰等少数地方能见到她。"

"那就赶快去吧。"无患子听说清凉峰景色宜人，还能见到一保植物，就催着黄山栾树快动身。

路上，无患子问："清凉峰，清凉峰，一定很清凉吧。"

"那当然，清凉峰主峰海拔1787.4米，系天目山脉最高峰，也是浙西第一高峰，有'浙西至巅''浙西屋脊'之称。这么高的地方还能不清凉吗？"杜英回答。

黄山栾树见无患子频频点头及杜英洋洋得意的样子，想给杜英出个难题，就说："中国字确实很有趣味，杜英团长这么有学问，我想问你几个字。"

"请问吧。"杜英不慌不忙。

问："两个口是什么字？"

答："回字。"

问："3 个口是什么字？"

答："品字。"

问："4 个口是什么字？"

答："田字。"

问："5 个口是什么字？"

答："吾字。"

问："10 个口是什么字？"

答："古字。"

问："11 个口是什么字？"

答："吉字。"

问："88 个口是什么字？"

答："谷字。"

问："1000 个口是什么字？"

答："舌字。"

黄山栾树没想到这一招难不倒杜英，一时竟不知说什么好。无患子见机感叹道："中国文化博大精深，中国文字生动有趣，细细品酌，回味无穷。你们这一问一答，水都很深啊，够我喝一壶的。"一句话，听得杜英、黄山栾树都哈哈笑了起来。

这样一路说笑着，很快就到了清凉峰山脚下。杜英看着黄山栾树说："我们步行上山吧，路上可以看看风景。"

"谁怕谁啊。"黄山栾树拍拍胸脯。

沿着山路往上走，只见清凉峰山道两边石芽、石林、峰林、石桥、溶沟、孤峰、残丘、溶蚀漏斗、洞穴、地下河等景观一应俱全。石林中大树林立，古木参天，藤萝曼舞，一幅"树死藤活缠到死，藤死树活死也缠"的景象，涵盖了石林景观中"山秀、石怪、水清、洞奇"的特点。漫步其间，欣赏着万山天窟、悟道洞、小莲花、仙浴池、疑无路、火焰山、宝掌树、五老峰、老人石、龙塘臣蝗、佛手洞、无字碑、八卦莲花峰等石林景观的"透、瘦、皱、漏"及"清、丑、顽、拙"。

清凉峰山高岭曲，清凉峰、三祖峰、龙塘座山、宝掌峰等，海拔均在 1000 米以上，群山环抱，整个山体常年云雾缭绕，变幻多端。白云在山岚间、山谷中轻盈飘荡，时而成为山帽，时而化为山衣裳，时而为山作腰带。行走在山脊上，刚刚才风和日丽，巍巍群山一览无余，转眼间云雾如海浪翻腾，不时从身旁掠过，远山如同一座座仙山，缥缥缈缈，朦朦胧胧，身旁景色时隐时现，瞬息万变。品味着喀斯特地貌自然景观的独特魅力，体会其中的无穷变化，杜英仁无不赞叹大自然的鬼斧神工，天造地设。

找到银缕梅，无患子仔细观察，发现银缕梅是落叶小乔木，芽体裸露，细小，被绒毛。叶薄革质，倒卵形，先端钝，基部圆形，上面绿色，下面浅褐色，头状花序生于当年枝的叶腋内；这时正开着花，花无花梗，萼筒浅杯状，萼齿卵圆形，先端圆形。无患子握着银缕梅的手，说："以前我只知道有金缕梅，这次来清凉峰才知道还有银缕梅，并且银缕梅比金缕梅要珍贵得多。今日得见，一饱眼福了。"

"诸位辛苦了，此乃深山老林，我在这里修炼习惯了，你们来自大城市的树，怕是多有不便。"银缕梅拱手行礼。

"你跟着我们一起进城吧，像你这样的国保植物，不知会多受欢迎呢。"无患子发出邀请。

"不，还不到那个时候。我给你们讲个森林里的故事。"银缕梅摇着头，讲起故事来：

"乌鸦和鸽子住在森林里，有一天，乌鸦准备离开，就向朋友鸽子告别。鸽子问它：'你为什么要搬走呢？'乌鸦回答道，其实我也不想搬走，但这里的人对我太不友善了，他们嫌我的叫声太难听，不欢迎我留下来，我是真的待不下去了。鸽子沉思良久，对乌鸦说了这么一番话：朋友，你如果不改变自己的声音，那么无论你飞到哪里，都不会有人欢迎的。"

"这就是著名的乌鸦定律。"杜英插话。

"是的。"银缕梅点点头，继续说："如果不改变自己身上的缺点，而是一味地选择逃避，那么问题并不会得到解决，同时还会被更多的问题所困扰。一株树成熟的标志，就是能时常反省自己，坦然面对自己的缺点和不足，并努力去改变。因此，我还必须在此苦练功夫。"

"银缕梅还是个思想家呢。"黄山栾树竖起大拇指。

"古代的哲学思想都是先贤在孤独寂寞中冥思苦想出来的。"杜英若有所思。

"别说这些了，请你给我们介绍保护区吧。"无患子央求道。

"你们跟我来。"银缕梅领着杜英仨，边走边说："浙江境内的清凉峰国家级自然保护区毗邻浙江省淳安县、安徽省歙县、绩溪、宁国等四县市，总面积 11252 公顷，由龙塘山森林生态保护区域、千顷塘野生梅花鹿保护区域和顺溪坞珍稀濒危植物保护区域三大块组成。由于其独特的地理位置和自然条件，保存着中亚热带北部亚热带山地复杂多样的森林生态系统和较完整的植被垂直带谱，拥有多种珍稀、濒危植物和特有属种、模式植物、经济植物以及多种珍稀、濒危的野生动物。属森林和野生动物类型保护区，兼具生物种源自然保护区和自然生态系统保护区的性质。保护区内现存有高等植物 1976 种，脊椎动物 283 种。有南方红豆杉、银缕梅、夏蜡梅等国家级重点保护植物 32 种，梅花鹿、黑麂、云豹等国家重点保护动物 38 种，尤其是华南野生梅花鹿，是属世界珍稀濒危、野生保存种群最大的野生动物。生物资源具有多样性、复杂性和一定的古老性、原生性，具有很高保护价值。"

来到一山岗，银缕梅指着面前开阔山丘，说："你们看，这里不仅黄山松婀娜多姿，棠棣花姹紫嫣红，其怪石也有独特之处。它不像黄山怪石那样从峭壁突兀而起，而是直接从深厚、翠绿的大地上屹立，形象逼真，十分有趣。如'仙人锯石''猿人上山''小姑背情郎''白云岩''仙人洞''龟蛇把关''狮象进门''天子池'等，类似景点达四五十处之多。壁立的石峰千变万化，有的像飞禽，有的似走兽，有的肖人，有的状物，还有更多的尚待人们为之冠以美名。另外，此处的流泉、飞瀑比比皆是，云河、云海更是变幻无穷，争异斗奇，使人赞叹不绝。"

这时，一只山雀从灌木丛中腾空而起，飞向远方。银缕梅自豪地说："这里的国保级珍稀动物有梅花鹿、白冠长尾雉、猕猴、苏门羚、白鹇、大灵猫、小灵猫、穿山甲、黑鹿、獐、鬣羚等数十种；石鸡、大鲵也颇有名气；另外，还有山雀、灰喜鹊、啄木鸟等200多种山禽，常翔集在山间深谷和茂密林中，或嘤嘤细吟，或啾啾欢唱，使保护区内更加充满生机。至于植物，这里奇花异草众多，一年四季花开不断。数不尽的野花从山麓向山顶次第盛开。早春，春寒料峭之时，梅花、迎春樱在寒风迎接着春天的消息。继而，满山遍野的麂角杜鹃、映山红、满山红、天目木兰、黄山木兰、天目木姜子等相继绽放，美不胜收。"

转过山岗，从龙池到顶峰，看到在海拔1600米以上的山顶，有一面积近67公顷的草甸，遍地开满了五彩缤纷的玉禅花、黄山龙胆、水满青、兰香草、林荫千里光、药百合、剪秋罗、地榆等各种野花。还有被称为"高山矮汉子"的黄山松、"千年不大"的珍珠黄杨，以及天目杜鹃、黄山花楸、天目琼花等，形体怪异，好似龙盘虎踞，宛若一个天然的盆景园。

银缕梅激动地说："到了秋日，草甸中十里芦荡，芦花盛开，随风起舞，飞花如雪，白峰顶，清凉峰成为芦花的世界，这里如世外桃源一般，十分壮观。在繁花盛开的季节，人行其中，清风拂面，花香扑鼻，鸟鸣、山籁、松涛悦耳，好似徜徉在花的海洋中，盆景的世界里。充分感受着'天苍苍，野茫茫，风吹草低见牛羊'的大草原美景。"

"可有什么传说？"无患子浮想联翩。

"传说清凉峰的十八龙潭是龙王所居的宝宫之府，其潭底直通杭州市的八角井。木匠祖师鲁班随师在杭州建造大型建筑时，所用木材都出自于清凉峰，而且都是从十八潭输入，从八角井取出。这条运输线全由鲁班一人管理、使用。直到有一天在建造一项重要工程将要结束时，鲁班说：木材已够了。其实还有一根木料已从清凉峰十八潭运输到了杭州八角井底而没有取出来，但经鲁班仙师的'金口'一开，井底运输通道立刻关闭。经过清点，结果少了一根。鲁班遂将一根大木材一分为二，分别制成一大一小两根梁柱，小梁放在不太重要的部位，把大的木材制成了这个重要的建筑，而且蔚为壮观，主次分明，围观民众无不目瞪口呆。鲁班从此名扬四海，人称'木圣'。"银缕梅说起传说故事来也是滔滔不绝。

"你太厉害了。"无患子佩服至极。

"高手在民间啊。"黄山栾树不停感叹。

"我要赶快记下来，回去要写汇报材料的。"杜英手忙脚乱地找纸笔。现场的植物都笑了，笑声回荡在高山草甸，绵长悠远。

27 古田山保护区

来自润园的杜英、无患子、黄山栾树植物仨，从清凉峰来到古田山，受到了当地植物香果树的热情接待。香果树是古老孑遗植物，属于中国特有单种属珍稀树种，落叶大乔木。香果树办事干脆利落，陪着杜英仨喝了一杯茶后，就介绍起来。

古田山国家级自然保护区位于开化县城西北 30 公里处的苏庄境内，与江西省婺源县毗连。因其山畔有田，山中深处有古森林，林中有古田庙，故名古田山。

古田山地处中亚热带东部，浙、赣、皖三省交界处，由于其特殊复杂的地理位置，分布着典型的中亚热带常绿阔叶林，是生物繁衍栖息的理想场所，生物多样性突出。其原始状态的大片天然次生林，林相结构复杂，生物资源丰富，起源古老，区系成分复杂，珍稀动植物繁多，是保存生物物种的天然基因库，有"浙西兴安岭"之称。

在植物区系组成上，兼具南北特点，是联系华南到华北植物的典型过渡带，其中有些是中国和浙江省仅有或稀有的种类。据统计有高等植物 244 科 897 属 1991 种，其中种子植物中有中国特有属 14 个，在浙江植物区系中仅见分布于古田山的种类有栓翅爬山虎、福建石楠、婺源安息香等 10 种；珍稀濒危植物 32 种：其中国家一级重点保护植物 1 种、国家二级重点保护植物 14 种、省级珍稀濒危植物 17 种，特别是香果树、野含笑、紫茎这 3 种珍稀植物群落大，分布集中。

动物有两栖爬行类 77 种、鸟类 142 种、兽类 58 种。其中国家重点保护动物 37 种（国家一级重点保护动物有白颈长尾雉、黑麂、豹、云豹 4 种，二级重点保护动物有白鹇、黑熊、小灵猫等 33 种）、省重点保护动物 36 种。而且黑麂是全国两个集中分布区中最大的一处；白颈长尾雉是全国分布较集中、数量较多的地区；这里也是国家二级保护动物白鹇、黑熊等的主要栖息地。

"动植物方面就不用多说了，有什么名胜古迹？"无患子插问。

"古田山不仅景美，而且名胜古迹也很多，流传着许多动人的传说。宋太祖乾德年间，因山民猎白兔，兔子化为玉石，有名僧建庙于其上取名为'凌云寺'，庙前有 30 余亩良田，因年代久远，遂名为古田庙。明太祖朱元璋曾在古田山安寨扎营、指点江山，有'点将台'为其证。方志敏率领的红军曾在古田山一带活动，留有后人纪念的'红军洞'。粟裕率领的北上抗日挺进师也曾在此撒下革命的种子。古田山周边还有大批的重点文物保护单位，如苏庄的'姜家祠'、唐头的'宋代古佛'、龙坦的'宋朝窑址'等。珍稀古树名木有'吴越古樟''唐柏''元杉''苏庄银杏'，相传'元杉'是朱元璋亲手所栽，'吴越古樟'被称为'浙江树王'。另外，'古田三怪'（蛇不螫，螺无尾，水有痕）和'世外桃源'——宋坑等处，更具有神奇色彩。"香果树侃侃而谈。

"等等，你刚才提到红军，我想起了红军时期有个'古田会议'，是在这里开会的吗？"无患子又打断了香果树的介绍。

"你别在这丢人现眼了，此古田非彼古田，'古田会议'是在福建省召开的，你乱说什么？"黄山栾树怒目而视。

"我是不懂，不是在问吗。"无患子感觉有些委屈。

"这样吧，我们这次来得正好，就去'红军洞'现场，接受革命传统教育。"杜英说着，请香果树带路。

香果树领着杜英仨来到"红军洞"，给他们讲述了方志敏、粟裕率领的革命武装在这一带进行的艰苦卓绝的战斗历程。红军战士在冬天住山洞、穿单衣、靠野菜充饥坚持到底的精神，深深地感染了润园植物。听到后来，无患子已经泪流满面。他不好意思地说："我这次出来考察学习，刚走了两个保护区就感到累了，都在怀疑自己能不能坚持走下去了。听了香果树的介绍，和红军战士一比，我这点苦和累算得了什么。"

"苦不苦，想想红军二万五。以前只是听听，这下我们是真的懂了。"杜英神情庄重。

香果树说："喷泉之所以漂亮是因为它有了压力；瀑布之所以壮观是因为它没有了退路；水之所以能穿石是因为它永远在坚持。正是因为无数先烈长期的坚持不懈，才取得了中国革命的胜利。"

"好在现在先烈们的鲜血没有白流，中国人民不仅站起来了，而且富强起来了，先烈们的梦想实现了。"无患子朝着"红军洞"鞠躬致意，口中念念有词。

"梦想是一个说出来略带矫情的词，它是生在暗地里的一颗种子。只有破土而出，拔节而长，开出花来，才能正大光明的让大家知道。在此之前，除了坚持，别无选择。"香果树说得富有哲理。

回山庄的路上，黄山栾树问香果树："你前面讲到的古田山三怪是怎么回事？"

香果树笑着说："'蛇不蜇、螺无尾、水有痕'三怪，是古田山神奇之处，听我慢慢说来。"

"蛇不蜇"，说的是古田山的蛇从不咬人。古田山多蛇，尤以竹叶青为多，其他眼镜蛇、五步蛇等毒蛇都有，可数百年来，从未听过有人被蛇咬过。光绪年间编的《开化县志》，其中有载："古田山县西百里，高十五里，山中有虎步（不）啮，蛇不蜇……"可见不仅蛇不咬人，连老虎也不咬人，你说怪不怪。

"螺无尾"，说的是古田山的螺蛳没屁股。你们可以沿着小溪往上寻，此地的青水螺都没有屁股，活脱脱被人剪过一般。

"水有痕"，说的是划水有痕迹。你们也可以试试，看能不能在水上留下一线痕迹。另外，古田山水洗脸洗衣不用肥皂，最脏的毛巾放进水里，一搓就干净。常用此水沐浴，皮肤黑的可以变白，粗糙可以变嫩，还可以治皮肤病，常饮此水可以祛病养颜葆青春。

"果真有这么神奇？"无患子摇着头。

"这里面一定有故事。"黄山栾树语气肯定。

"是的，究其根源，古田'三怪'串联着一个个动人的故事。前二怪都与明太祖朱元璋有关，当年朱元璋与元兵大战后退避古田山，那时，古田山山高林密，许多兵士被蛇咬伤，朱元璋便设坛求山神下令不准蛇伤人。朱乃真命天子，山神哪敢怠慢，此后古田山的蛇再也没有咬过人。不仅如此连凶猛的虎豹、狗熊也不伤人。朱元璋驻扎古田山后，随从从小溪中捡了些青螺蛳烧给他吃，烧出的青螺蛳十分鲜美，可由于有屁股，螺肉总得用针挑出来吃，既费时又费力，这让他十分烦恼，信口对着螺蛳说：'螺蛳啊螺蛳，你不能有屁股'。这天子的金口一开，古田山上所有的螺蛳都断了屁股，朱元璋龙颜大悦，天天可吃上美味可口的炒螺蛳。据说朱元璋当了皇帝后还派人到古田山寻青螺蛳进宫呢，可这古田山的青螺蛳就惨了，至今也不能长屁股。"香果树说得有板有眼。

"第三怪又有什么故事？"无患子听得津津有味。

"第三怪水有痕，其实说的是水有情。传说很久以前，古田山住着一个姓古的年轻人，勤劳善良，练就一身好功夫。古田山脚下有户姓田的财主，家里有一个美丽聪明的女儿。一天，下山捕鱼的古少年遇上了溪边洗衣的田姑娘，二人一见钟情，从此经常在古田山的小溪边相会。不料此事被财主发现，便将女儿锁进闺房。田姑娘思恋心切，不吃不喝，还得了一身怪病，卧床不起。这可急坏了财主，遍寻名医不得治，便许诺，谁能治好女儿的病当重谢。古少年得知后，费尽千辛万苦在古田山顶上采得灵芝下山，用古田泉水煎给田姑娘喝，三日便将田姑娘治愈。财主拿了许多银子给少年。少年不收，他要财主将女儿嫁给他。这财主哪里肯？心生一计难为少年，说：'你能在水里写个古字，我就不要分文把女儿送给你。'古少年回家就求拜观音菩萨。第二天，古少年和财主及众乡亲来到溪边，古少年拿起竹棍在水里写了个'古'字，没想到还真得清清楚楚。原来，这山泉的水是从观音菩萨玉净瓶中洒出的甘露，观音念少年善良，便显了灵，让水有了痕。这一下，连财主也呆了，没办法只好将女儿嫁给了古少年。有情人终成眷属，他们在古田山上生儿育女，安享一生。从此，这古田山的水也有情有神啦。"香果树声情并茂，说得绘声绘色。

"我也要去试一试，看能不能遇见田姑娘。"无患子高声叫道。大家都笑了起来，一天的疲劳也忘却了。

28　九龙山保护区

　　九龙山自然保护区的伯乐树可不简单，他是中国特有的第三纪孑遗植物，长得冠大荫浓，树干笔直，材质硬朗；披着大型花朵，粉红如霞，在绿叶的衬托下，十分耀眼。润园植物杜英、无患子、黄山栾树一见到伯乐树，就被其魅力所吸引，交口称赞。

　　伯乐树虽然是国家一级保护濒危植物，属于大咖级植物，但他一点架子都没有，和杜英仨一见如故，亲热得很。无患子见伯乐树很好说话，就很随意地聊起来。他先问："常言道，千里马常有，而伯乐不常有，你这个伯乐有什么由来？"

　　"我想是因为伯乐树非常稀少，相当于'植物中的龙凤'，所以这样称呼吧？"没等伯乐树回答，黄山栾树抢先说。

　　"不是的。"伯乐树笑着说："我名字的来历和是不是稀有没有关系，是和我的拉丁名有关系。我的拉丁学名是 Bretschneidera sinensis Hemsl.，人们音译过来，取了个好听的名字叫'伯乐树'。事实上我又不会相马。我还有个名字叫'钟萼木'，因为我的果实犹如一颗颗红色小仙桃，也有人叫我'山桃花'。"

　　"称呼不重要，重要的是在研究被子植物的系统发育和古地理、古气候等方面，你都有重要的科学价值，因此你就是我们心中的大神。"杜英竖起大拇指。

　　"九龙山藏龙卧虎，我算不上什么。"伯乐树满脸自豪。

"说到九龙山，这个地名太多了，靠近上海的平湖也有个九龙山，我去过那里，风景很好的。好像宁波有个风景区也叫此名。"无患子挠着头皮，摸不着头脑的样子。

"你又乱说，这里的九龙山是保护区，平湖九龙山是森林公园，宁波那个不叫九龙山，叫九龙湖。"黄山栾树埋怨无患子。

杜英赶紧调转话题，说："我们言归正传，请伯乐树先简单介绍下保护区吧。"

"九龙山自然保护区位于遂昌西南部，总面积 5525 公顷，主峰 1724 米，为浙江省第四高峰。海拔千米以上有近万亩原始状态的天然林，具有中亚热带阔叶林植被的典型特征，享有'生物基因库'的美称。保护区内壮观的十里猴头杜鹃长廊全国罕见，更有神秘的'野人之谜'。区内有四洲兰、蔡相岩、龙井、十八罗汉、饭蒸坛、八仙钓台、大岩、石门等景点。"伯乐树说得头头是道。

"你前面说九龙山植物大咖如云，都有哪些？"黄山栾树问。

伯乐树扳着手指头说："国家一保植物，除了我外，还有南方红豆杉。国家二保植物就多了，有福建柏、白豆杉、榧树、长叶榧、连香树、闽楠、花榈木、鹅掌楸、厚朴、凹叶厚朴、毛红椿、香果树、蛛网萼、长序榆、榉树等。另外，这里是九龙山榧、遂昌冬青、九龙山景天、九龙山凤仙花、九龙山鳞毛蕨、大西坑水玉簪等 40 种植物模式标本的原产地。还有领春木、银钟花、短萼黄连、银鹊树、南方铁杉、乐东拟单性木兰等珍稀濒危植物。"

"野生动物呢？"黄山栾树继续问。

"优良的森林生态环境，为野生动物的栖息、繁衍提供了良好的条件。这里有云豹、豹、黑麂、黄腹角雉、白颈长尾雉等 5 种国家一级重点保护动物，猕猴、短尾猴、穿山甲、豺、黑熊、大灵猫、小灵猫、金猫、鬣羚、斑羚、鸳鸯、凤头鹃隼、鸢、燕隼、红隼、草鸮、领角鸮、白鹇、蓝翅八色鸫、大鲵、虎纹蛙等40种国家二级保护动物，另有一大批省级重点保护动物。还是九龙棘蛙等5种动物模式标本的原产地。"说到这里，伯乐树猛吸了几口二氧化碳，见杜英仨听得很认真，就继续说："尤为突出的是，这里是国家一级保护动物、中国特有的世界性受胁物种黑麂最重要的分布中心和最大野生种群的集中分布区，也是另一世界性受胁的国家一级保护动物黄腹角雉最重要的栖息地和最集中的分布地之一。是这两种濒危物种的分布交叉点，是黑麂分布中心的南缘和黄腹角雉分布北界的中心。"

"说说自然风光吧。"无患子对景色最感兴趣。

"保护区奇峰、飞瀑、断崖、怪石与斑斓多姿的奇花、异草、古木融为一体，山清水秀，鸟语花香，夏无酷暑，气象万千，旅游资源独特而丰富。九龙山山体高大挺拔，沟谷蜿蜒幽深，悬崖峭壁险峻，或孤峰插云，或嶂岭雄横，气势恢宏。由于境内地形复杂，山势陡峭，区内还有许多山岳侵蚀型地貌结构所产生的瀑、潭等景点，如九龙瀑布、九龙涧、龙门瀑等。尤以九龙瀑蔚然壮观，九瀑连九潭，气贯长虹，如野马奔腾，飞驰而来。漫步林中，或见松鼠攀枝，或遇猴群成趣，或闻鸟雀对鸣，为宁静的山野增添不少生机。保护区的天象也相当丰富，一年四季不断展示它的风姿。特殊的高山气候环境，即使是炎热的盛夏，在保护区仍是凉风习习，清凉无比，加之空气洁净，清泉潺潺，是避暑度假的极佳之处。"伯乐树越说越有劲。

"有什么传说故事？"杜英也忍不住发问。

"有，多得很。我说几个给你们听。"伯乐树说的第一个是关于天池仙境的传说。

九龙山南麓陈坑村有座山叫大坪头，海拔1300余米。山顶地势平坦，四周开阔，古木参天，山顶正中间有一椭圆形湖泊，湖水清澈，永不枯竭。湖的周围古树成群，风景如画，周边还依稀地保存着寺庙遗迹。有一天，王母娘娘带着七仙女姐妹从外地游玩归来，路过九龙山，看到如此美景，驻足赏玩，情不自禁入湖沐浴洗澡。后来王母娘娘每隔一段时间就带七位仙女到大坪头来洗澡游玩。次数多了，七位仙女中的六仙女深深地迷恋上了这个地方，经常一个人偷偷跑到天池来玩。

距大坪头不远的白水际长岗坑有一龙井，其上瀑布高达百米，可谓碧水深潭。九龙兄弟中的八子负屃居住该深潭中。有一天，负屃从外地回来路过大坪头时，看到美貌如花的六仙女一人在天池边赏花玩耍，看得如痴如醉。而六仙女也见龙八子儒雅斯文、风流倜傥，顿生爱慕。从此六仙女和龙八子久居湖边，做了神仙眷侣。王母娘娘得知后，恼羞成怒，大发雷霆。六仙女因违反天规，被责罚永世不得回天宫，让其在天池边变成一棵大树，形状极像女人的样子，世人称为阴树王。而龙八子负屃感念这段深情，就常年偎依在阴树王旁边，最后化作一道高大巍峨的山脊，一直围绕在六仙女变成的千年阴树王旁边保护着她。世代相传，留下凄美的故事。

见杜英仨沉浸在故事当中，伯乐树接着说起鹿含草的传说。

从前，九龙山南麓村庄里住着一户姓王的老汉，夫妻膝下无子，只有一个女儿名叫爱姑。这爱姑勤劳俭朴，心地善良。老汉夫妻爱如性命，总想招个女婿到家养老，所以虽然相亲的屡屡上门，老汉总没有答应。一日，爱姑正在溪涧边洗衣服，忽然传来几声犬吠声和人的吆喝声，爱姑知道这又是前村地主的儿子在打猎。她正绞着衣服，身后好像有人拉扯着，爱姑转身一看，原来是一头小梅花鹿，正在衔着她的裙子，昂着头，望着爱姑。爱姑心里明白，这头小鹿一定是被猎犬逐出来的，只要地主的儿子和猎犬追到，小鹿就性命不保了。看着这小鹿的可怜相，她十分同情。于是慌忙扯起裙子将小鹿遮住，那小鹿知道是救它，就一动不动的伏在裙下。这时地主的儿子赶着猎犬追到了，他冲着爱姑问："刚才有头小鹿逃下山，你可看见它往哪儿逃了？"爱姑用手指着前面的山答道："我看它向对面山头跑了。"地主的儿子一声吆喝，带着猎犬就向对面的山上追去。爱姑等他们走远了，才将裙子提起，拉出小鹿对它说："快逃吧！"小鹿好像听懂爱姑的话，一纵身跳着去了。跑了一段路却又站住，回头向爱姑看着，爱姑向它挥挥手，它才跑进了九龙山里面去。

这一年，爱姑和一个小伙子成了亲，夫妻俩互敬互爱，小伙子很孝顺老汉夫妻，一家人生活十分幸福。不久，爱姑怀孕了，全家人都非常高兴。到了十月胎足，一日爱姑腹内疼痛难忍，要生产了，可一连三天三夜，婴儿总不坠地。全家人忙着求神拜佛，全然无效。眼看爱姑的性命难保，大家只有哭泣，别无办法。

这日爱姑正在昏迷中，忽然听见婴儿的叫声，连忙睁眼一看，不见婴儿，却见一梅花鹿站在床前，用嘴舔着爱姑的手，"哞哞"地叫着。爱姑认出是她救过的那只小鹿，就对它说："小鹿啊！谢谢你来看我，可我现在连自己命也难保啦！"小鹿向爱姑点了点头，掉转身出去了。过了一会，小鹿又来了。它嘴上衔着一株青紫色的草，进来放在爱姑的手上。老汉等人一见这样，就连忙将草拿起来向着小鹿问："这株草是给爱姑救命的吗？"小鹿不停点头。老婆婆立即接过草将它煎好，端给爱姑吃。可真奇怪，不一会儿，婴儿就呱呱坠地了，爱姑也得救了，全家人高兴的眼泪直流。爱姑因为吃了鹿衔来的草而得救，王老汉就把那种草称为"鹿含草"，后来慢慢地就在九龙山周边叫开了。

故事讲完了，无患子愣了一会儿才反应过来，啧啧称奇道："这个'鹿含草'真的有那么牛吗？"

"天外有天，人外有人。你认为自己很牛，其实只是圈子太小了。"黄山栾树又怼无患子。

"百闻不如一见，我带你们去现场会会'鹿含草'吧。"伯乐树站起来往门外走，杜英仨连忙跟上去。

29　乌岩岭保护区

"莽山帐宿雉声幽，晓陟林远众劲道。携到白云尖顶立，清风极目见温州。这是古人形容乌岩岭的诗句。"离开九龙山，杜英对同伴无患子和黄山栾树念了几句诗。

"乌岩岭？在哪里？我们要去那里吗？"无患子问。

"是的，乌岩岭在温州泰顺境内，也是个国家级自然保护区。"杜英边走边说。

无患子赶紧跟上来，说："听说温州民营经济极为发达，富裕得很啊。"

"也不尽然，温州沿海一些地方是富，但山区部分地区并不富，像泰顺，还是浙江 26 个欠发达县之一。"黄山栾树纠正道。

杜英说："泰顺是山区县，虽然经济发展不怎么的，但其生态环境却是保护得很好。最负盛名的当数泰顺廊桥，泰顺境内保存完好的唐、宋、明、清代的木拱廊桥达 30 余座，其数量之多、工艺之巧、造型之美以及与周边环境之和谐，在世界桥梁史上堪称一绝。"

"你怎么懂得这么多？"无患子仰望着杜英。

"我们去考察保护区，扯什么廊桥。"黄山栾树哼了一声。

杜英也不吱声，顾自赶路。到了乌岩岭，生长在那里的南方红豆杉已在保护区门口迎接。南方红豆杉是常绿乔木，是世界濒危珍稀植物、第四纪冰川后遗留下来的物种，列入国家一级重点保护。杜英握着南方红豆杉的手说:"您大名鼎鼎,亲自出来迎接,我们担待不起啊!"

"你们省城贵客来我们边远山区考察,我区蓬荜生辉。怕是招待不周,万望见谅。"南方红豆杉谦逊有礼。

"都是植物一家子,还客气什么。还是请您介绍一下吧。"黄山栾树直来直去。

南方红豆杉领着杜英仨到会议室坐定,端上茶水、点心、水果。安排妥当后,开始介绍起来,他说:"乌岩岭自然保护区包括北、南两个片区,北片为主区域,位于浙江省泰顺县的西北部,西与福建省的寿宁县接壤,北接浙江省的文成、景宁县。南片位于泰顺县西南隅,西连福建省福安市,北连罗阳镇洲岭社区,东、南连三魁镇垟溪社区。"

"为什么叫乌岩岭呢?"无患子问。

南方红豆杉解释道:"位于北片区的'乌岩岭'地广林茂,旧称'万里林';因地处百丈,又名'百丈林';由于境内溪边石壁及沟中岩石多呈乌黑色,又都是大森林,当地群众称之为'乌岩林'。1958年建林场时,因'乌岩林林场'这一名称中有'林林'叠字,故取楦垟到叶山的古山道'箬岭坑'之'岭'字,定名为'乌岩岭'。"

"无患子,你别插嘴,听主人说下去。"黄山栾树提醒。

南方红豆杉说:"没事,有问有答更好。"见无患子不说话,他继续介绍道:"这里地处亚热带中部－中亚热带南北亚地带分界线上,是南北植物汇流之区,加上西北面山岗阻隔,地形复杂,气候优越,因此,植物种类丰富,区系较为复杂。是重要的天然'生物基因库'。其中有相当数量的珍稀、濒危保护植物和许多具有经济开发价值的种类。属国家一级保护野生植物有中华水韭、水蕨、南方红豆杉、伯乐树、莼菜等5种,属国家二级保护野生植物有金毛狗、粗齿桫椤、福建柏、金钱松、华东黄杉、榧树、闽楠、浙江楠、山豆根、野大豆、花榈木、鹅掌楸、凹叶厚朴、金荞麦、香果树、蛛网萼、榉树等。还发现几十种浙江新分布植物和 6 个新种。如泰顺杜鹃、浙江雪胆、泰顺凤尾蕨、泰顺鳞毛蕨等。"

"动物有什么特色?"杜英问。

"保护区动物资源丰富,动物地理分布和区系组成上有华南区特色。区内属于国家一级保护野生动物有黄腹角雉、云豹、黑麂、金雕、白颈长尾雉、穿山甲、金斑喙凤蝶等 8 种,属于国家二级保护野生动物有豺、白鹇、斑羚等 42 种,列为省重点保护野生动物有黑大紫蛱蝶、白额山鹪鸪、红胸啄花鸟、眼镜王蛇、毛冠鹿、狐等 33 种。其中黄腹角雉是中国特产珍禽,被国际濒危物种红皮书列为'濒危种',主要分布在海拔 1000-1400 米的常绿 - 落叶阔叶混交林内,冬季栖息地下移至 800-1000 米。由于保护区自然条件优越,黄腹角雉约有 400 多只,主要集中分布在双坑口保护站的千斤坑范围。保护区已成为中国唯一的黄腹角雉保护区和重要保种基地。"南方红豆杉如数家珍。

"风景旅游资源怎么样?"无患子忍不住,又发问。

"由于复杂的地形地貌,保护区形成了各种独特的自然景观。特色是山清水秀、盛夏无暑、气象万千、莽林壁松、飞瀑碧潭、鸟语花香。大片常绿阔叶林形成的森林景观具很高观赏价值,是旅游资源的基础;保护区内气象景观也非常丰富,一年四季气象万千,变幻无穷;此处切割剧烈、断层峡谷的侵蚀地貌所产生的瀑、潭、嶂等景点,如白云瀑、白云尖、龙井潭等;而且区内还有珊溪、三插溪两大水库,司前、竹里两个民族(畲族)乡(镇)。这些构成了乌岩岭丰富多彩的风景旅游资源。"南方红豆杉侃侃而谈。

"我们还是去实地观赏美景吧!"杜英建议。

"我正有此意,你们跟我来。"南方红豆杉带路,杜英仨跟在后面,去参观乌岩岭的景观景点。

来到白云尖,南方红豆杉指着前面的山顶说:"这是主峰白云尖,海拔 1611.3 米，为浙南名山，是温州市第一峰，由于山高云雾多，长年云雾浓罩，故称白云尖。保护区内高峰林立，以白云尖为最，尖顶经常处于云雾之中，站上尖顶，云海茫茫，犹似进入天上仙宫，所谓'人在雾中行，云在脚下走'。在赤日蓝天下，则是另一番景象，登巅眺望，景宁、文成、苍南、寿宁等与其交界的部分地区依稀可见。山脊梁上的道道防火线犹如长城，蜿蜒伸展，每当春天来临，防火线两旁的杜鹃花开，万紫千红，鲜花簇拥，胜似天宫花园，秋天顶上观日出是最佳场所，远看白云尖，如'众星拱月'，高耸挺拔。"

位于白云尖左侧藤梨岙，有一道瀑布，名为白云瀑，为白云涧主源飞云江源头之一，流瀑终年洁白，如巨幅素练从 30 余米高的悬崖挂下，直捣岩体侵蚀四五米深的坑潭，发出雷鸣般的巨响，水花溅出十余米之远，架起道道彩虹。

白云涧与里光溪交汇处，有米筛潭。潭上方岩峰挺秀，林木葱茏，涧水自幽深的石窟中喷出，潭中巧生一天然岩墩，宛若一个米筛，将水中之绿蓝石筛出。

小龙潭位于双坑口内 1 公里处，与三折瀑为同一溪流，潭上有一高 6 余米的斜崖，水流如白龙倾泻，堆雪铺银，周围垂潭树枝随瀑风摇曳。

再看乌岩翠岭景观，地面最低高程 665 米，位于双坑口。保护区高山峻岭，1000 米以上的山峰簇拥环抱，成为高山森林旅游、登山探险、盛夏避暑胜地。

龙井潭位于双坑口外一公里外，潭分上下两口，上潭滚圆，面积 20 余平方米，水深不可测，周围崖壁如削，白云涧上游之水，形成落差五米的水柱，直冲潭内，长年累月形成桶状深潭，是为龙井。

位于万斤坑的万斤瀑，海拔 1023 米，为浙江省最高位瀑布，瀑宽约 2 米，高差约 15 米，长年流水，瀑下有一深潭。

到达白云尖之下一蚀余山岩处，无患子指着前面一石岩惊叫道："你们看，这石头像谁？"

"这不是猪八戒吗。"黄山栾树看出来了。

"是的，这个景点叫八戒巡山。这块巨石高达 10 米，体态酷似猪八戒，故名。在它附近，蚀余山岩众多，高有 4 米、6 米者，各有其名，惟妙惟肖，为山顶石景之一。"南方红豆杉——介绍。

一阵赞叹声中，杜英说："黄腹角雉是乌岩岭的主角，栖息在哪里？我们去拜会它。"

"在千斤坑，我们这就去。"南方红豆杉领着润园植物见黄腹角雉去了。

30　大盘山保护区

在乌岩岭观赏了黄腹角雉后，润园植物杜英对同行的无患子、黄山栾树说："我们这次出来考察学习自然保护区，去天目山看到了大树王，在清凉峰见着了梅花鹿，来古田山欣赏了白颈长尾雉，到九龙山拜访了黑麂，现在我们要去一个与众不同的地方。"

"哪里有与众不同的保护区？"无患子摇着头，表示不清楚。

"那一定是指大盘山了，那里的中草药是其特色。"黄山栾树一下就想到了。

"是的。"杜英点点头，继续说："该区以珍稀濒危药用植物和道地药材种质资源及其原生地生态系统为主要保护对象，是中国东部药用植物野生种或近缘种最重要的种质资源库。保护区内蕴藏着大量的药用植物资源，具有丰富的生物多样性。"

"那我们快去，可以尝尝中草药的味道。"无患子欢呼雀跃。

"看来你是很想吃药。"黄山栾树怼他。

"谁能没个头痛脑热的，难道你能免得了吃药？"无患子哈哈笑着，反问一句。

"你的心态真好。"黄山栾树自叹不如。

"什么都可以不好，心情不能不好。什么都可以缺乏，自信不能缺乏。什么都可以不要，快乐不能不要。"无患子总是乐呵呵的。

大盘山的七子花在龙岩溪的百丈瀑布下迎候杜英仨。七子花是国家二级保护植物，是中国特有的落叶小乔木，树皮灰褐色，片状剥落；幼枝略呈四棱形，红褐色。叶对生，厚纸质，卵形至卵状长圆形，圆锥花序顶生，由多数密集呈头状的穗状花序组成；花冠白色，稍有芳香。七子花和杜英仁客套几句后，就介绍起来。

大盘山在金华市磐安县境内，为"群山之祖、诸水之源"大盘山脉的最高峰，海拔1245米。是括苍、会稽、雁荡和仙霞岭诸山的起脉点，也是钱塘江、瓯江、曹娥江、灵江的发源地之一。区内植被茂密，类型多样，有针叶林、针阔叶混交林、阔叶林、竹林、灌丛等，主要由马尾松、黄山松、杉木、青冈栎、石栎、木荷、甜槠等乔木和水马桑、野山楂等灌木组成。拥有大量珍稀濒危药用植物、道地中药材种质资源和动物资源。区内有野生药用植物1200多种，其中载入《中华人民共和国药典》的有258种，约占药典收载药用植物总数的一半。珍稀濒危的药用植物有石斛、大叶三七、斑叶兰、支柱蓼、灵芝等，重要野生药用植物有元胡、白术、玉竹、太子参、玄参等。最有特色的当数野生元胡，许多植物学家寻遍大江南北都没有发现，而在大盘山海拔900多米的背阴山坡上却成片生长。

"我们边走边看吧。"杜英提议。

"好！"七子花带着杜英仁先来到盘山庙遗址，说："盘山庙又称腾云宫，在大盘山主峰南侧，海拔1200米，为纪念南梁昭明太子而建。原庙分三进，规模宏大，现已毁，仅存遗址，石柱石础尚存。这里是百山之祖，盘山圣帝在这一带民间影响很大，每逢农历六月六，周围各县市百姓不远百里来此祭拜，香火极盛。"

走到盘山天池边，七子花介绍说："这个湖位于大盘山主峰西南侧，海拔1180米，面积近2000平方米，是中国东南部最高的高山湖泊之一。湖周水草遍布，茂盛而葱绿，茂密的针阔混交林，湖水、草甸、森林，形成典型的天池景观。因富含铁质，湖水呈现红色。"

接着，七子花领着杜英一行去了昭明院、仙隐洞、龙岩溪、红板溪等地。

坐落在大盘岭头的昭明院，因纪念南梁昭明太子萧统治病救人，接济乡民的美德，于唐咸通八年始建。现坐南面北，三进建筑，内塑昭明太子像，院门悬挂书法家钱法成题写的"昭明院"匾额，大殿悬有天台国清方丈宏宗书的"昭明大殿"匾额，大殿横梁上木雕精致。历代文人对昭明太子避谗之事吟咏颇多。

在昭明院西北，有一高约3米，2米见方的巨石巍立，巨石上方岩体略突为御印手柄，整块巨石相传为昭明太子之王印，故称"御印石"，御印石北侧现建有雕龙八角石亭，名"御印亭"。此外，神龟上朝、箱柜岩、月镜、神鼋听法、仙人晒靴、尼姑帽等石景也形象逼真，惟妙惟肖。

大盘岭头昭明院两侧有两株古柳杉树守护，其中西侧一株高29米，胸径2.2米，树龄700余年，富有灵性，传说神奇。该树比天目山"大树王"更为高大、珍贵。

仙隐洞位于大盘山主峰东北侧，分上、中、下三洞。地处绝崖峭壁，非勇者莫能进，相传昭明太子在此读书排忧。有诗曰："昭明搂逭处，藤萝闭石屋。高风不可攀，坐展遗编读。"洞中有石水壶，水从壶口滴出，下有承滴之盆，长世不溢。旁有石棋盘、石棋子，相传八仙弈棋于此。

龙岩溪区内有山龙出山、龙王庙、龙子戏水、五指岩、神龟出水、龙女沐浴、百丈岩瀑布等景点。龙岩溪发源于大盘山，山涧溪流，跌水瀑布各展其采。这里季相丰富，春时山花烂漫，生机盎然；夏日群山碧绿，青翠怡人；深秋硕果累累，红叶满岗；寒冬银装素裹，雪海茫茫。奇峰异石，移步换景，引人入胜，溪水晶莹如玉。两岸地形切割强烈，悬崖陡壁森然对峙，溪涧狭窄蜿蜒，水流湍急，多跌水、瀑布和深潭，尤以百丈岩瀑布、浴仙谷最负盛名。浴仙谷长达700余米，谷底平坦，水流平缓，两侧绝壁对峙，直入云霄；人在谷底，山音回环，鸟啼婉转，流水潺潺，凉风习习，恍若置身仙境之中。

石水壶是洞穴景观，位于浴仙谷最狭窄处附近，在峡谷左侧绝壁下有一高约 3 米，深约 2 米的石洞，形似放置的水壶。石洞内有一泉水，四季不枯。相传昭明太子曾在此沐浴、歇息饮水，故名浴仙泉。

洗肠坑位于石水壶前方，是一长方形浅水潭，虽其貌不扬，因相传昭明太子在此沐浴、脱凡成仙而闻名。

百丈岩瀑布为该区最为高大、雄伟的瀑布，远在浴仙谷外就可见其如同一条白龙从天而降。瀑布分为两段，上半段高约 20 米，沿绝壁而下，如银河直泻，下半段高 30 米，沿凸壁形成漫瀑，似天女散花，化作晴天雨点。在其左侧有一孪生的高近 50 米的小瀑布，溪水较大时就形成了双龙争一潭的景观。

红板溪位于百丈岩瀑布至之型瀑长约 250 米的溪谷上，海拔从 880 米上升到 920 米，落差仅 40 米。此处溪底平坦光洁，流水潺潺，接近水平状的火山碎屑岩经水流常年冲刷，铁质沉积氧化而呈铁红色，使溪水呈赭红色坡面漫流。溪流两侧绿荫婆娑，红绿相映，情趣盎然。

这时，突然听到"喔唷"一声，原来是无患子看美景太投入，脚下一滑摔倒了。黄山栾树连忙将他扶起，无患子大叫："痛，痛。"

"看来无患子脚扭伤了，走不了路，这却如何是好？"杜英也急了。

"没关系，小事一桩。"七子花爬上山崖，在岩缝里采了些草药。下来后，将草药捣碎捏烂，敷于无患子脚扭伤处，过了一会儿，奇迹般地，无患子脚不痛了，他先是小心翼翼地伸展了几下脚，觉得没事后竟然一跃而起，健步向前走去。后面黄山栾树追着大叫："等等我，等等我。"红板溪里传出杜英和七子花银铃般的笑声。

31　画外桐坞

4月29日，润园植物沙朴应邀参加"画外桐坞"文学采风活动。外桐坞村位于素有"万担茶乡"之称的龙坞茶叶基地之中，是西湖龙井茶的主要产地之一。这里的文化底蕴丰厚，早在唐朝，诗仙李白就对外桐坞的美丽风光情有独钟，写下"朝涉外桐坞，暂与世人疏。村庄佳景色，画茶闲情抒"的诗篇。除此以外，这里有淳朴的民风，富有特色的民居村落，浓厚的艺术气息。

沙朴和采风团全体成员游览了元帅井、元帅亭、元帅茶园；参观了油画、国画、雕塑、陶瓷、摄影等艺术工作室，一路歌声一路笑语。受外桐坞美景感染，沙朴即兴作《画外桐坞》诗一首：

在那茶香飘逸的地方，

有一个诗情画意的外桐坞。

谷雨时节，

文友雅集，诗词书画。

此刻风暖人间，雨润大地，

柳絮飞落，杜鹃啼春，

石榴花开，樱桃红熟，

禾苗在谷雨的雨里，

长出碧翠的绿色。

润声

文人墨客，

和着蝶舞蜂鸣，

随风潜入野，润物细无声。

外桐坞，

披着云雾缭绕的青翠，

不雨山长涧，无云山自明，

云来山更佳，云去山如画。

风里闻到油画的气息，

雨中荡漾茶的清香。

这里是鸟语花香的乐园，

梦中的桃花源。

采风回来，

微风一如既往地吹着，

仿若岁月深处，

温柔的呢喃。

一身轻松地回到山庄，

回头一望，

风还是那个风，

山还是那座山，

但这是外桐坞的画风，

这是外桐坞的诗山。

32 《天堂探花》分享会

会议名称：傅通先散文集《天堂探花》分享会

时间：2022 年 4 月 23 日

地点：润园小区润泽馆

参加植物：香樟、银杏、枫香、槐树、雪松、水杉、桂花、杜鹃花、紫薇、茶花、荷花、杜英、毛竹、沙朴、无患子、枫杨、黄山栾树、红叶石楠、大叶黄杨、狗尾草等 30 余种。

主持植物：红叶石楠

作者简介：傅通先，江西南康三江乡（今赣州市经济开发区）人，中国作家协会会员、中国美术家协会会员、高级编辑。先后就读桥头小学、赣州广育小学、东谷小学、唐江中学、南康中学、江西大学（现南昌大学）。历任浙江日报报业集团副总编辑，《大众美术报》总编辑，《美术报》总编辑、社长，《文化交流》杂志总编辑，浙江省作家协会副主席，浙江省杂文学会会长，浙江省美术家协会常务理事，浙江省书法家协会理事，浙江省科普艺术协会理事长。出版有小说《海的女儿》，散文集《天堂游踪》《吟天画地》《笑在天堂》《天堂探花》，诗、词、文、画、书法、摄影《六艺集》和《傅通先俞柏鸿翁婿书画集》等著作。《天堂游踪》曾被评为浙江省新时期十年优秀散文集奖，《眼神》被评为浙江省散文最高奖。书画作品多次在海内外展出并获奖。

上午 9 时，会议准时开始，红叶石楠登场主持节目。她首先介绍与会各位嘉宾，介绍完后，请润园植物香樟上台致辞。

在热烈的掌声中，香樟走上台来。他说："傅先生新近推出了一部咏花佳作，名曰《天堂探花》，全书收录散文 36 篇，写了 33 种花，且每种花都配以诗词书画摄影，六艺俱全，展现了傅先生多种艺术功力。"

香樟喝了一口水，继续说："植物们，人类拍花、探花、写花、画花，把满腔热情倾注在我们植物身上，这既表明人类在爱护我们，也说明他们在研究我们。俗话说，投之以桃，报之以李，人类对我们一分情，我们植物要还他们十分好。他们写了不少和植物相关的美文，我们要读懂它，读透它。光自己读还不够，还要大家一起来分享学习心得。这就是我们组织《天堂探花》分享会的初衷。希望大家能够认真学习，积极参与分享活动。会后，要把分享成果整理总结出来，在小区植物群里公开报道。效果好的话，以后这样的分享会可以经常组织。我先讲这些。"

香樟说完后，桂花说："春种一粒粟，秋收万颗子，我们植物对人类算是尽心竭力了。"

"是啊，比如我们毛竹，该出笋时就出笋，该成材时就成材，除了吃的用的，还能茂林修竹、竹姿婆娑、固碳保水，难怪人们要说，宁可食无肉不可居无竹。"毛竹自信满满。

"我们今天的主题是分享《天堂探花》这本书，大家还是围绕着这个主题发言。"红叶石楠提醒。

接着，银杏、枫香、雪松、杜鹃花、沙朴分别上台，分享自己学习《天堂探花》后的体会。其中沙朴还提交了书面稿，他写道：润园小区植物界举办名人作品分享会，非常好，很有必要。傅先生德高望重，是我十分敬仰的人杰。今天选择傅先生的书《天堂探花》作首次分享，说明这本书自有独到之处。

沙朴指出，我一看到《天堂探花》这本书，就满心欢喜，经常拿出来翻读。里面 36 篇散文，写了白兰花、百合花、海棠花等 33 种花，集文、诗、词、书、画、摄影6种方式于一体，美不胜收。把傅先生平生爱花、赏花、买花、种花、浇花、写花、画花、颂花，与花结缘几十年的历程与感悟充分展示出来。

沙朴认为，《天堂探花》有5个特点值得自己学习。首先是专业性，傅先生是从事新闻和文学工作的，但书中对于花（植物）的认知具有专业水平，在某些方面比我这个植物本身还厉害，对植物的本质领悟得很透彻。

其次是科普性，专业的科学的内容用通俗易懂、老少皆宜的方式呈现出来，这就是科普，这就是接地气。花草树木诗词书画融会贯通，贴近生活，一定会得到大众的欢迎。

第三点是知识性，文章内容丰富，论古道今，知识性很强，开卷有益。文中自然地舒展出许多有趣的历史知识，丰富的人文典故，温馨的亲情友情。比如韦陀与昙花、舜帝与合欢、解缙与鸡冠花等，让人读后记忆深刻。

第四点是文学性，采用散文的形式，文章短小精悍，篇篇是散文精品。傅先生作为省内写散文的高手，这一点不容置疑。

第五点是思想性，傅先生是以花为载体，以生活中的经历为题材，以小见大，夹叙夹议，以文言志。比如从荷花身上，他感悟到："荷花，释、道、儒共同推崇的'圣花''君子之花'，曹植颂扬的群芳之首，今天依然是入诗入画的好题材。然而，在我们吟诗作画的同时，是不是也该学一学它'洁身自好'、出泥不染的高洁品格呢。"

傅先生毫不掩饰对花的痴爱，对一尘不染白兰花，他写道："由于特别喜爱白兰花的香味，我一个男人也毫无顾忌，常常买几朵放于衬衣口袋或裤兜内。余香缭绕，让人心旷神怡。"

文学是为人民服务的，必须从群众中来，到群众中去，《天堂探花》很好地做到了。傅先生是借花歌颂我们伟大的祖国，歌颂伟大的时代，歌颂伟大的人民，歌颂天堂般美丽的杭州。

"总之一句话，整本书无处不是透露一个美字。限于时间，就讲这些，谢谢大家。"沙朴结束了他的分享。

一阵雷鸣般掌声后，红叶石楠请水杉、大叶黄杨、紫薇、荷花、杜英上台，展示他们为分享会所作的书画作品。水杉写的是"厚德载福"，大叶黄杨写的是"艺海觅趣"，紫薇写的是"宾至如归"，杜英写的是"腹有诗书气自华"，荷花画了一幅"出浴图"。

接着，黄山栾树上台朗诵了读《天堂探花》有感诗："摄其心魄抒心歌，傅老原是爱花客。诗文书画齐上阵，天堂群芳壮山河。"狗尾草上台朗诵了傅先生的《白兰品性》："玉兰花开吐妙香，重游胜地喜寻芳。浮生也怕烟尘染，常带清风礼故乡。"茶花上台吟诵了傅先生的《喜赏海棠》："仙子晕酒低朱唇，嫣然一笑可倾城。恰逢名园晓风暖，催逼老翁久凝神。"

不知不觉中，2个多小时过去了，到中午11时30分，议程全部完成。红叶石楠大声宣布："《天堂探花》分享会到此结束。"植物们在欢声笑语中离开会场午餐去了。

33 《年华独舞》分享会

初夏时，润园植物沙朴应邀去参加一个文学采风活动，同行的朋友送他一本书，沙朴当时也没有特别留意。回到润园住处，沙朴拿出书本一看，发现是一本名为《年华独舞》的诗集，作者王小青。翻开书本读起来，越读越喜欢。从此视为至宝，每天带在身边，有空时就拿出来欣赏。

润园植物觉得很奇怪，怎么沙朴像变了一棵树似的，特别爱看书了。一天早晨，植物们在公园聚会时，广玉兰忍不住，就提出这个问题。沙朴见瞒不住，只好将诗集拿出来，说："里面的诗歌写得太好了，我爱不释手，在享受精神食粮带来的快乐。"

"独乐乐不若众乐乐，你怎么能吃独食呢？"雪松发话。

"是啊，我们也要欣赏学习。"在场不少植物借机起哄，要沙朴将诗集奉献出来，供润园植物传阅。沙朴虽然舍不得，但事已至此，只得忍痛割爱，不过他提了个条件。沙朴说："为了检验你们的学习效果，一段时间后，我要求举办一场针对诗集的学习分享会，看看你们到底有没有认真学习。"植物们都愉快地答应了。

约定的时间到了，润园植物《年华独舞》作品分享会在小区中央公园举行，主持人还是红叶石楠。

红叶石楠首先说明举办这次活动的背景，然后简要介绍现场的各位来宾，之后，请沙朴上台，对诗集作者做介绍。

沙朴走到台上，向大家鞠躬致意，说："据我所知，本书作者王小青，出生于教育世家，致公党杭州拱墅基层委党员。她是浙江省作家协会会员、温州市外语协会会员，所写的诗歌、散文、歌曲、诗评，分别入选人民文学出版社《星河》《人民网》《诗刊》《中国女诗人》《中国爱情诗刊》等报刊与'喜马拉雅''华语之声''杭州之声'等有声平台，并多次获省市级各类奖项，出版诗集《梳读心园》《年华独舞》。"

沙朴说完后，红叶石楠请雪松上台谈学习体会。

雪松向大家挥挥手，拿过话筒朗声道："诗集《年华独舞》分为8辑，第一辑，花语诗音；第二辑，时光清浅；第三辑，浮事流年；第四辑，雨季清莲；第五辑，别样烟火；第六辑，花香径远；第七辑，絮语轻遁；第八辑，指尖烟云。光听这8个名字有什么感觉？诗意荡漾了吧？"

雪松将话筒对向台下的植物，下面的植物高声叫道："感觉太好了。"

雪松微笑着继续说："这本书，收集了作者的132首诗，无论是歌颂秀美江南的，还是记录日常生活的，以及抒发内心感悟的，都是以纯真的情怀，对生活倾注深情。运用传统古典诗歌美学，抒写作者在时光里的生命独舞，本乎内心，发乎真情，活色生香。"

雪松感同身受，侃侃而谈，台下响起阵阵掌声。接着，桂花、茶花、月季花、杜鹃花、芙蓉花、绣球花、紫薇花上台。

红叶石楠问："你们这么多花一起上台干什么？"

"我们来表演节目。"月季花嘻嘻笑着。

"你们表演什么节目？"红叶石楠追问。

桂花伸手拿过红叶石楠手上的话筒，说："我们来接龙朗诵诗集里《如果》这首诗。"说着，桂花面向台下，先深情地朗诵道：

"如果没有风儿

叶将不会对小鸟喃喃"

茶花接过来："如果没有朝霞

　　　　　　原野牧歌将黯然失色"

月季花："如果没有露珠

　　　　花瓣小草将少了灵性"

杜鹃花："如果没有雨水

　　　　万物之灵将失去生命"

芙蓉花："如果我不攀登

　　　　我将不会登上山峰

　　　　去领略那美丽的风景"

绣球花："这个世界

　　　　永远有那么些事物

　　　　相互依存"

紫薇花："在这繁花似锦的春天

　　　　总有一些美好的记忆

　　　　会被反复想起"

最后，七条花齐声朗诵道：

　　　　"是朋友们鼓励的话语

　　　　饱含着善良与真诚"

台下爆发出雷鸣般的掌声，对七条花声情并茂的吟诵表示感谢。

掌声过后，兰花摇曳着身子走上台来，说："群口朗诵算不了什么，我来个单口吟唱。"

"你准备吟唱哪一首？"红叶石楠问。

"我是兰花，我觉得作者的《兰花》写得特别好，我吟唱一遍，你们听听，诗中的兰花像不像我。"兰花说着，启朱唇，发皓齿，轻声吟唱起来：

临窗

兰花幽幽绽放

炎炎的夏季

像穿着绿裙的天使

翩翩起舞

灵动的舞姿

和着清风

曼妙地释放幽香

穿越岁月的风尘

兀自盛开

清浅面对

如此脱俗清丽

你是这个雨季里

唯一的清凉暗香

兰花唱得妙不可言，引得台下的植物一阵叫好。

荷花说声："我来了。"跑上台来，说："兰花唱得好，我想起了书中《更替》这首诗，我也来一曲。"说着边唱边舞起来。

秋风渐近

夏风吻别荷花叶

擦拭荷花依恋的清泪

任美丽的倩影醉倒池边

雨季来了又走了

曾爱过红唇般的荷尖

把雨的爱全部倾烙在荷心

犹如一曲高山流水的韵律

美丽了荷儿一季的芳姿

只舞唱到第二段，荷花就激动得泪流满面，哽咽着唱不下去了。红叶石楠连忙将她扶到旁边坐下，台下植物都深受感动。

狗尾草摇晃着头，往台上一站，说："作者对我们小草情有独钟，写得入木三分。比如《执守信念》里的小草，是这样写的：

湖畔堤岸

青青的小草延伸天涯

春来一身碧绿的绒装

给大地以美如娇娘的装扮

冬至把根茎植入大地的怀抱

感受最深的温暖

春来冬去往复循环

谱写着生生不息的绝响

只念了第一段，狗尾草忘词卡住了。等了一会儿，台下的植物高叫："怎么不念了？"

"难道这还不够说明问题吗？"狗尾草急中生智，跑下台去，掌声响了起来。

红叶石楠宣布休息 10 分钟，大家可自由交流。坐在台下的植物就七嘴八舌地聊起来。

银杏说："《诗意江南》中有几句写我的，写得真传神：那条满栽银杏的小巷／所有的叶子都在沙沙作响／月华朗照着满枝丫的白果／因为一粒有一粒的欢愉。"

"月下遗世独立／清香袅绕／那满堤美丽的木槿／只为怜惜她的人儿／娉婷生香。"木槿啧啧称奇，赞叹不已。

"写我的更妙。"梧桐深情念道："在这里／梧桐树经历了悉数的夏雨／叶子在阳光下笑颜如兰／犹如一把把小伞／那幽幽的绿荫／铺满每一条路径。"

"东河如此柔美／许了这窈窕的柳丝／柳絮本无心思／却因迷离白了路径"垂柳感叹道："写得多好，桃红柳绿是杭州的标配，我就搞不懂有些人为什么要把西湖边的大柳树移走。"柳树痛心疾首。

"不是已经种回去了吗？弄得我们月季花白辛苦一场。"月季花有些不高兴。

"此柳非彼柳，能比吗？"柳树也生气了。

"扯远了，不说这些烦心事。"枫香提醒着，正想继续谈诗集中的自己，听到红叶石楠在高叫，要大家安静，会议将继续举行，枫香就不言语了。

至发稿时，润园植物《年华独舞》学习分享会仍在进行之中。

34 槐树上课

　　春末夏初这段时间，润园植物连续举办了几场文学活动，先是举办了散文集《天堂探花》分享会，后又搞了场诗集《年华独舞》分享会，植物们的文学热情充分调动起来了。

　　在一片叫好声中，香樟清醒地看到，大多数植物的文学素养还是欠缺的，需要花大力气提高。香樟找来银杏、枫香商量对策，银杏说："那就请老师传道解惑吧。"香樟问："请谁来？"枫香推荐了老槐树。

　　住在小区东北角的老槐树，像个年长的老爷爷，平时总是慈祥地看着周围的植物，整天乐呵呵的。这一天，忽然接到通知，说小区里的植物集中在公园里，等着他去上课。

　　老槐树兴冲冲地来到公园，见那里已围聚着很多植物。他急忙走上讲台，说："对不起，卑树来迟了。"

　　杜英、月季花、夹竹桃等植物因为和老槐树太熟悉了，也就没大没小，说话很随便。夹竹桃直接就问："老槐树，卑树是什么意思？"

　　老槐树说："卑树就是指我自己，是一种谦称。"

　　"哪还有什么谦称？"月季花接着问。

　　"谦称可多了，不同的身份谦称是不一样的。"老槐树慢悠悠地说着。见大家静了下来。老槐树接着说："自称时，谦称有愚、敝、卑、臣、仆；帝王自称时，用孤、寡、朕；古代官吏自称时，用下官、末官、小吏等；读书人自称时，称小生、晚生、晚学、不才、不肖等；古人称自己一方的亲属朋友用家或舍，如家父、家母、家兄、舍弟、舍妹、舍侄；其他自谦词还有：尊长者自称：在上；晚辈自称：在下；老人自称：老朽、老夫；女子自谦：妾。"

"在下明白了，多谢贤树！"杜英拱手致意，现学现卖。旁边的植物都笑了起来。

老槐树也不生气，继续说："你提到贤树，那是敬称。和谦称一样，对不同的人，敬称也是不一样的。"

"请说得具体点。"枫杨央求。

"对帝王，用万岁、圣上、天子、圣驾、陛下、大王；对将军：用麾下；对于对方或对方亲属的敬称用令、尊、贤、仁；用'令'时，如令尊（对方父亲）、令堂（对方母亲）、令兄（对方哥哥）、令郎（对方儿子）、令爱（对方女儿）；'尊'用来称与对方有关的人和物，如尊上（对方父母）、尊公、尊君、尊府（对方父亲）、尊堂（对方母亲）、尊亲（对方的亲戚）、尊命（对方的吩咐）、尊意（对方的意思）；'贤'称平辈或晚辈，如贤家（指对方）、贤郎（对方儿子）、贤弟（对方弟弟）；'仁'，称同辈友人中长于自己的人为仁兄；称地位高的人为仁公。称年老的人为丈，丈人。唐以后称岳父为丈人，又称泰山。妻母为丈母，又称泰水。"老槐树一口气说到这里，累得气喘吁吁，停下来猛吸了几口气。

"仁公言之有理，在下尊命。"广玉兰也来了一句，大家又笑了。

"很好，这里仁公、尊命是敬称，在下是谦称。"老槐树缓过气来，往下说："如果称谓前加'先'字，表明此人已死，用于敬称地位高的人或年长的人。如称死去的父亲为先考、先父；称死去的母亲为先妣、先慈；称已死的有才德的人为先贤；称死去的帝王为先帝。"

见植物们没有疑问，老槐树接着说："君对臣敬称是卿、爱卿。对品格高尚、智慧超群的人用'圣'表敬称，如称孔子为'圣人'，孟子为'亚圣'，杜甫为'诗圣'，后来'圣'多用于帝王，如'圣上''圣驾'。"

"除了谦称、敬称，还有其他特殊称谓吗？"水杉问。

"有！"老槐树说得很肯定。"对百姓的称谓：有布衣、黎民、庶民、苍生、氓。伯（孟）仲叔季则是兄弟行辈中长幼排行的次序。伯（孟）是老大，仲是老二，叔是老三，季是老四。对不同的朋友关系之间的称谓：贫贱之交指贱而地位低下时结交的朋友；金兰之交指情谊契合，亲如兄弟的朋友；刎颈之交指同生死，共患难的朋友；忘年之交指辈分不同，年龄相差较大的朋友；竹马之交指从小一块长大的异性朋友；布衣之交指以平民身份相交往的朋友；患难之交指在遇到磨难时结成的朋友。"

"晚生与仁公是不是忘年之交？"狗尾草冷不丁地冒出一句。

"你狗嘴吐不出象牙，老槐树是圣贤之辈，你还和他忘年之交呢？"广玉兰损他。

老槐树连忙说："话不能这么说，卑树一介布衣，和狗尾草平起平坐的。"

"不管怎么说，您老年龄摆在那里的，我们都没法比的。"白玉兰恭维道。

"说到年龄，不同的年龄有不同的称谓。"老槐树喝了几口水，说："垂髫表示三四岁——八九岁；总角表示八九岁——十三四岁；豆蔻表示十三四岁——十五六岁（比喻人还未成年，未成年的少年时代称为'豆蔻年华'）；弱冠表示 20 岁；而立表示 30 岁；不惑表示 40 岁；知天命表示 50 岁；花甲表示 60 岁；古稀表示 70 岁；耄耋表示 80 岁、90 岁；期颐表示 100 岁。"

"那我是进入而立之年了，可还是一事无成啊。"广玉兰摇了摇头。

"我该知天命了。"沙朴叹了口气。

"我已古稀，尚且不服老，你们还小，叹什么气。"水杉不以为然。

银杏打断了植物们的议论，请老槐树回归主题。

老槐树拍拍脑袋，说："主题？今天的主题是什么？"

"主题是讲文化或文学。"银杏提醒。

"噢，前面讲的不是文化吗？"老槐树故作惊讶，说："那我再介绍一些文化常识，我想到什么说什么。初唐四杰：王勃、杨炯、卢照邻、骆宾王；四大民间传说：《牛郎织女》《梁山伯与祝英台》《孟姜女》《白蛇传》。世界四大短篇小说巨匠：契诃夫、莫泊桑、马克·吐温、欧·亨利；'苏黄'是指苏轼和黄庭坚，苏轼的散文代表北宋散文的最高成就，其诗与黄庭坚并称；马致远的散曲代表作《天净沙·秋思》，被誉为'秋思之祖'；鲁迅是中国现代文学的奠基人；陈毅被称为'元帅诗人'；臧克家因诗作多为农村题材，有'泥土诗人'之称。"

"说物不说人吧。"银杏又提醒。

"好吧。"老槐树脾气好极了。他继续介绍说："岁寒三友指松、竹、梅；花中四君子指梅、兰、竹、菊；文人四友指琴、棋、书、画；四库全书指经、史、子、集；《诗经》'六义'指风、雅、颂（分类）、赋、比、兴（表现手法）；、五金指金、银、铜、铁、锡；'永字八法'是说'永'字具有点、横、竖、撇、捺、折、钩、提八种笔画。"

"我们要听文学方面的。"沙朴要求。

"那我说些中国文学之最：最早的也是最杰出的边塞诗人是盛唐的高适和岑参；古代最杰出的豪放派词人是北宋的苏轼；古代最著名的爱国词人是南宋的辛弃疾；古代最伟大的浪漫主义诗人是唐代的李白；古代写诗最多的爱国诗人是南宋的陆游；古代最著名的长篇神话小说是明代吴承恩的《西游记》；古代最著名的长篇历史小说是明初罗贯中的《三国演义》；古代最伟大的现实主义长篇小说是清代曹雪芹的《红楼梦》；古代最杰出的文言短篇小说集是清代蒲松龄的《聊斋志异》；古代最早的语录体散文是《论语》；古代最早的记事详备的编年体史书是《左传》；古代最早的纪传体通史是《史记》；古代最杰出的铭文是唐代刘禹锡的

《陋室铭》；现代最伟大的文学家是鲁迅；现代最杰出的长篇小说是茅盾的《子夜》；现代最有影响的短篇小说集是鲁迅的《呐喊》。"老槐树侃侃而谈。

"太厉害了，不愧是老槐树，号称国槐名不虚传。"边上的植物赞叹不已。

银杏说："今天上课时间到了，老槐树最后有什么寄语？"

"植物们，请用脚步去丈量世界，用眼睛去记录生活。窗外是海的调色盘，海风是寄来的明信片，一切都那么的美好！往外走走看看吧，去拥抱陌生，期待惊喜，所有的不期而遇都在路上。愿你揣一口袋的开心，满载而归！"老槐树说完挥挥手就回去了，身后传来阵阵掌声。

35　植物沙龙

润园植物老槐树给小区里的植物上了一堂课，普及了些文化及文学常识。银杏全程参与了听课，他发现在公园里上大课这种形式，树多口杂，水平参差不齐，学习效果不是很好。他将自己的想法告诉香樟，香樟说："不上大课，就上小课，让老槐树先培养几个学习骨干出来，然后由点及面，分片或分类推进，定能取得好的效果。"

银杏把香樟的意见传达给老槐树，老槐树说干就干，第二天，他就召集了雪松、广玉兰、毛竹、红叶石楠、桂花、狗尾草 6 种植物来润泽馆喝茶。见大家到齐了，老槐树先说："尊香樟之命，令我组织小区植物授课，培养骨干，卑树不才，难堪重任，恐怕要让各位贤弟失望了。"

狗尾草听说自己被列入骨干成员，满心欢喜，连忙晃着尾巴说："谢过贤兄，你我乃忘年之交，有何吩咐，不妨直言。"

"什么卑树，贤兄贤弟，忘年之交，你们酸不酸？"雪松笑着说。

"是啊，太酸了，我们天天抬头不见低头见的，不必如此客套。"桂花支持雪松。

"老槐树，你找我们来，有什么想法就直接说吧。"毛竹很干脆。

"哈哈哈！"老槐树笑着说："我先和你们开个玩笑。香樟的本意是要我来上小课，我觉得光我一种树讲单调乏味，我们还是随意聊天比较好。"

广玉兰问："聊天也要有个主题，聊哪个方面的内容？"

"我们今天就聊聊中国古代文学发展史的进程，如何？"老槐树征询大家意见。

"好啊，这个主题好。"红叶石楠拍手叫好，又补充道："我们这样围坐在一起，喝喝茶，聊聊文学，现在称作'文学沙龙'。"

"'文学沙龙'，这个名字好，红叶石楠到底年轻，新潮。"广玉兰竖起大拇指。

"那我先开个头，话说中国古代文明史，是从殷商开始，进入两周，然后是春秋战国，这个阶段称为奴隶社会。封建社会从秦朝开始，历经两汉魏晋南北朝，后面是隋唐，再到宋元明清这样一个过程，前后数千年了。文学艺术无不刻有时代的烙印，文学发展进程和历史是分不开的。"老槐树说得不紧不慢。

"哇，几千年了，还有奴隶社会，封建社会，像我这样一岁一枯荣的，如何理解得了。"狗尾草吐吐舌头。

"不懂你就不要多说，多听老槐树说吧。"桂花拍拍狗尾草小手。

"殷商时期留下来的文学遗产很少吧？"雪松问。

"殷商时期，是文明和文学的启蒙期，这个时期的文学与神话故事密不可分，留下了许多神话传说。"老槐树说。

"我读过《诗经》，是两周时代的优秀作品，反映了广阔的社会生活，揭露了剥削阶级的罪恶，表现了人民大众的思想感情。在文学发展史上具有积极进步的历史意义。"红叶石楠对《诗经》赞不绝口。

"春秋战国更不得了，这在中国历史上是一个大大的思想解放时代。无论政治、经济、军事、文化、社会组织，都起了剧烈的变化。各方面都有大书特书之处。"广玉兰对春秋战国看来有过研究。

桂花接上来说："是的，此时是真的百花齐放，百家争鸣，涌现出无数杰出人才，闻名于世的哲学家、思想家、文学家都不少。散文是这个时代的代表作，他们传世的散文绽放着思想的光辉。"

"我记得最主要的历史散文有尚书、春秋、左传、国语、战国策；最重要的哲理散文作者有：老子、墨子、孔子、孟子、庄子、荀子、韩非子，代表作如论语、吕氏春秋等。"毛竹也懂得不少。

"我来谈谈屈原与《楚辞》。《诗经》以后的三百年间，是理智思维发展的时代，是哲学、历史散文胜利的时代。屈原是楚辞的创造者，是中国文学史上第一个出现的伟大诗人。在他的作品里，表现了他卓越的思想、人格和天才。屈原的代表作是《离骚》《天问》《招魂》《哀郢》及《怀沙》5篇。可以在其中看到他弘扬的爱国精神，强烈的政治倾向与不屈不挠的斗争精神。"老槐树一字一板地说。

"关于屈原，我所知道的仅仅是他和端午节有关，而端午节马上要到了，又可以吃粽子了。"狗尾草嘻嘻笑着。

"你就只知道吃。"桂花埋怨他。

毛竹说："说到秦代，虽然它从奴隶社会过渡到封建社会，这一点是有重大进步意义的，但一则秦始皇焚书坑儒，二则秦代时间很短，所以在文学上乏善可陈。"

"到了汉代，形成了'汉赋'这样一种文体。汉初的赋家，自汉高祖至汉武帝初年，约六七十年，是政治初平、经济建设的休养生息时期。到汉的武、宣、元、成时代，是汉赋的全盛期。由于司马相如等人的创作，汉赋的形式格调成了定型。扬雄、班固二人是这一时期的代表。"红叶石楠说起了汉赋。

"我知道汉代有个司马迁，他写了本《史记》，很有名的。"狗尾草不甘寂寞，时不时插一句。

"《史记》是一部伟大的历史著作，是一部承上启下的富有独创性的史书。它不是单纯的史事记载，而是反映三千年来政治、经济、文化各方面的发展过程，揭露历史上各种矛盾斗争的真实面貌，同时也表现出作者的历史哲学和政治思想观点的一部书。"广玉兰对《史记》推崇备至。

老槐树点点头表示肯定，他说："除了汉赋，汉代诗歌也崭露头角，包括乐府中的民歌和五言诗。关于五言诗，西汉是五言诗的酝酿时期，班固、张衡时代是五言诗的成立期，建安前后是五言诗的成熟时期。有古诗十九首及《悲愤诗》《孔雀东南飞》等代表作。"

"我来谈谈魏晋。"雪松一直在认真听，此时开口说："魏晋文学的主要形式是诗歌。这一时期，在汉代乐府民歌和群众性创作的基础上，五言诗得到了巩固和发展。曹植、阮籍、陶渊明等，都是此时五言体的大诗人。从建安、正始、太康、永嘉到晋末，诗歌表现了不同的内容和风格，表现了不同的时代精神。"

"那我说说南北朝，民歌和诗文是这个时期的特征。民歌有南北之分，南方民歌，大都形式短小，内容主要是抒情。北方因为外族长期统治，在社会经济和生活习惯不同的基础上，北方民歌形成与南方不同的色彩。诗文也有南北之分，南朝诗人当时声誉最大的是颜延之与谢灵运。北齐文学界最负盛名的是邢邵和魏收。这些人用现在的话来说，都是大伽。"毛竹竖起大拇指。

"隋朝没什么可说的。"红叶石楠摇摇头，接着又两眼发光，神采飞扬地说："唐代就不一样了，因为唐诗兴起了。唐朝是中国诗歌史上的黄金时代。形式方面，无论古体律绝，还是五言七言，都由完备而达全盛之境。"

"你分几个时期具体说明下。"老槐树很欣赏红叶石楠。

"唐诗著名作者太多了，分为初唐、盛唐、中晚唐、晚唐几个阶段：初唐诗坛是唐诗的准备时代，'初唐四杰'是王勃、卢照邻、骆宾王、杨炯；盛唐是王孟诗派、岑高诗派、李白；中晚唐是杜甫、白居易、孟郊、韩愈；晚唐前期以李贺、杜牧、李商隐为代表，后期以杜荀鹤为代表。"红叶石楠扳着手指头，一一道来。

"我来说说词的兴起。"雪松也不示弱，他说："比起诗来，词与音乐发生更密切的联系。在初期，词只是音乐的附庸，与乐府诗很相近似。晚唐时温庭筠、李煜是词的代表人物。"

"唐代短篇小说的生命也由此开拓，其地位也逐步提高。唐朝文人开始有意识的写作小说，把它看作是一种有价值的文学作品。"毛竹补充道。

"谁来介绍宋代文学？"老槐树笑眯眯看着大家。

"我来吧。"桂花自告奋勇地说："宋词是宋代文学的主要形式，和宋词比，其他文学形式就不值一提了。宋词的代表人物，宋初是晏殊、欧阳修；中宋是苏轼；南渡前后是李清照；南宋是辛弃疾。"

"进入元代，就非说元曲不可。元曲是我国古典文学史上的一大瑰宝。元曲四大家是关汉卿、马致远、白朴、郑光祖；元曲最著名的四大悲剧是关汉卿《窦娥冤》、马致远《汉宫秋》、白朴《梧桐雨》、纪君祥《赵氏孤儿》。"红叶石楠对元曲也有些了解。

"时代的车轮滚滚向前，综观明代文学，小说成就最高，戏曲次之，诗文相对衰微。其中，《三国演义》是历史演义小说的高峰，《水浒传》是英雄传奇小说的典范，《西游记》是神魔小说的楷模，《金瓶梅》在人情小说中揭露封建社会黑暗方面也是前无古人的。明代的白话短篇小说，是宋、元话本的继续和发展，其成就也很高，它犹如昙花在明后期一现，弥足珍贵。戏曲中的《牡丹亭》以其独特的构思，表现了强烈的反封建精神，影响深远。所以，明代小说、戏曲的成就是极为辉煌的。"老槐树这样描述明代文学。

"我喜欢看《西游记》，喜欢孙悟空。"狗尾草活蹦乱跳。

"小孩子都喜欢孙悟空，说明你还小。"雪松拉着狗尾草的手说。

广玉兰叹了一口气，说："清代是中国最后一个封建王朝，也是中国古代文学史上最后一个重要的阶段。诗、词、散文、小说、戏曲都取得了重要成就。一般认为，中国古代文学发展到鸦片战争（1840年）时告终。鸦片战争之后，开始近代文学阶段。清代诗词的代表人物是黄宗羲、顾炎武、王夫之、纳兰性德、陈维崧、厉鹗；散文是方苞、刘大櫆、姚鼐为代表的桐城派；小说以《水浒后传》《说岳全传》《聊斋志异》《红楼梦》《儒林外史》《镜花缘》《桃花扇》《长生殿》最著名，当然，文学水平最高、影响最大的是《红楼梦》，红学研究现在都还很热闹；戏曲方面，吴伟业《秣陵春》、李玉《牛头山》、李玉等人合作的《清忠谱》都不错。"

"《红楼梦》我不喜欢，婆婆妈妈的。"狗尾草总是不肯闲着。

"你小孩子懂得什么，等你长大了就喜欢了。"广玉兰取笑道。

"问题是，等我长大了，我又要躲到地下去了，喜欢也没有用啊。"狗尾草装出一本正经的样子。

众植物都笑了，润园植物的首场文学沙龙活动也接近尾声。

36 立夏晚会

立夏，是春天即将过去，夏天悄然来临的日子。为了做好这春夏之交的交接工作，润园小区的植物们早就做好了准备。立夏之日的晚上，一场气势磅礴的交接晚会在小区公园准时举行。

晚会上，植物春姑娘们各显身手，桃姑娘先跳《桃花嫣然出篱笑》舞蹈；杏姑娘画了幅《一枝红杏出墙来》水墨画；李姑娘唱了首《清芳谁是李》歌；杜鹃姑娘朗诵了《琼枝日出晒红纱》诗；樱花姑娘弹了一曲《春雨楼头尺八箫》……

有诗为证：

轻点魔杖变无凭，

霓裳羽衣丽人行。

千变万化指尖过，

不是神仙赛精灵。

晚会充分展示了植物春姑娘们对春天依依不舍的情怀，引得参会植物们的阵阵掌声，高潮时，台上台下激动万分，热泪盈眶，泪飞顿作倾盆雨，可见场面之壮观。

植物们纷纷在微信群里、朋友圈里转发盛况，收获无数粉丝的围观与点赞。

植物春姑娘们表演结束后，将代表时节的季节旗转交给植物夏姑娘，荷花代表夏姑娘领取节旗。荷姑娘怀抱节旗，即兴表态：

> 月影莲香舞蹁跹，
>
> 疑是玉宇琼岛仙。
>
> 欲问仙女何归处，
>
> 不在天上在人间。

表示夏姑娘一定要向春姑娘学习，多开花，开好花，好开花。并邀请春姑娘们常来夏季玩玩，共同沐夏风赏明月。

春姑娘们愉快地接受了邀请，商定在五月份，迟至六月初时，还会去夏姑娘那里串串门、叙叙旧。

沙朴也参加了晚会，当他听说春姑娘们六月初还要来夏季区串门时，急忙跑上台去，对着春姑娘摆手说："春姑娘，听我劝。返春寒，要不得。既过去，就放手。若要来，待明年。春衣藏，夏衣穿。回马枪，失时宜。"又握着荷花姑娘的手说："夏姑娘，欢迎你！"

旁边的植物都笑了。广玉兰说："沙朴太有趣了，不过他说的我也同意。"

"我觉得沙朴这样三字一句的说法很有意思。"枫杨赞叹道。

"这叫三字经。"沙朴洋洋得意。

"三字经？怎么个说法？"枫杨摇着头，莫名其妙。

"三字经都不知道，让我怎么说你好呢。"沙朴不屑一顾。

"不要这样吗，我也想知道。"狗尾草央求沙朴。

"说到三字经，要从《三字经》这本书说起。《三字经》是中国的传统启蒙教材。在格式上，三字一句朗朗上口，因其文通俗、顺口、易记等特点，使其与《百家姓》《千字文》并称为中国传统蒙学三大读物，合称'三百千'。《三字经》是中华民族珍贵的文化遗产，它短小精悍、浅显易懂，千百年来，家喻户晓。其内容涵盖了历史、天文、地理、道德以及一些民间传说，所谓'熟读《三字经》，可知千古事'。当然，基于历史原因，《三字经》难免含有一些精神糟粕、艺术瑕疵，但其独特的思想价值和文化魅力仍然为世人所公认，被历代中国人奉为经典并不断流传。"沙朴侃侃而谈。

"太好了，那你一定都记住了，背几句给我们听听。"狗尾草进一步要求。

"人之初，性本善。性相近，习相远。苟不教，性乃迁。教之道，贵以专。"背到这里，沙朴猛然想起，自己被套进去了，就停了下来。

果然，狗尾草的三连问来了。他说："沙朴，你太厉害了，你是我的偶像。你这么优秀，自创一首三字经应该也没问题吧？"

沙朴知道中计，连连摇头说："那不行，没水平。"无奈台下植物拼命起哄："来一个！来一个！"沙朴再三推辞，植物们并不买账。

沙朴实在没有办法了，只好答应来一个。他说："写三字经也要有个主题，你们出个题目吧。"

"今天是立夏晚会，就以'立夏'为题吧。"狗尾草嘻嘻笑着。

沙朴思考了一会儿，说："那我就献丑了，来一首以立夏节气为主题的三字经。"说着，朗诵起来，全文如下：

《立夏》

立夏日，清风至，

出币帛，礼亲朋。

乘红车，骑红马，

打红旗，穿红衣。

劝农桑，免徭役，

迎夏礼，封诸侯。

夏是节，满是气，

节为始，气为本。

立夏到，蝈蝈叫，

蚯蚓出，黄瓜生。

春天去，夏日来，

饯春归，迎夏首。

斗东南，万物长，

芳草茂，花木繁。

春争日，夏争时，

勤劳动，丰衣食。

梅熟蒂，笋成林，

摘瓜果，尝三鲜。

称体重，消病灾，

胸挂蛋，不疰夏。

乌米饭、糯米粥，

锅边糊，麦面饼。

喝清茶，调脾胃，

养心神，添福寿。

　　沙朴朗诵完了，台上台下植物们掌声此起彼伏。台下的无患子拉拉雪松的衣角，悄声问："沙朴什么时候变得水平这么高了？"

　　雪松指指台上，说："你没看到这是场晚会吗？都是事先排演好的。"

　　"噢，原来如此。"无患子恍然大悟。

这时，又是一阵掌声响起，台上新的表演节目开始了。至发稿时，立夏晚会还在进行当中。朋友，当你坐在家里喝春茶、剥瓜子时，可在欣赏植物的这场春夏之交盛典。

37 俗语接龙

润园小区植物的第一场文学沙龙活动结束后，大家反映都不错。香樟、银杏、枫香凑在一起商量后，决定安排第二场文学沙龙活动，这次活动由雪松主持。

活动地点还是在小区润泽馆，雪松邀请了黄山栾树、乌桕、紫薇、芦苇、大叶黄杨等植物来参与。黄山栾树一进门，发现其他几位都到了，就大声说："对不起，我来迟了。你们正在聊什么呢？"

乌桕说："正等着你，还没聊到主题。"

"今天的主题是什么？"黄山栾树问。

雪松请黄山栾树先坐下来，给每个植物端上茶，然后说："上次老槐树和我们聊中国古代文学发展史的进程，这个主题恢宏。我没有老槐树那样高大上，他是阳春白雪，我是下里巴人。"

"什么阳春白雪下里巴人的，咱们谁跟谁啊，直说主题吧，别吊我胃口了。"芦苇打断了雪松的话。

雪松也不生气，还是不紧不慢地说："你刚才提到'吊胃口'，这是一个俗语，它简练而形象化，能反映人民生活经验、智慧和愿望。恰当地运用俗语，可以点缀话语、活跃气氛，甚至可以指点迷津、令人警醒。我们今天就来聊聊俗语，怎么样？"

"好啊，我认为书写文学作品，既要掌握文学发展史知识，也要使用俗语等接地气的句子，这样的作品老百姓爱看。"紫薇拍手叫好。

"且慢，请解释清楚，什么是俗语？"芦苇一本正经的样子。

"俗语，是汉语词汇里为群众所创造，并在群众口语中流传，具有口语性和通俗性的语言单位，是通俗并广泛流行的定型的语句。俗语，也称常言，俗话，这三者是同义词。俗语一词，已经普遍用作语言学的术语；常言一词，带有文言的色彩；俗话一词，则有口语的气息。俗语使人们的交流更加方便且具有趣味性，具有地方特色。"雪松耐心解释。

"能举例说明吗？"芦苇追问。

"比如你刚才的'吊胃口'，意思是用好吃的东西引起人的食欲，也比喻让人产生某种欲望或兴趣。你无意中已经使用了俗语。"雪松笑着说。

"是这样啊，那我没问题了。"芦苇有些不好意思。

雪松继续说："我们每个植物都来说几个俗语，提出俗语后，要对其进行解释，最好能造个句子。"

"那你带个头，我们依样画葫芦就是了。"大叶黄杨有些小聪明。

"我先说'炒鱿鱼'，因为鱿鱼一炒就卷起来，像是卷铺盖，比喻解雇、撤职。今天这场文学沙龙搞不好，我就要被香樟'炒鱿鱼'了。"雪松哈哈笑着，补充道："我抛砖引玉，你们接着说。"

"我说'八竿子打不着'，比喻关系疏远或没有关系。造句是：我和芦苇一个住在山上，一个住在湖边，八竿子打不着。"黄山栾树故意气芦苇。

"什么八竿子打不着，我们现在还不是都在一起。"芦苇果然激怒了，慌不择言道："你忘记了，去年有一次你带我去偷鸡蛋吃。"

"哈哈，你们这是共同犯罪，叫做'拔出萝卜带出泥'，一个犯罪分子的落网，带动了另一个犯罪分子的暴露。"乌桕抓住机会，既数落了芦苇、黄山栾树，又完成了说俗语的任务。

芦苇自知失言，只好强词夺理，说："你是'饱汉不知饿汉饥'，不能设身处地为有困难的我们着想。那时，我俩都快饿死了。"

"那你也不能'不管三七二十一'，不顾一切，不问是非情由，去偷鸡蛋。请问，你问过鸡的感受了吗?"紫薇厉声责问。

"他这是'不管白猫黑猫，捉住老鼠就是好猫'，一切从实际出发。"大叶黄杨为芦苇说好话。

"这也提醒我们，'不要把鸡蛋放进一个篮子'，告诫人们进行经济活动等时不要孤注一掷，要多留几条后路。"紫薇喃喃自语。

"好，这一轮，大家提到'炒鱿鱼''八竿子打不着''拔出萝卜带出泥''饱汉不知饿汉饥''不管三七二十一''不管白猫黑猫，捉住老鼠就是好猫''不要把鸡蛋放进一个篮子'这7个俗语，都不错，都按照我提的要求做了，下面进入第二轮。"雪松对第一轮作了总结。

"哎，紫薇总是和我'唱对台戏'，采取与我相反的行动，或有意搞垮我。"虽然进入第二轮，芦苇还是对紫薇耿耿于怀。

"我是好心，不然你会'吃不了兜着走'，再不注意，你的行为会造成很严重的后果。"紫薇一脸严肃地说。

"'林子大了，什么鸟都有'，世界很复杂，什么奇怪的人和事物都有。"乌桕劝紫薇。

"你们这是干什么，不要'大水冲了龙王庙'，自家人损害自家人。"大叶黄杨出来"打圆场"。

黄山栾树央求道:"雪松大哥，偷鸡蛋的事，你可不能去'打小报告'，你如果在香樟面前打小报告，我们就完蛋了。"

"我又没有'吃错药'，说话办事有违常理，这点小错，在这里说清楚，承认个错，就翻篇了。"雪松告诫黄山栾树。

"'丑媳妇早晚要见公婆'，不好的东西迟早要让人知道。"乌桕提醒。

"我'当面鼓对面锣'的和你们说清楚，'闯红灯'，违反法律法规的事是不允许做的。但谁都会犯错误，我不'唱高调'，说一些不切实际的漂亮话，说得再好听不去行动等于白说。我不'打官腔'，说些官场上的辞令、口吻，或用冠冕堂皇的话来应付、推托或责难别人。我也不会'穿小鞋'，暗中报复树，刁难树。我给你们吃一颗'定心丸'，此事到此为止，大家不提了。"雪松一口气说了这么多。

"哇，雪松大哥，你这一口气就说了'当面鼓对面锣''闯红灯''唱高调''打官腔''穿小鞋''定心丸'6个俗语，太厉害了。什么时候学会的？"黄山栾树肃然起敬。

"我也是'赶鸭子上架'，香樟布置的作业，被迫去做不得已的、自己力所不能及的事情。"雪松说得很谦逊。

"可不是吗，我们都是'摸着石头过河'，在实践中摸索着前进。"大叶黄杨附和着雪松的话。

"说得多了，俗语就会像'滚雪球'一样，在原来的基础上数量越来越多，规模越来越大。我们写的文章也能够'过五关斩六将'，克服重重困难，赢得读者喜欢。"芦苇憧憬未来。

"你可不要'好了伤疤忘了痛'，过上了舒心的日子就忘了过去的苦日子。"紫薇还是不放心芦苇。

芦苇正要说话，被雪松制止了。雪松说："'人不可貌相'，'海水不可斗量'，我们今天初次进行俗语接龙，已经提到了30个俗语，很了不起。因时间关系，今天就到此为止吧。"

润园植物的第二场文学沙龙活动就这样结束了。

38　植物顺口溜

五月底的润园小区，百花争艳。公园里、道路旁、林荫下，随处可见各种颜色的花朵。有的一小丛，有的一大蓬。有的是乔木，迎风招展；有的是灌丛，亭亭玉立；有的是草本，风姿绰约。

润泽馆是小区植物的活动场所之一，通常情况下，早上，植物们会在小区公园举行晨会，海阔天空无话不谈。下午或晚上，部分植物喜欢来润泽馆，或在图书室看看书，或在棋牌室玩玩牌，但更多的是聚在会议室聊聊天，美其名曰"文化沙龙"活动。

确实，像模像样的文学沙龙活动也搞过几次，在小区植物界引起了强烈反响，吸引了一大批植物前来参与。这天是周末，又是下雨天，空气湿漉漉的，室外聚会不方便，来润泽馆的植物就格外多。

吃过午餐，沙朴先是午睡了片刻，醒来后，伸了伸懒腰，百无聊赖地来到润泽馆，见会议室里坐着垂柳、菖蒲、芙蓉花、南天竺等植物，正在天南地北地聊着什么。沙朴问："今天没有文学沙龙活动？"

"要什么文学沙龙活动，我们这样随便聊天吹牛不是更轻松自在。"垂柳追求自由舒适的生活。

"这倒也是。"沙朴点点头，接着又问："怎么没见老槐树、雪松等植物？"

"他们有头有脸的都被香樟叫去开会了。"菖蒲说完，又哼了一声。

"说到开会，我想起了民间的顺口溜，觉得很有意思的。"沙朴微微一笑。

"顺口溜怎么说的?"芙蓉花很感兴趣。

沙朴说:"关于开会:上午交流会,你忽悠我,我忽悠你;中午迎宾会,你灌醉我,我灌醉你;下午表彰会,你吹捧我,我吹捧你;晚上联欢会,你搂着我,我搂着你……研究小事开大会,研究大事开小会;人多的会议不重要,重要的会议人不多。"

"谁想出来的?太有才了。"芙蓉花竖起大拇指。

"这个不是想出来的,是从社会现实中总结出来的。"垂柳似乎很懂的样子。

大家笑过后,沙朴见南天竺低着头顾自在玩手机,就问他:"你在手机上捣鼓什么?"

"我拍了个片子,正在制作视频,粉丝们等着我发出去呢。"南天竺嘴上说着,双手没停下来。

"手机上做视频发片子,这么好的事情,我怎么不会呢。"沙朴一脸茫然。

"你有顺口溜,我也有顺口溜。"南天竺抬起头来,笑着说:"我给你们讲讲可以忽略的70%:一部高档手机,70%的功能是没用的;一款高档轿车,70%的速度是多余的;一幢豪华别墅,70%的面积是空闲的;一大堆社会活动,70%是无聊空虚的;一屋子衣物用品,70%是闲置没用的;一辈子挣钱再多,70%是留给别人花的。得出的结论是:生活简单明了,享受人生,守住30%就好。"

在场的植物听了,都觉得有道理。沙朴对南天竺说:"你手机的利用率比我高多了,也就是说是你赚到了。"

南天竺笑着说:"话不能这么说,我不是比你们年轻吗,年轻就是本钱。"

"你说到钱,我也想到了几句顺口溜,我这是论90%,比你的70%

还要高。"菖蒲若有所思的样子。

"你这 90％是怎么说的？"芙蓉花很想知道。

"我和你们说，90％的好事与钱没关系；90％的坏事与钱有关系；90％的女人认为没嫁个好老公；90％的男人认为自己老婆没有别人老婆漂亮；90％的女人想有浪漫的事而没有浪漫起来；90％的男人很在乎妻子对自己的忠贞却盼望别人的妻子红杏出墙。"说到这里，菖蒲停了一下，又补上一句："90％的植物听我所说认为 90％的观点是完全正确的。"

在场的植物又笑了，沙朴说："我们这里是 100％认为你说得正确的。"

笑过后，垂柳说："我也来说几句流行的名言，或者叫金句。"

"名言？金句？这个好听，快说来听听。"芙蓉花迫不及待。

"我就说最近很给力的十大名言。"垂柳一字一句地说道："1. 关于笑：笑只是个表情，与快乐无关；2. 关于思想：思想就像内裤，要有，但不能逢人就证明你有；3. 男人抽象而明晰，女人具体而混沌；4. 关于选择：我可以选择放弃，但决不放弃选择；5. 关于养儿：以前，养儿防老；如今，养老要防儿；6. 关于报仇：君子报仇十年不晚，小人报仇从早到晚；7. 关于马桶：如今人们经常需要马桶精神，按一下，什么都干净了；8. 关于水：眉毛上的汗水，眉毛下的泪水，你总得选一样；9. 关于背景：人家有背景而我只有背影；10. 关于财富：财富改变不了个性，却可以让人露出本性。"

植物们静默思考了一会儿，都觉得垂柳说得有道理。芙蓉花说："你们前面都讲了不少，我听了有几条感言和大家分享。"接着，芙蓉花说出了下面 7 条感言：

1. 有舞台就好好演一个角色，没舞台就静静做名观众。

2. 永远不要狠命地把门在身后"砰"地关上，因为你很可能还要回来。

3. 把弯路走直的人是聪明的，因为他找到了捷径；把直路走弯的人是豁达的，因为他同时多看了几道风景。

4. 让别人快乐是慈悲，让自己快乐是智慧。

5. 事有小功不窃喜，情有大失不自伤。

6. 不要整天抱怨生活欠了你什么，生活根本就不知道你是谁。

7. 凡事看淡，自己明白就好；遇事莫急，自己做到就好；谈论勿躁，兼听则明就好；世俗艰难，相互体谅就好；一生苦短，莫留遗憾就好；信息常通，只要你快乐就好。

芙蓉花说完了，会议室里传出一阵掌声。不知不觉中，晚餐时间到了，植物们也就陆续离开润泽馆回原地去了。

39　植物说典故

　　端午节放假，润园小区的植物，有的在原地休养生息，有的出去游山玩水，也有的去小区润泽馆谈天说地。

　　午后，当柳树拎着一串粽子来到润泽馆时，发现会议室里紫薇、桑树、榔榆、湘妃竹等植物正在高谈阔论。柳树说："来，来，来，吃粽子，见者有份，每树一只。"

　　紫薇等植物一拥而上，很快将粽子瓜分了。湘妃竹一边津津有味地吃着粽子，一边问："柳树哥，今天你怎么想到给我们送粽子吃？"

　　"今天是端午节啊，有吃粽子的传统习俗，这里面是有典故的。"

　　"说来听听。"榔榆很感兴趣。

　　"屈原是中国最早的浪漫主义爱国诗人，在五月初五这天跳汨罗江自尽，后来人们把这一天定为端午节，作为纪念屈原的节日，以吃粽子、挂艾草、赛龙舟和戴五彩线等文化活动祝福安康。端午节也被称为诗人节，有着丰富的文化内涵。"柳树将屈原的事迹简要讲了一遍，听得大家唏嘘不已。

　　桑树擦擦眼泪后问："哪'典故'是什么意思？"

　　"'典故'一是指典制和掌故，二是指诗文中引用的古代故事和有来历的词语；三指具有教育意义且大众耳熟能详的公认的人物、事件。"柳树解释完"典故"的词义后，进一步说："如果说，诗文是一匹锦缎，那么典故就是华美的刺绣，典故有很深的'讲究'。精致的文笔，可寻诗文的来路；恰到好处的典故，可寻诗文的归处。记住典故，纵使不能下笔如神，也可更深层次地了解中华文化。"

"我知道典故的意思，植物中就有很多典故，比如'斑竹''采薇''桑榆''折柳''东篱'等都是典故。"紫薇接过话题。

"我们接下来的主题就聊植物典故好吗？"柳树提议。其他植物拍手叫好。

湘妃竹流着眼泪说："我湘妃竹伤心啊，你们知道吗？斑竹就是湘妃竹。传说舜死后，舜的妃子娥皇和女英在湘水上啼哭，眼泪洒在竹子上，竹上生了斑痕。唐刘禹锡作《泰娘歌》：'如何将此千行泪，更洒湘江斑竹枝'留下了'斑竹'的故事。我现在知道了，这就是典故。"

紫薇掏出纸巾，擦去湘妃竹的眼泪，劝慰道："你别太伤心了，我们都差不多，是比翼鸟、连理枝。"

"比翼鸟、连理枝是一个典故，可不要随意用。"柳树提醒。

"这个典故如何解释？"紫薇急忙问。

"传说中鹣鹣只有一只眼睛、一只翅膀，所以一定要两只鸟在一起才能飞，比喻夫妻。连生在一起的两个树枝，比如恩爱夫妻。唐白居易《长恨歌》中写道：'在天愿为比翼鸟，在地愿为连理枝。'由此留下了这个典故。"柳树懂得真多。

紫薇说："原来如此，我太年轻，不懂事。"

椰榆叹了口气，接上来说："年轻好啊，不像我们是'东隅已逝，桑榆非晚'。"

"这又何解？"紫薇问。

"桑榆就是一个典故。传说太阳落在崦嵫，日影照在桑榆树上。以此比作日暮，后来比喻人的晚年。唐王勃《滕王阁序》写道：东隅已逝，桑榆非晚。"

"这样说来，我想起了采薇的故事。殷朝末年，周武王伐殷，孤竹国国君的儿子伯夷、叔齐认为这是以臣弑君，就拦马谏阻。殷之后，两人不食周粟，隐居首阳山，采薇而食，终饿死。后以此喻隐居避世。唐王绩《野望》曰：'相顾无相识，长歌怀采薇。'"紫薇神色凝重。

"采薇就是典故。"柳树说。

"紫薇正值豆蔻年华，我真羡慕。"榔榆又补了一句。

"豆蔻也是典故吗？"紫薇追问。

榔榆点点头，说："豆蔻是一种多年生草本植物。后来称女子十三四岁的年纪为豆蔻年华。唐杜牧《赠别》诗中：'娉娉袅袅十三余，豆蔻梢头二月初。'比喻青春年少，生机勃勃。"

"端午吃粽子，怎能少得了杜康，我买酒去。"桑树起身欲走。

"买酒就买酒，怎么说杜康？"湘妃竹满脸犹疑。

"这里杜康就是个典故。传说杜康发明了酒。后以此作为酒的代称。曹操《短歌行》中'何以解忧，唯有杜康。'你们该听说过吧？"桑树反问。

湘妃竹一拍大腿，说："对啊，我怎么忘了呢。"说着，从柳树身上折下根柳枝，说："我折柳相送。"

"为何折柳相送？"桑树不解。

"折柳是典故，汉代京城习俗，凡送远客，都要送到长安东面的灞桥，并折柳枝相赠。后指送别。唐李白《春夜洛城闻笛》云：'此夜曲中闻折柳，何人不起故园情。'我送你到门口吧。"湘妃竹站起身来。

"你也不要滥用，折柳送的是远客，桑树去去就来，何必相送。"柳树这样一说，大家都笑了起来。

"我不相送，我献芹。"湘妃竹嘻嘻笑着。

"献芹？也有典故？"榔榆大惑不解。

"是的，《列子·杨朱》有一个故事说，从前有个人在乡里的豪绅前大肆吹嘘芹菜如何好吃，豪绅尝了之后，竟'蜇于口，惨于腹'。后来就用'献芹'谦称赠人的礼品菲薄，或所提的建议浅陋。"湘妃竹一字一板地解释。

"古有'献芹'，今有'秋波'。"湘妃竹抿着嘴笑。

"'秋波'是什么？"桑树茫然无知。

"'秋波'是秋天的菠菜，不是有句成语叫'暗送秋波'吗。"湘妃竹哈哈大笑。

"你别瞎说，我们说的是典故，又不是演小品。"桑树也觉得好笑。

"我来说说东篱，我很崇拜陶公。"紫薇面露喜色，接着说："东篱一词出自东晋陶渊明'采菊东篱下，悠然见南山'。后多以'东篱'表现归隐之后的田园生活或闲雅的情致。宋李清照《醉花阴》中亦写道：'东篱把酒黄昏后，有暗香盈袖。莫道不销魂，帘卷西风，人比黄花瘦。'"

"提到李清照，我就联想到相思，牵出了'红豆'的典故。"见大家静静听着，湘妃竹又解释起来，说："红豆是南方的一种植物，又叫'相思子'。古人常用以象征爱情或相思。唐温庭筠《新添声杨柳枝词》之二：'玲珑骰子安红豆，入骨相思知不知？'对此有刻画。"

"你有'红豆'，我有'红叶'。'红叶'代称传情之物。朱淑真《恨春》中说：'碧云信断惟劳梦，红叶成诗想到秋。'我还记得一个动人故事。"柳树甩着长发，含情脉脉。

"你快说给我们听。"榔榆央求。

柳树不紧不慢地说："据说唐人卢渥从宫墙外水沟中拾到一片写有怨诗的红叶，后珍藏起来。宣宗放宫女嫁人，卢渥选中的宫女，正巧就是在红叶上题诗的人。后来就借指以诗传情。元高明写《二郎神·秋怀》：'无情红叶偏向御沟流，诗句上分明永配偶，对景触目恨悠悠'有记载。"

紫薇连连点赞，久久打量着柳树。柳树被她盯得浑身不自在，问紫薇为何盯着他？紫薇说："我看你细柳连营，想到了柳营的典故。"

"柳营的典故？又是怎样的？"湘妃竹催紫薇说下去。

紫薇绘声绘影地说："柳营，指军营，《史记》记载，汉文帝时，汉军分扎霸上、棘门、细柳以备匈奴，细柳营主将为周亚夫。周亚夫细柳营纪律严明，军容整齐，连文帝及随从也得经周亚夫许可，方可入营。后将柳营代称纪律严明的军营。唐鲍溶《赠李黯将军》：'细柳连营石堑牢，平安狼火赤星高。'诗里有说到。"

紫薇说完了，湘妃竹等植物拍手叫好。柳树笑着说："紫薇想象力丰富，表演艺术高超，不入梨园可惜了。"

"梨园，也有典故吧？"榔榆望着柳树。

"那当然，梨园原是皇帝禁苑中的果木园圃，唐玄宗开元年间，将其作为教习歌舞的地方，且在这里培养出了大批优秀的音乐舞蹈表演人才，在历史上产生了深远的影响。后世的戏曲班社常以'梨园'为其代称，戏曲艺人称'梨园弟子'。唐白居易《长恨歌》中写道：'梨园子弟白发新，椒房阿监青娥老。'"柳树侃侃而谈。

"好啊，我就当是'梨园弟子'，接下去给你们表现一个节目，请予掌声鼓励。"紫薇当仁不让，浑身活力四射。

润泽馆传出阵阵欢声笑语，植物们还在谈论着各种典故。

39 植物说典故

187

40　植物议乡建

　　自从建起了润泽馆，润园小区的植物又多了一个聚会的场所。相比之下，小区公园的晨会更开放，更宽松，而润泽馆的聚会文化气息更浓些。

　　最近，润泽馆里连续举办了几场文学沙龙活动，在小区植物界引起了强烈反响。端午节后的一天，沙朴午睡醒了，踱着方步来到润泽馆，见小会议室里只有紫薇和石榴在。沙朴转了一圈，在阅览室里翻看了几份报刊，刚想离开，被石榴叫住了。

　　"沙朴，你过来，我们一起聊聊吧。"石榴说。

　　沙朴返身进来坐下，说："聊什么呢？"

　　"你去年底出去慰问濒危珍稀植物，到过很多地方是吧？"紫薇问。

　　"是的，这个润园植物都知道。"沙朴回答。

　　紫薇说："我和石榴刚刚在聊乡村建设的事，想听听你的意见。"

　　"现在美丽乡村建设到底怎么样？你说说。"石榴进一步询问。

　　"这个问题，上次小区植物专门召开过分享会，银杏、枫香、乌桕、水杉等植物在会上都介绍过了，我不必再说了吧？"沙朴摇头叹息。

　　"你也知道的，大会上说的东西，不能全信的，我们想听你的真实情况。"紫薇恳求。

　　"真的想听？"沙朴心动了。

　　"当然真的。"石榴指指墙上挂着的"百花齐放，百家争鸣"的标语，补充说："这里就我们仨，就当是闲聊，可以无所保留。"

沙朴想了想，说："好吧，那次我们去了很多地方，看到了一大批因地制宜建设的美丽乡村。我觉得美丽乡村是人们向往的理想田园生活，能促进当地旅游经济的发展和人居环境的改善，总体是好的。"

"这里不是开会，说些实在的吧。"紫薇插话。

沙朴话锋一转说："但是我也发现，乡村风貌建设中确实存在着不少问题，比如千村一面，不尊重乡村现状，脱离乡村特色风貌，没有乡土味道等现象普遍存在。"

"说得具体点。"石榴很感兴趣。

"我讲5点。"沙朴点点头说："首先是风貌改造千村一面，跟风雷同。在乡村，很多地方简单沿用了徽派、西南居民风格，模仿一些明星村的风格，没有挖掘自身在山水格局、历史人文等方面的独特性，千村一面，似曾相识，导致地域特色正在逐渐消失，乡村风貌呈现出城市化、样板化的趋势。"

"是啊，乡村就是乡村，乡村城市化，就有点三不像了。"石榴深有感触。

"第二点是平均发力、缺乏重点。美丽乡村建设铺摊子，摊大饼，打造后空心衰败。你搞我也搞。很多乡村由于所处的区位关系导致空心化严重，乡村美丽起来了，人却走空了，一些衰败消亡的村还在进行美丽乡村建设，造成了大量社会资源的浪费，也造成了一些社会负面影响。"沙朴摇头叹息。

"这就是要面子不要里子，典型的形式主义。"紫薇点评道。

沙朴继续说："第三点是建筑风格上盲目做旧仿土。过于追求传统特色，复制了大批假古董，盲目复建或兴建人造景观，统一建设一些并不受欢迎的古迹'赝品'。有些乡村大量使用乡土材料，村子回到了旧社会的风格，没有时代感，花费不少，劳民伤财，不知道要表现什么主题。"

"古为今用没错，但太过了就不好。现在是新社会，主题上，还是要体现健康活泼、积极向上的精神风貌。"石榴有自己的看法。

"对，听我继续说。"沙朴喝了一口水，接着说："第四点是村庄风貌呈现一些怪现象，甚至以丑为美。彩钢板、水泥面、裸露房、涂料村等，就是典型例子。"

"这个有什么不好？"紫薇问。

沙朴解释道："这几年彩钢板屋顶大量使用，大面积的纯蓝、纯红、纯黄颜色破坏了农村风貌环境。彩钢屋面色彩很突兀，很刺眼，破坏了自然、和谐的乡村风光。农村大量采用水泥，无论在建筑屋面，还是在地面，大面积的水泥面造成了农村地区风貌环境很粗糙的效果。有些地方建筑外立面没有任何装饰，墙体裸露。在农村地区，由于瓷砖便宜、好用，存在大量把瓷砖贴到建筑外立面。跟周围环境很不和谐。一些地方仅仅在房屋正面上贴上了瓷砖，侧面还是清水砖墙，更加难看。瓷砖贴得并不牢靠，一段时间之后脱落，造成立面斑驳。有些地方把建筑简单刷白或者刷成各种刺眼的、不符合传统的颜色，比如鸡屎黄色。一个村子往往一种颜色，甚至一个乡镇都是一种颜色，乡村风貌并没有提升。"

"单一的不好看，五颜六色才美啊。"石榴很肯定地说。

"我说最后一点。"沙朴扳着手指头说："基础设施追求高大上，与自然违和。不少地区风貌改造重村庄轻村域，忽略了山水林田湖草等生态空间，村域里大量的农田景观、水利设施的风貌等被忽视。比如大牌坊、大公园、大广场、三面光的堤岸、笨重桥梁、丑陋大棚泛滥。绿化上采用草皮、灌木修剪等城市园艺手法，破坏乡土风貌和自然生态。"

"还真是这样，那依你之见，该如何解决呢？"紫薇问。

"要站得高，看得远。乡村风貌是几千年农耕文明在产业、社会、文化、经济、建设的外在体现。乡村的自然纯朴、丰富多彩、融于自然的美是精神发展的追求。中国的民族复兴、文化复兴要回到我们的乡村中，因为我们的文化、社会、经济发展的源泉和 DNA，都孕育在乡村里。所以，要针对县域乡村建设的山水田园、河湖水系、村庄环境、农房建设、庭院、河堤、道路、污水处理等热点进行系统规划设计，明确建设形式、规模等控制要求，便于实施乡村建设管理。"沙朴提出了自己的想法。

"概括得太好了，能不能说得具体点。"石榴提要求。

"我有几点意见，不知道对不对，和你们探讨。"

"沙朴你太谦虚了，我们洗耳恭听。"紫薇笑着说。

"一是要恢复自然山水的生态本底。"沙朴说："系统的梳理影响山水田园乡村风貌的要素，包括生态山林、河湖水系等，提出关键的指引要求。对生态山林，要提出保护山林的具体要求，明确对砍树、挖山等破坏行为的惩罚办法和实施要求。对河湖水系，要提出河道清污、疏浚、拦坝等风貌的指引要求；指引河堤材质，河岸种植；注重保持池塘原有乡土环境。"

看到紫薇、石榴静静听着没说什么，沙朴继续说："二是塑造田园设施的乡土特色。水利设施要体现自然生态。沟渠的治理要虽为人工，宛若天成，对治污，绿植，河渠三面光等提出指引。多用石头、废砖、木头、夯土去砌堤岸。桥梁要质朴轻盈。对桥体实用性和形式、护栏材质等提出要求，多用乡土材质、轻质材料、简易的材料去做桥体和栏杆。乡村公路要随势蜿蜒，对线型、路缘石、路旁景观等提出要求。"

沙朴猛吸了几口气，继续说："三是要突显村庄风貌的自然景观。村庄整体风貌要与自然和谐，与周边山水田林环境和谐。村庄节点要小巧质朴。分别对村庄入口、公共活动场所、乡村小品等提出建设指导。村庄绿化要注重四边，优化路边、水边、山边、宅边等零散空间的绿化种植，多用果树、花树和本地乡土树种，以树美房、以花亮村、以果富村。宅前屋后，提出绿植、铺装等元素的建议。"

"乡村绿化方面，石榴可以大有作为的。"紫薇指着石榴笑着插了一句。

"是的，多子多福，石榴有多方面的寓意，很受欢迎。"沙朴说。

"彼此彼此，你们也一样。"石榴拱手致谢，接着说："还是听沙朴讲下去吧。"

沙朴回归主题说："四是传承创新乡村建筑特色。公共建筑，既要文化传承也要体现乡土特色，还要大胆创新。对建筑体、规模、功能、风貌等提出全面控制。对产业设施用房的布局、环境影响、产业方向等提出引导建议。对农房建筑的色彩、材料、细部、门窗、符号等提出指引。"

沙朴提到的最后一点是发扬重塑乡土文化精神，保护好历史遗存和传统文化。深入挖掘历史文化资源，保护历史遗存和文物古迹。传承发展传统村落和传统建筑。挖掘、抢救传统村落，拓宽利用渠道。重点关注扶持文化传承人。发展文化场所、路线和空间。"

沙朴说完了，紫薇、石榴拍手叫好。这时，润泽馆里涌进了许多植物，新的一场植物文化沙龙又要开始了，沙朴仨也一起融入沙龙活动中。

41 植物神态

前几天，润园小区植物迎来了一位新居民，他就是远道而来的黄山松。待到黄山松安顿妥帖，左邻右舍的植物们都过来探望，一时间，门庭若市。

邻居们看到这株黄山松与众不同，针叶苍翠，气势雄伟。他在 3 米高处分为两条主干，一枝昂然斜伸，宛若凤凰引颈；一枝平展四射，恰似凤凰开屏。沙朴在连声赞美后，问："你看上去像只凤凰，你们黄山松都是这样吗？"

"你去过黄山吗？"黄山松反问。

见沙朴摇头否定，黄山松说："我告诉你，在黄山有十大名松，像我这样的都排不进前五。"

"太神奇了，快说给我们听听。"树底下的狗尾草兴奋不已。

"比如迎客松，恰似一位好客的主人，挥展双臂；黑虎松，主干粗壮，气势雄伟，一派虎气；探海松，有一侧枝很长，倾伸前海，犹如苍龙探取海中之物；蒲团松，状如用蒲草编成的供僧、道打坐、跪拜之用的蒲团；卧龙松，分两枝盘屈生长，顶枝反侧融为一体，作伏卧状，昂首挺立，颇有苍龙凌波之势；连理松，树分两枝，并蒂齐肩，亭亭直上，直至顶端；辕门松，宛如古时官署中的辕门；龙爪松，根系粗大，主根深扎岩中，另外 5 根粗壮的支根，全部裸露在外，状若龙爪；孔雀松，松状如绿色孔雀昂首挺立，一松枝向东方屈伸，犹如孔雀翘首，后有几枝似孔雀的翅膀和尾羽。它正欲展羽翼，似要向南飞。"黄山松侃侃而谈，如数家珍。

"为什么黄山松都这样千奇百怪呢？"沙朴想不明白。

"你们是身在福中不知福，我们黄山松长得千奇百怪，是由于那里的艰苦环境造成的。"黄山松进一步解释道："在山区，山风昼夜呼啸，从山顶不停地向下劲吹，山上的松树为了生存不得不改变自己的树形，有的变得形状如旗，有的长成伞形。黄山上大多是裸露的岩石，即使有土壤也十分瘠薄，在水分和养料都十分稀缺的地方，黄山松不得不将根系长得盘根错节，密如蛛网，把企图溜走的雨水拦住；而让树干长得矮小点，叶子变得细短一些，在叶面上增加一层厚厚的蜡质，以减少水分的蒸发。经过长年累月的磨炼，在恶劣的环境中生存下来的黄山松，无不在树形上留下岁月的痕迹。"

"这是不是'吃得苦中苦，方为人上人'的道理？"狗尾草若有所思。

"可以这么说。"旁边的向日葵点点头。

听到向日葵的说话声，狗尾草仔细观察着她。过了一会儿，狗尾草突然惊叫起来。

"你大呼小叫的干什么？"沙朴埋怨狗尾草。

"你们看，向日葵在向着太阳转动身躯，早上时是面向东方的，现在转向南方了，这是为什么？"狗尾草满脸惊讶。

"这个问题还是请向日葵来解释吧。"沙朴也不知所云。

"难道你们不知道植物有向性运动？"向日葵慢条斯理地说："植物的向性运动可分为向光性、向地性和向触性。我身上花的向阳转动是典型的向光性运动。在阳光的照射下，生长素在我背光一面含量升高，刺激背光面细胞拉长，从而慢慢地向太阳转动。在太阳落山后，生长素重新分布，又使我的身体慢慢地转回起始位置，也就是东方。但是，花盘一旦盛开后，就不再向太阳转动，而是固定朝向东方了。"

"原来如此。"狗尾草啧啧称奇。

"你真是大惊小怪，连这些都不知道。"枫杨在边上冷嘲热讽。

"你好像很厉害的样子，我偏不信，有本事让我来考考你。"狗尾草气不打一处来。

"你来考我？尽管问吧！"枫杨拍拍胸脯。

"植物是从哪里来的？"狗尾草劈头就问。

"这个太简单了，植物的祖先来自大海。"枫杨洋洋得意地说："根据推算，绿藻在大约15亿年前就起源了。它在海洋中欣欣向荣了几亿年之后，一面见证了寒武纪海洋的'生命大爆发'，一面和真菌一起结合成地衣，征服陆地。到5亿年前的奥陶纪，绿藻已经演化成更复杂的陆生植物，广袤的大地终于披上了绿装。"

"植物生活所必需的五大要素是什么？"狗尾草继续发问。

"植物生活所必需的五大要素是：阳光、温度、水分、空气、养料，它们是植物的生命线。"枫杨答完这些，觉得意犹未尽，又补充道："温度对植物生长发育有着很大的影响。植物在不同的生长时期和不同的发育阶段，都需要不同的适宜温度；水是植物的重要构成部分；空气中的氧、氮、二氧化碳对植物生活影响极大；植物需要的养料很多，有碳、氢、氧、氮、磷、钾、钙、硫、镁、铁等10多种元素。"

见枫杨对答如流，狗尾草反倒急得抓耳挠腮，乐得旁边的昙花"扑哧"一声笑了。狗尾草朝昙花看看，灵机一动，问："昙花为什么只开一会儿就谢了？"

"昙花是仙人掌一类植物，原产墨西哥干热地区，养成了耐旱的习性，昙花晚上开放，是避免白天烈日的照射，开花时间短促，也是为了减少水分蒸发。所以昙花一现就谢了。这实际上也是昙花长期以来对自己生活环境的一种适应。"这个还是没能难倒枫杨。

狗尾草正急得团团转，一眼看到不远处的藤萝在给自己使眼色。他

41 植物神态

195

急中生智，问枫杨："你说说，那株藤萝会把树缠死吗？"

枫杨知道狗尾草这样穷追不舍问下去，自己一定会被难倒。他狡黠地笑着说："藤萝会不会把树缠死，藤萝最有发言权，这个问题请藤萝回答吧。"

藤萝本来想帮狗尾草一把，现在反把自己套进了，但时已至此，他也只好据实相告："会。因为我藤萝长得特别快，只要攀缠在树上，不长时间就会把树干紧紧地缠绕起来。随着树干长粗，我会将树干越缠越紧，树干输送养分的路就会被匝得不通畅。我的叶子繁茂遮光也影响树的生长，慢慢地树就会死去。"

狗尾草见枫杨金蝉脱壳，一时无计可施。黄山松笑着说："看来姜还是老的辣。"

"我的前辈一直教导我不能输在起跑线上，我也十分努力，但在现实生活中，却常常碰壁，这是为什么呢？"狗尾草问黄山松。

"你可别去学人类，他们的教育理念是，幼儿园学小学的，小学学初中的，初中学高中的，高中学大学的，到了大学回过头来必须去学幼儿园该学的基础文明。中国的年轻人一路在'不能输'中奔跑，踏入社会才发现自己往往输在常识上。"黄山松告诫狗尾草。

"黄山松在黄山待得长了，见多识广，说出话来富含哲理，让我们刮目相看。"沙朴赞赏不已。全场爆发出热烈的掌声。

42 栾树下派

　　钱江源建立国家公园后，当地植物很是兴奋了一阵子。激情过后，工作开展起来，植物们才发现，什么都是新的，凭老一套的经验行不通了。当地植物界打报告给省里，请求下派干部支援。

　　省里很重视，专门发了文件，推荐选拔优秀植物。文件一级级传达下来，社区通知润园植物业委会，为小区争取到一个名额。

　　派谁去好呢？负责小区植物业委会的香樟找银杏、枫香等来办公室商量，有的推荐桂花，有的推荐杜英，有的推荐水杉，都被一一否定了。最后，银杏提到黄山栾树，大家听了银杏的推荐理由后，一致鼓掌通过。

　　黄山栾树凭什么脱颖而出呢？银杏这样说："首先黄山栾树仪表堂堂，高端大气，能代表我们省城的风范；其次黄山栾树前段时间去浙江的部分自然保护区学习考察过，有实践经验；第三钱江源国家公园离安徽黄山很近，派黄山栾树去那里，更有亲情感。"除了这三点，银杏还提到，黄山栾树性子刚直，敢说敢做，但因过于直率，有时说话做事不分场合，易受挫折，需要去基层锻炼锻炼，强健其体魄，磨炼其意志。

　　香樟拍板同意。香樟说："我们很需要像黄山栾树这样有冲劲的年轻干部，这次是个很好的机会，就让他去那里挂职几年吧，希望能将他培养成材。你们有空去送送他。"

　　黄山栾树要下派挂职的消息传开后，很多植物来看望他，并纷纷寄语。

水杉拉着黄山栾树的手，提出要求说："在履行岗位职责上坚持高站位，在解决矛盾问题上立足高起点，在完成工作任务上确保高标准。"

乌桕拍了拍黄山栾树的肩膀，鼓励说："你这次下去，要敢告云山从此始，以青春之我击水中流；敢与天公试比高，以奋斗之我奋楫争先；敢教日月换新天，以实干之我铿然前行。"

广玉兰坐下来和黄山栾树促膝谈心，最后叮嘱："要培养高瞻远瞩、胸怀全局的眼界格局；锻炼敢为人先、勇于创新的胆识魄力；涵养一心为民、初心不改的为民情怀；发扬马上就办、真抓实干的优良作风。"

雪松也来了，还带来了一幅自己的书法作品，上面写着："昂扬不张扬，自信不自负，优秀不优越。"

杜英送来了自创的一幅画，是钱塘江里的一条船，寓意是一帆风顺。旁边题词为："找准新航向，迈向新台阶，奔向新征程。"

桂花送来了几本励志书，临走时，写了张条子夹在书页里，上面写着："以一个初学者的积极姿态主动学，以一个求学者的谦逊姿态虚心学，以一个治学者的严谨姿态认真学。"

……

对于来送行的植物，黄山栾树都毕恭毕敬地听着，有时还掏出纸笔记了下来。送他们出门时，连声致谢，表示一定会谨记嘱托，不辜负前辈的希望。

出发前，黄山栾树来老槐树家里告别。老槐树笑眯眯地看着他没说话。黄山栾树问："您没什么要叮嘱的吗？"

"我老了，根本跟不上你们年轻植物，我还能说什么呢？"老槐树慈爱地拉着黄山栾树的手说。

黄山栾树就把水杉、乌桕、广玉兰等植物的赠言简单说了一遍。老槐树很耐心地听着，等黄山栾树讲完了，老槐树笑着说："我给你讲个人类的笑话吧。"

笑话是这样的：早年时，有父子俩一同进城，父亲骑着驴子，儿子拿着鞭子在后面跟着。

路边有人见了说："自己骑着驴。让孩子跟着跑，真忍心呐！"父亲听了以后，赶紧扶儿子骑上驴，自己在驴后边跟着。

走着走着，又听路边有人说："真不像话，儿子骑驴，老子赶着！"父亲一听，又赶紧跨上驴和儿子一同骑着。

走不远又有人笑着说："一头小毛驴，两个人在骑，真是不怕压死驴呐！"父亲听后急忙下驴，和儿子一同赶着驴走。

忽然，又有人说："有驴不骑，真是怪人！"

父子俩没有办法，只得找根绳子，把驴捆上，两人扛驴进城。因为驴太沉，怕人挡路，边走边喊："畜牲来啦！"

听到这里，原来有点拘谨的黄山栾树也放声大笑起来。老槐树见黄山栾树放开了，就继续说："上面的笑话是过去的，我再给你讲讲现在的。现在的人们是这样对孩子说的：当你长大时，你要变得聪明又有趣，自由又奔放；当你长大时，你要变得健康又优雅，温和又自信；当你长大时，你要走遍四方，披着雪花，迎着阳光；当你长大时，你要变得有爱，眼里有光，心怀善良，平凡却向上。"说到这里，老槐树不停地摇头。

黄山栾树不解地问："人们这些说得都很对啊，您为什么要摇头呢？"

"说得是没错，但这些都是说说就能做到的吗？"老槐树反问。

这下轮到黄山栾树摇头了。老槐树拍着黄山栾树肩膀说："你说心里话，你自己是怎么想的？"

黄山栾树当即回答："当我长大时，我也许会变成这样，也许会变成那样，但我一定会变成我自己想要的模样！"

"这就对了。"老槐树长吁了一口气，哈哈笑着说："小伙子，放开手脚去干吧，我等着你满载而归呢。"

黄山栾树完全放松了，满怀信心地离开老槐树，踏上新的工作征途。

43 植物释数

　　6 月底的最后一天，润园植物沙朴来到了润泽馆，见馆里有雪松、广玉兰、紫薇等植物在聊天。沙朴坐在边上听了一会儿，没听到什么有意思的话题。他数了数在场的植物数，包括自己有 12 种。沙朴站起来说："我发现今天大家都无精打采，东一搭西一句的没个主题，这可不行。"

　　"都是天热惹的祸。"枫杨咕噜一声。

　　"你有什么好主意？"广玉兰问沙朴。

　　"我们来玩个数字游戏怎么样？"沙朴提议。

　　听说玩游戏，在场的植物都拍手叫好。桂花催沙朴快将游戏规则说出来。

　　沙朴拿来一张纸，剪成 12 小张，分别写上 1、2、3、……12。沙朴说："我们 12 种植物，每个抽一张纸条，抽中什么数字，就对这个数字进行阐释，只要你认为和这个数字搭边的，怎么说都行。大家听明白了吗？"

　　见大家都点着头，沙朴将盛着纸条的托盘端到每个植物面前，让他们各抽一张，剩下最后一张是自己的。抽完了，沙朴问："谁是 1 号？"

　　雪松举起手来。沙朴说："我们按顺序，雪松你首先说。"现场掌声一片。

　　雪松哈哈笑着，说："我运气真好，中彩了。我首先抛砖引玉，这个

1，是数的开始，'首''头''始''元''冠'等都有这个意思。"

"'首''头''始''元''冠'能代表1，你得说说清楚。"枫杨插嘴。

"首先、元旦、头名、冠军、开始，是不是都表明1是从头开始，第一名是冠军，第一天是元旦，第一首是元首，第一天尊是元始天尊，第一领是首领。"雪松解释起来。

见大家点头称是，雪松继续说："关于一的成语可太多了，比如一马当先，一生一世，一心一意，一问一答，一雪前耻……"

沙朴急忙叫停，说："够了，够了。下面谁来说2？"

广玉兰站起来说："我是2号，也就是第二名，雪松是首先，我是其次；他是冠军，我是亚军。从哲学观点看，什么事情都是一分为二的。另外我这个2，是第一个偶数。"

"偶数？什么是偶数？"枫杨又插问。

"偶数就是双数，像2、4、6、8这样能被2整除的数就是偶数。"广玉兰解释。

"那我还是第一个奇数呢。"雪松补了一句。

枫杨又要提问，广玉兰有些不耐烦，指着他说："你这个植物有点'二'。"

枫杨生气了。杜鹃花低声问旁边的桂花，广玉兰说枫杨'二'是什么意思？桂花告诉杜鹃花，这是杭州方言，这里的'二'是说枫杨有点笨，是个背事鬼，或者说拎不清的意思。杜鹃花噢了一声，明白枫杨为什么生气了。

沙朴马上招呼抽到3的植物接下去说。

紫薇抽到了3，她想了想后说："我虽然不是冠军，也不是亚军，但我是季军。我这个3是表示多的意思。"

"区区3个，怎么能表示多呢？"有植物提出异议。

"你们看'森'字，就是3个木，独木不成林，三木就成森林了；再看'众'字，人从众，三个人在一起，就变众人了，就表示多了。先哲云，'三人行必有我师'就是这个道理，还有事不过三。另外，一般将3视作第一个素数。"紫薇侃侃而谈。

枫香刚要提问，想到了事不过三，话到嘴边又停住了。

接着，桂花望着纸上的4，介绍道："中国文化讲究四平八稳，春夏秋冬四季，东南西北四方，上下左右四面，四海之内皆兄弟也。"说着望了枫杨一眼。

枫杨感激地向桂花竖起大拇指，然后张开手来，朝大家晃了晃。这下轮到广玉兰糊涂了，问枫杨这是什么意思？

枫杨说："这是我的手，5个手指头，一只手就表示5，双手就是10。金木水火土是五行，金银铜铁锡是五金，逢五逢十有特别的意义，任何数，除以5都可以除尽。"

广玉兰、桂花不服气，一起表示，那我们2、4也可以除尽任何数，这有什么值得炫耀的。

雪松出来打圆场，说："像2、4、8，一定要和5搞好关系，因为 $2×5＝10$，2和5相结合变成10，去除其他数时，只要移动一位小数点就可以了，反之，像3、7、11，这样的数，就没有这个幸运了。"

植物们争论不休，杜鹃花仪态万方，挥手让大家静下来，说："说到幸运，我是6，六六大顺，6是第一个完全数，是最小的完美数。"

"什么叫完全数？怎么又称它为完美数？"连桂花都不懂了。

"完全数又称完美数或完备数，是一些特殊的自然数，它所有的真因子（即除了自身以外的约数）的和恰好等于它本身。如果一个数恰好等于它的因子之和，则称该数为完全数。"解释完概念，杜鹃花继续说："6是第一个完全数，它有约数1、2、3、6，除去它本身6外，其余3个数相加，1+2+3=6。第二个完全数是28，它有约数1、2、4、7、14、28，除去它本身28外，其余5个数相加，1+2+4+7+14=28。"

"怪不得有些人特别喜欢6、28等数，原来如此。"桂花恍然大悟。

"我虽然没有杜鹃花的6这样完美，但一周7天是大家都知道的，另外，诗词中的七律、七绝之美是其他字数能比得了的吗？"无患子以攻为守，反问大家。

植物们仔细想想，还真反驳不了无患子，就挥挥手，让无患子过去了。

"8的口音像'发'，近年来特别受人们欢迎，听说8888的车牌号码或手机号码要花高价才能买到。所以我以8为荣。"杜英将写着8的纸条高高举起，得意洋洋。

"人类就是这样望文生义，自以为是，我们不要学他们，这个不算。"沙朴提醒。

"那八面玲珑、八仙过海、八方呼应、八斗之才总说明问题吧？"杜英毫不示弱。广玉兰、桂花纷纷点赞。

杜鹃花揭发："广玉兰的2，桂花的4和杜英的8是一伙的，因为4=2×2，8=2×2×2。"

"你这个6=2×3，里面不是也有我的2嘛。你多心了吧？"广玉兰反击杜鹃花。

"这样说来，我们素数最吃亏了。"无患子叫屈。

"大家都是邻居，你中有我，我中有你，怎么分得开呢。"雪松出来劝说。

"9是谁？快接上。"沙朴大声叫道。

"我是9，九五之尊，至高无上。"黄山栾树打开纸条，发现自己摸到了9数，哈哈大笑。笑过后，接着说："9是一位数中最大的，九天之上的玉帝，上掌三十六天，下辖七十二地，法力无边……"

"九九归一，别吹天上那些虚无缥缈的事，我们植物还是要脚踏实地。"雪松不以为然。

"是啊，3×3=9，没有我这个3做铺垫，能有你9吗？"紫薇也不买账。

"你们这样理解，那我无话可说了。"黄山栾树摇了摇头，叹息一声。

前面一直没作声的狗尾草手里拿着10，他摇头摆尾说："你们争什么争，该是你的就是你的，不是你的你抢也抢不到。"

"你卖什么关子，快对10作阐释。"沙朴催促。

"10还用得着阐释吗？十是双手啊，2×5=10，2和5所蕴含的我10都有。十月秋高气爽，艳阳高照，是一年中最舒服的日子。另外十月怀胎辛苦吧，所以你们对母亲一定要好一点。"狗尾草一本正经的样子，把大家逗乐了。

"瞧你老三老四说的。"桂花摸摸狗尾草的头，怜爱有加。

沙朴自己抽到11，他说："如果说10是双手，那我11就是双脚，我要迈开双腿向前奔。11还是一双筷子，我们要自己动手，丰衣足食。"

"你这个是象形字，口号式，不能算数。"狗尾草活跃起来了。

"11是个素数，你们看，$1/11 = 0.090909\cdots$，$2/11 = 0.181818\cdots$，$3/11 = 0.272727\cdots$，你们看出窍门了吗？"沙朴沾沾自喜。

狗尾草细细观察，发现是很有规律，就向沙朴请教。沙朴笑着说："你还小，等你长大我再告诉你。"

"等我长大，我就缩回地下去了。"狗尾草满脸稚气，又引得大家笑了。

沙朴指着乌桕说："只剩下你了，你就是12，你怎么说？"

乌桕胸有成竹，拍着胸脯说："12好啊，一年分12个月；一天分12个时辰；白天有12小时；人有12生肖……"

乌桕还要说下去，被沙朴制止了。沙朴说："今天我们润园12种植物在这里玩释数游戏，大家感觉怎么样？"

大多数植物都叫好，只有狗尾草为沙朴不肯教他不开心，他故意说："好是好，只是我肚子饿得咕咕叫了。"

"那就回家取食吧。"沙朴见好就收。植物们在一片哄笑声中四散而去。

44 植物心态

7月中旬的一天午后，润园植物枫杨来到润泽馆，见馆里有沙朴、雪松、广玉兰、紫薇、老槐树等植物围坐在一起聊天。枫杨一进来，就大声嚷嚷："热！热！热！"

雪松招呼枫杨坐下来，劝慰他稍安勿躁。广玉兰接上去说："你有没有看新闻，早晨我看到了，昨天全国共有71个国家气象站的最高气温突破历史极值，其中河北灵寿（44.2℃）、藁城（44.1℃）、正定（44.0℃）和云南盐津（44.0℃）日最高气温达44℃以上。我们杭州40℃左右不算最热的。"

"我就搞不懂了，为什么近几年的夏天一年比一年热呢？"枫杨喘着粗气，抱怨道。

"我想这会不会是人类自作孽，向环境索取太多的原因？因为人口太多，资源有限，地球超载。"说到这里，紫薇觉得也没底气，就又补了一句："反正我也说不清楚。"

雪松说："这要从气象因素分析，全球变暖是高温热浪事件频发的根本原因，联合国政府间气候变化专门委员会（IPCC）第六次评估报告指出，最近50年全球变暖正以过去2000年以来前所未有的速度发生，气候系统不稳定加剧，被联合国秘书长古特雷斯称之为'全人类的红色警报'。全球变暖是北半球高温热浪事件频发的气候大背景，大气环流异常则是6月以来全球多地高温热浪频发的直接原因。"

说到这里，雪松停下来喝了口水，见其他植物静静地听自己说，没插嘴。雪松继续说："今年6月以来，在北半球副热带地区上空，西太平洋副热带高压带、大西洋高压带和伊朗高压均阶段性增强，由此形成大范围的环球暖高压带。在暖高压带的控制之下，盛行下沉气流有利于地面增温，加之在大范围高压带的作用下，空气较为干燥，不易形成云，也使得太阳辐射更容易到达地面，导致高温频发，且强度较强，进而造成北半球多地出现持续高温热浪事件。我这样解释不知道有没有说清楚？"

"你是学气象的？气象知识一套套的，听得我都晕乎乎的。"广玉兰哈哈笑着说。

"不管怎么说，香樟王去年冬天提出的集中供热总算是完成了。"沙朴一本正经地说。

在场的植物哄堂大笑，经此一笑，大家觉得轻松多了。老槐树笑眯眯地看着大家，慢条斯理地说："心静则安，看什么事情都在于心态。我们树的一生没有十分的幸福，但有知足的快乐。细品生活，匆忙中自有惬意，静观日月，得失间修得从容。以平常心度日，以欢喜心打磨。一路向前，慢慢变好。要在这美好的时光里，肆意生长，肆意欢笑，肆意做自己。"

老槐树的好心态赢得了植物们的一致点赞。老槐树继续说："你们看当今世界，有发生战争失去生命的，有疫情危害病魔缠身的，有为争权夺利弄得你死我活的。如果你整天只看到这些，那你就会忧心忡忡，垂头丧气。这时候，我们就需要沙朴这样'将酷暑当作集中供暖'的幽默，也需要紫薇这样'任凭暴日花依然，摇曳生姿如云霞'的激情。"

广玉兰插话说："更需要老槐树这样'任凭风浪起，稳坐钓鱼台'的从容心态。"

老槐树按照自己的节奏，继续说："不同的心态，处事风格完全不同，我讲两个故事，你们自去感悟。"

听说老槐树要讲故事，植物们围着他更紧了。老槐树讲的第一个故事是这样的。

小时候，小明妈告诉小明隔夜的水不能喝，小明问妈妈："早上6点烧的水，下午3点能喝吗？"小明妈说能喝。

小明又问："晚上9点烧的水，早上6点能喝吗？"小明妈说不能喝。

小明说："同样几个小时的水，同样的储存环境，晚上温度低更利于保存，为啥后者不能喝？"

小明妈想了想，没想通，把小明打了一顿。

听到这里，沙朴惊叹道："解决不了问题，就把提出问题的干掉，暴力不能解决问题，但暴力可以解决制造问题的人。"稍停顿后，又补上一句："看来这个小明妈是向某大国学的。"

老槐树不置可否，接着讲第二个故事。

有一位得道高僧，住在深山中修行。有一天，高僧见月色很美，就趁着月色到林中散步。不料，他回来时，发觉自己的茅舍里有一个小偷。

高僧怕惊动小偷，一直在门口等待，他知道小偷在他这里不可能找到任何值钱的东西，就脱下自己的外衣拿在手上。找不到任何财物的小偷离开时，在门口遇到了高僧。高僧故作惊讶地说：'你走这么远来探望我，总不能让你空手回去呀！夜凉了，你穿上我这件衣服走吧。"说着，就把外衣披在小偷身上。小偷低着头走了。

第二天，这位得道高僧看到他披在小偷身上的外衣被整整齐齐地叠好放在门口。

故事讲完了，植物们陷入了沉默。过了一会儿，沙朴若有所思地说："高僧用行动来唤醒良知，并且取得了成效。"

枫杨怯生生地问："老槐树，您想告诉我们什么道理？"

"什么都可以不好，心情不能不好。什么都可以缺乏，自信不能缺乏。

什么都可以不要，快乐不能不要。现实世界，一切都是不确定的，所以要以平常心来应对不确定的一切。得到了不要太得意，你随时会失去。失去了也不要太惋惜，失去是植物一生的常态。植物的一生就是在不断地得到和失去中度过的。"老槐树还是那么不紧不慢地说着。

枫杨频频点头，说："听君一席话，胜读十年书啊。"

沙朴问枫杨："还感到热吗？"

"不热了，不热了。"枫杨忙不迭地回答。

润泽馆里传出了阵阵欢声笑语。

45　植物闲聊

大暑到了，润园植物沙朴早晨醒来，顾不得吃早餐，先来到润泽馆，发现馆里雪松、广玉兰、杜英、桂花、老槐树等植物已经在了。

看到沙朴来了，广玉兰就招呼他："沙朴，快来坐下，我们正在闲聊呢。"

"你们也起得太早了，无利不起早，是不是早起的鸟儿有虫吃啊？"沙朴开起了玩笑。

"大热天的，早睡早起是好习惯。"桂花哈哈笑着说。

"比如你沙朴爱开玩笑也是个好习惯。"雪松补上一句。

"像沙朴这样的好习惯，能成为我们润园植物的习俗就更好。"杜英凑上来说。

"能上升到文化层面就高大上了。"广玉兰慨叹道。

"什么习惯、习俗、文化的？听得我云里雾里的。"沙朴头都晕了。

"还是听听老槐树怎么解释吧。"雪松向老槐树求助。

老槐树坐直了身体，用手捋了捋胡子，慢吞吞地说："反正闲着也是闲着，我就来闲聊几句。先说习惯，习惯是一个汉语词汇，是指积久养成的生活方式。是指通过实践或经验而适应的一种动作或行为方式。比如狗尾草喜欢吵闹，枫杨树多愁善感，乌桕精于计算，都是他们的习惯，也是他们的特点。"

"哪习俗呢？"沙朴追问。

"凡有一定流行范围，一定流行时间或流行区域的意识行为，无论是官方的，民间的，均可称为习俗。"老槐树说到这里，觉得还没有说清楚，又补充道："这个'习'字含义是'常也'。常即经常、惯常。经常、惯常自然成为习惯，习惯在一定范围普及就成为当地习俗。"

"我们润园植物每天早晨要在公园聚会能不能说是一种习俗？"杜英提问。

见老槐树点头称是，沙朴催促老槐树解释文化的含义。

老槐树不紧不慢地说："文化，就词的释意来说，文就是'记录，表达和评述'，化就是'分析、理解和包容'。文化的特点是有历史，有内容，有故事。人类传统的观念认为，文化是一种社会现象，它是由人类长期创造形成的产物，同时又是一种历史现象，是人类社会与历史的积淀物。确切地说，文化是凝结在物质之中又游离于物质之外的，能够被传承的国家或民族的历史、地理、风土人情、传统习俗、生活方式、文学艺术、行为规范、思维方式、价值观念等，它是人类相互之间进行交流的普遍认可的一种能够传承的意识形态，是对客观世界感性上的知识与经验的升华。"

听到这里，沙朴大叫："停，停，停！听你这样说，我头更晕了。"

雪松笑着说："我的简单化理解，一个人重复的行为，形成了习惯；一个群体共同的习惯，就是习俗；一个地区的习俗，构成了传统；千百年积淀出来的传统，就是文化。"

老槐树夸道；"雪松理解得对，几句话将习惯、习俗、传统、文化讲清楚了。"

"雪松就是有这样的好习惯，善于归纳总结。"杜英恭维道。

"戴高帽子是我们这里的习俗。"广玉兰冒出了这样一句。

接着，植物们就习惯、习俗、文化的内涵与外延展开了热烈讨论。雪松认为，习惯有好坏，习俗有优劣，文化有先进落后之分。广玉兰有不同意见，他说："有一种观点认为所有的文化都平等，另一种观点认为文化有好坏、优劣、先进与落后之分。你赞同哪一种观点？"

植物们都笑了。杜英说："我觉得世界不是非黑即白的两极，同样文化也不是非对即错的选择题。张三的习惯对张三来说是适合的，对李四可能就很不适应了；南方人的习俗要照搬照套到北方去，可能就要闹笑话。同样东西方的文化差异很大，怎么能非要分出上下高低来呢？"

沙朴同意杜英的观点，他还联系自身实际介绍说："我以前喜欢数学课，讨厌语文课，为什么呢？因为做数学题对就是对，错就是错，毫不含糊；但语文就不一样了，写篇作文，有的植物说写得好，有的植物说不怎么样，众说纷纭。后来长大了才感悟到，现实生活中，我们所做的很多事，哪里分得出好坏的啊。比如两夫妻生活在一起，如果事事非要分出个我对你错的，那每天都会鸡飞狗跳的。"

沙朴的话引起了大家的共鸣，杜英说："沙朴说得很朴实，话糙理不糙。"

"原来你弃理从文是这样子来的啊。"桂花恍然大悟。

沙朴来劲了，嘻嘻笑着问："你们都是有文化的，知道什么叫'不着四六'吗？"

"'不着四六'就是不着调、不靠谱的意思吧？"桂花不是很肯定地回答。

"我告诉你们。"沙朴洋洋得意地说："一年有四季，每季有六个节气。懂得这个四六，就懂得了生存之道。我们生活在大自然中，按照二十四个节气适时播种、收割，吃穿住行都源自大自然，因此要感恩大自然。"

"这个大家都知道，有什么可多说的。"杜英摇头晃脑。

雪松知道沙朴说这个一定有玄机，就制止住杜英，要沙朴说下去。

沙朴接着说："你们看天地两字，'天'字四画，'地'字六画。懂得这个四六，知道我们生活在天地间，就要敬畏天地。再看夫妇两字，'夫'字四画，'妇'字六画，懂得这个四六，就明白了'夫''妇'二人组成一个家，因此要和睦相处，共同经营好这个家。而'少'字四画，'老'字六画。懂得这个四六，就明白尊老爱幼的道理了，老吾老以及人之老，幼吾幼以及人之幼。'文'字四画，'字'字六画。懂得这个四六，就要认真读书学习，识文断字，明白做人的道理。'孔'字四画，'老'字六画。懂得这个四六，就知道孔子和老子，乃中华民族教育之先师。'凶'字四画，'吉'字六画。懂得这个四六，就要谨慎行事，凡事三思而后行，才能逢凶化吉，遇难成祥。"

"沙朴，你什么时候变成笔画先生了？"广玉兰哈哈大笑。

沙朴一本正经地说："如果上不知天，下不知地，生而为人不知孝敬父母，不懂尊老爱幼，为人夫或为人妻，不知道夫妻之间怎么相处，为学不懂文字，不知道老子、孔子是何人，为人处事不知道凶吉祸福，如此这般，行走于江湖之上为人处事，必然是'不着四六'！"

老槐树点赞道："什么是传统？什么是传统文化、传统美德？我们的祖先在造字之时，就已经把字形、字义、美德、传统都根植于其间了。古人的智慧我们今天仍不能及啊。"

"说到习惯，我想起了人们总结的一个创业万能公式，觉得对我们植物有借鉴作用。"桂花精神抖擞。

"创业万能公式？愿闻其详。"雪松来兴趣了。

"你的成就＝核心算法 × 大量重复动作。这就是创业万能公式。"见大家愣住了，桂花进一步解释道："所谓'核心算法'，就是你的'第一性原理'。就是你始终揪住它不放松的东西，做任何事都是使用这个'核心算法'，在任何选择关头，不管别人怎么说，怎么看，都用这个原理做决策。所谓'大量重复的动作'，就是一旦启动开始重复地做，笨笨地坚持往下做。每多做一次，就会比其他人积累更大的优势，而且这个优势是指数式积累的。"

"这有什么，我们植物不是年复一年日复一日地做着光合作用嘛。这样说来，人们是向我们植物学的。"沙朴信心倍增。

雪松感觉肚子饿了，就请老槐树最后说几句。老槐树总结道："年轮增长了智慧，岁月磨炼了心性；时光打磨了棱角，阅历洗涤了眼睛……愿生命之烛光照亮未来路，愿接下来的路每一步都脚踏实地，好好判断选择，感恩珍惜好树。"说完，植物们嬉笑着离开了润泽馆。

46　八字成语

润园植物在润泽馆的文化活动开展得有声有色，七月下旬的一天午后，沙朴、雪松、广玉兰、杜英、黄山栾树、无患子等植物聚在一起，又想到了一种新花样。

事情的起因是这样的，近段时间，植物们聊过中国古代文学发展史，谈论过典故，分析过顺口溜，还就植物取名的艺术进行过研讨。这天，沙朴别出心裁提出要和大家聊聊成语。沙朴说："成语是中国传统文化的一大特色，是中华文化中一颗璀璨的明珠。它有固定的结构形式和固定的说法，表示一定的意义。成语有很大一部分是从古代相承沿用下来的，它代表了一个故事或者典故。成语又是一种现成的话，跟习惯用语、谚语相近，但是也略有区别。"

"这些谁不知道，用不着你多说。我想知道的是你为什么提出成语这个话题？"无患子提出疑问。

"也没有什么特别的，就是想换个新花样。"沙朴实话实说。

"可是成语太多了，说也说不过来啊。"广玉兰摇了摇头。

"我们今天就挑 8 个字的成语聊。"沙朴提议。

"8 个字的成语？你倒是先说几个出来听听。"黄山栾树似懂非懂。

"比如'万事俱备，只欠东风''天网恢恢，疏而不漏''仁者见仁，智者见智''失之东隅，收之桑榆''有则改之，无则加勉'等，这些都是我们耳熟能详的 8 字成语。"沙朴绘声绘影地介绍起来。

"那我知道了。"黄山栾树恍然大悟。

"8个字的成语起码也有几百句，我想还可以缩小范围，我们就挑以数字打头的8字成语，看能够聊出多少。"雪松的提议，植物们一致赞同。

"要聊哪些内容呢？"杜英提出新问题。

"先说出一句成语，然后对其进行解释。当然，能介绍其出处或典故那是最好。"沙朴回答。

"这个活动是你提出来的，沙朴你先来。"杜英请沙朴做示范。

沙朴说："好吧，我先来一句'一言既出、驷马难追'。这里的'驷'是古代一车所驾的四匹马，或四马拉的车。这句成语的意思是：一句话说出口，四匹马拉的车也追不上。表示说出来的话就要算数。"说到这里，沙朴又建议道："我们接龙，数字从小到大，一个个说下去。"

"我来一句'一人传虚，万人传实'。虚指没有的事。这句成语的意思是：本无其事，因传说的人多，就使人信以为真了。"广玉兰跟上。

黄山栾树接着说："一夫当关，万夫莫开。意指一个人把着关，一万个人也攻不开。形容地势险要，便于防守。"

"我是'一叶障目，不见泰山'，这里的障是指遮蔽。比喻被眼下细小事物所蒙蔽，因而看不到事物的全貌、主流及本质。"无患子自嘲。

"一则以喜、一则以惧。以指因为。一方面因而高兴，一方面因而恐惧。"杜英补充说："和你们这些大伽在一起，自己是又喜又惧。"

"一佛出世，二佛升天。形容死去活来。"雪松说得很简单。

这样转了一圈，6种植物都说了，又轮到沙朴。沙朴笑着说："真是'一波未平，一波又起'。一个浪头还没有平息，另一个浪头又起来了。这句成语原比喻诗文写得波澜起伏。后来也比喻一个麻烦问题没有解决，又出现新的麻烦问题。"

"那我是'一着不慎，满盘皆输'。原指下棋时关键性的一步走错，以致全局都输了。比喻对全局有决定意义的问题，稍有不慎，处理不当，就会招致整个失败。"广玉兰也笑了。

黄山栾树一本正经地说："我是'三天打鱼，两天晒网'。比喻学习或做事缺乏恒心，时常中断，不能坚持下去。"

"那我更惨，'四体不勤，五谷不分'。四体指四肢。勤指劳作。意思是不参加劳作，分不清五谷。形容脱离劳动，脱离群众。"无患子有自知之明。

"你们这是'八仙过海，各显神通'。神通指各种神妙莫测的能力，比喻本领。意思是在集体生活中各有各的办法或本领来完成共同的事业。"杜英表示很钦佩。

"我们'十目所视，十手所指'。形容一个人的言行，总有许多人监督着，如有错误决不能隐藏。"雪松告诫大家。

进入第三轮，沙朴说："'十年树木，百年树人'。这里的'树'指培植。意思是培养人才是长久之计，也表示培养人才是不容易的。"说到这里，沙朴觉得意犹未尽，又接着说："这是他们人类说的，我有不同意见，十年树木？树长得起来吗？我认为应该是'十年树人，百年树木'。你们说呢？"

"我不好说，还是'三十六计，走为上计'。原指无力对抗敌人，以逃跑为上计。现多指摆脱困难处境。"广玉兰装作要离开的样子。

黄山栾树一把拉住广玉兰，笑着说："节目还没有完，你不能走。我们要'百尺竿头，更进一步'。这是佛教用来比喻道行修养到极高境界。后泛指以勉励人们不要满足于已经取得的成就，还要继续努力，不断进步。"

无患子幽幽说道："我们要防止'百足之虫，死而不僵'。这里的百足是虫名，又名马陆或马蚿，约一寸长，全身有三十多个环节，切断后仍能蠕动；'僵'指仆，倒。原指马陆这种虫子死后仍不倒下，现用来比喻势力大的人或集团虽已失败，但其余威和影响依然存在。"

"今天真是'百花齐放，百家争鸣'。百花齐放，比喻艺术上不同的形式和风格的自由发展；百家指学术上的各种派别；鸣比喻发表意见。百家争鸣，原来指中国战国时儒、道、墨、法、纵横、农、杂、阴阳、名（兵、小说）等各家，在政治上，学术上展开的各种争论。这里比喻科学上不同学派的自由争论。"杜英拍手叫好。

雪松附和道："'千里之行，始于足下'。一千里的路程是从迈第一步开始的。比喻事情的成功都是由小而大逐渐积累的。"

沙朴再次提醒大家，说："'千里之堤，溃于蚁穴'。溃指溃决，被大水冲破堤防；蚁穴指蚂蚁洞。意思是千里的长堤，由于有小小的蚁洞而崩溃。比喻小事或小处不注意，就会酿成大祸或造成严重损失。"

"'万马争先，骅骝落后'。骝是赤色的骏马。在万马争先恐后的奔驰中，偏偏是骏马落在后面。指很有才智者反而落榜。"广玉兰有自己的看法。

黄山栾树挤眉弄眼地说："现在是'万事俱备，只欠东风'。意思是样样都准备好了，就差最后一个重要条件了。"

沙朴不理解，问："差什么条件？"

"我们都饿了，就差你请我们晚上撮一顿了。"黄山栾树此话一出，润泽馆里的植物都笑了起来，活动进入高潮。

47　植物鼓劲

生长在润园小区里的植物，天生有一个优渥的环境，不愁吃不愁穿，又被一个叫三明的人写了一本名为《润物》的书，将这里的植物吹了一通，一时间名气在外，一些植物就晕晕乎乎起来，做一天和尚撞一天钟，整天不思进取，意志消退。

香樟一直在小区植物业主委员会忙防疫的事，当消息传到香樟这里时，有些迟了。香樟心里很不爽，就把银杏、枫香找来，问他们可知道此事？银杏、枫香点头称确有此事。香樟怒声道："既然知道，为何不及时通报，不将问题解决在萌芽状态？"银杏、枫香都虚心接受批评。

银杏低着头说："是我不好，现在正是秋末冬初的日子，我全身都焕发出金黄色的光，是一年中最美丽的时节。我过于关心于人们对我的啧啧赞美声，而忽视同伴了。我要检讨。"

枫香弯着腰说："我也要检讨，现在正是我枫红如霞的时节，我整天听到的都是赞叹声，自己都被陶醉了，也忘了身边的兄弟姐妹，真不应该。"

香樟见银杏、枫香态度都很好，说得也诚恳，就摆摆手，说："我也知道，现在是你们一年中最好的时光，你们展示自己的风采也没有错，但既然我们是小区植物界的带头大哥，我们心里就不能只装着自己，我们要想着其他植物。大家好才是真的好。"

银杏、枫香频频点头。银杏说："我们知错了，你就说我们接下去该如何补救吧。"枫香也用期许的眼光看着香樟。

香樟想了一下，说："现在要扭转存在于部分植物身上得过且过的思想，需要去做他们的思想工作，给他们鼓鼓劲。我因现在防疫形势紧张，业委会脱不开身。你们两位，看看谁去？"

银杏自告奋勇地说："我去吧。"

当天晚上，银杏就在植物群里发了通知，要大家第二天早上来小区中央公园，有重要事情相商。

第二天凌晨，植物们就陆陆续续围聚到中央公园。早来的植物见银杏在那里等着，就问银杏有什么重要事情。银杏笑着说："等植物到齐了再说。"植物们也不心急，就三三两两的闲聊了起来。

等到太阳从地平线上升起的时候，银杏见小区的植物基本到齐了，就招呼大家靠近些，围聚在自己身边。银杏拿出一块小黑板，挂在一株树上，嘻嘻笑着说："今天，我要给大家讲几道数学题。"

银杏的话音刚落，现场就炸窝了。枫杨说："你不是说有重要事情相商吗？做数学题算什么重要事情？"旁边一些植物也纷纷附和，不知道银杏葫芦里卖的什么药。

银杏不慌不忙地说："你们别急，也许等我讲完了这几道题，你们就全明白了。"

"那你就快说吧！"沙朴是个急性子。

银杏拿出粉笔，在黑板上写下了第一个等式：

$$1^{365} = 1$$

植物们一看，哄堂大笑，议论纷纷说，这谁不知道。

广玉兰问银杏："你这是想说明什么问题？"

银杏说："大家都知道，一年有 365 天，1 代表不变，就是原封不动，这个算式是要说明，如果你原地踏步，那么一年后你还是那个'1'，什么也没有变。"

47 植物鼓劲

听银杏这样一说，植物们若有所思，一下子静了下来。

银杏很耐心地看着大家，沙朴忍不住了，又催银杏说下去。

银杏在黑板上又写了第二个等式：

$$1.01^{365} = 37.8$$

看到结果，有些植物叫了起来，银杏问了几个植物为何喊叫，这些植物都表示，不相信结果有这么大。银杏要雪松把计算机拿出来，当面算给大家看。雪松计算的结果证明这个算式确实没错。

广玉兰明白过来了，但还是问银杏："这个算式又说明了什么呢？"

银杏笑着说："如果每天都能进步一点点，比如百分之一，那么一年后你的进步就会很大，会远远大于'1'，大到刚才你们有些植物都不敢相信。"

现场鸦雀无声，植物们似乎都陷入了沉思。

银杏见机行事，在黑板上又写了第三个等式：

$$0.99^{365} = 0.03$$

银杏写完了，问大家："现在这个0.03的结果你们还怀疑吗？"

见植物们都摇摇头，表示不怀疑了。银杏就对雪松说："你来解释下这个算式的意义吧。"

雪松说："按照银杏大哥前面的解释，我的理解是：如果每天退步一点点，比如退步百分之一，那么一年后你的退步就会很大，会远远小于'1'，远远被其他植物抛在后面，将会'1'事无成。"说到这里，雪松望着银杏问："我的理解正确吗？"

银杏朝雪松竖起了大拇指，连声夸赞雪松解释得完全正确。现场爆发出一阵掌声。

银杏趁热打铁，大声问大家："我们能固步自封原地踏步吗？"

"不能！"植物们齐声回答。

"我们能每天进步一点点吗？"银杏进一步问道。

"能！"植物们大声喊道。

"我们能容忍自己退步吗？"银杏紧追不舍。

"不能！"植物们异口同声不容置疑。

"那好吧，拜托大家了。我的话说完了！"银杏朝大家鞠躬致谢。临走前，银杏问："大家还有什么问题吗？"

"没有了。"大多数植物这样回答。

只有狗尾草挺直了腰杆，嘻嘻笑着问："我有一个问题，如果我每天都在进步，一年后长高了30多倍，超过了你银杏大哥怎么办？"

"好啊，那我乐观其成。"银杏大度地表态。

雪松说："狗尾草真可爱，我的理解是，银杏说的这个进步不一定要体现在身体上，而是要落实在思想深处。我们植物要与时俱进，奋勇向前，不能躲在温柔乡里过躺平的日子。"

"狗尾草就是改不了吃屎的习惯，不过他也就是爱开玩笑，雪松你用不着多解释了。"杜英走上前来说。

"可不是嘛。"狗尾草讪讪笑着。植物们又爆发出一阵大笑，大家的劲都被鼓起来了。

48 杜英出游

暑假期间，天气炎热，润园植物杜英烦事缠身，身心俱疲，就在朋友圈里抱怨，询问附近哪里适合静心避暑。杜英也是随便这么一说，没想到第二天收到来自神仙居长叶榧的短信，邀请杜英去仙居游玩。

杜英和长叶榧神交已久，但一直没有见面过。杜英知道长叶榧是红豆杉科榧树属的一个种，为常绿针叶树，其材质坚硬，有芳香，为中国特有的濒危保护植物。杜英询问长叶榧，仙居有何特色？长叶榧知道润园植物文化素养很高，说别的怕杜英引不起兴趣，就强调说："仙居不仅有著名旅游风景区神仙居等，还是一个文明古县，它文化积淀深厚，历史悠久。境内有距今一万多年的下汤文化遗址、国内八大奇文之一的蝌蚪文、中国历史文化名镇、华东第一龙形古街——皤滩古镇、宋大理学家朱熹曾送子求学的桐江书院、春秋古越文字等，文物古迹不胜枚举。"

杜英被说动了，说走就走，马上奔赴神仙居景区，来一次暑期问心之旅。

神仙居位于仙居城西的白塔镇南境，是国家 5A 级风景名胜区，自仙居县城出发，迤逦西行，无论横贯北境的大雷山，还是南脉括苍山，均绵延不断，如波涛起伏。唯独白塔镇南境，神仙居周围的众山巍兀独立，险峻无比，与其他山刀切斧削般割裂开来，迥然各异，别具一格，耸然独秀。

来到神仙居景区，杜英在长叶榧带领下，首先游玩。这里果然不同凡响，但见境内：群山环列、奇峰突兀，悬崖险谷、流泉飞瀑，云蒸雾绕、日出奇观，密林秀竹、山花野果。还有那上古流传、尚未破解的世界八大奇文之一的蝌蚪文，兀然悬挂在 800 米海拔的蝌蚪崖之上。山顶上的栈道宛如一条条镶嵌在悬崖峭壁上的"天路"，将四周深浅不一的各种"绿"尽收眼底。真可谓自然风光壮丽独特，人文景观神秘莫测，乃集"奇、险、清、幽"于一体，汇"峰、瀑、溪、林"于一地。杜英不禁由衷感叹："山水之胜地，地质之奇观，东南之极品。"

长叶榧接口说："仙居不仅风光奇美，还是'一人得道、鸡犬升天''逢人说项''沧海桑田''东海扬尘'等成语典故的发生地。"

"还有这样的事，说来听听。"杜英兴趣盎然。

长叶榧边走边说："我先介绍'一人得道、鸡犬升天。'相传在北宋时期，有个名叫王温的人，住在县城西门外西郭垟村。王温平时救危济贫，乐善好施。一日傍晚，他见门口站着两个长满疮疤的人，形状痛苦，顿生怜悯之心，就问：'你们病得这么严重，有没有办法治疗？'那两个人说：'办法倒有，就是用新酿的酒浸泡身体，便能治好。'王温听了后说：'那好办，我家刚好酿了两缸新酒，给你们治病吧！'随即请这俩人进门在酒缸中浸泡。说也奇怪，俩人在酒缸中泡了一夜后，等到第二天出来时，不仅身上的疮疤全部消失了，而且容光焕发，变得如同美少年一般。他们告辞而去后，王温闻到酒缸中飘出阵阵异香，忍不住喝了起来。全家人闻讯也来喝酒，个个喝得酩酊大醉。连家里的鸡、狗吃了洒出来的酒后也醉了。不一会儿，王温全家连同鸡犬一起升上天去，成了神仙。当时的皇帝宋真宗赵恒听了这一奇事后，欣然下旨，以其'洞天名山，屏蔽周围，而多神仙之宅'，将永安县改名为仙居县，意为这里是仙人居住的地方。"

"有这等奇事，我原来还以为'一人得道、鸡犬升天'是贬义词呢，真是惭愧。"杜英惊叹不已。

"山不在高，有仙则名。"长叶榧哈哈笑着。

"并且我也学到了，原来仙居县名是这样来的。"不等长叶榧回答，杜英继续问："逢人说项又是何意？"

"逢人说项，这里的项，指的是唐朝时期的项斯，字子迁，是仙居县人。项斯当年没有什么名气时去参加会考，别人拿他的卷子给杨敬之看，杨特别喜欢，作诗赞誉'几度见诗诗尽好，及观标格过于诗，平生不解藏人善，到处逢人说项斯'。没多久，他就被长安方面录取。项斯是台州第一位进士，也是台州第一位走向全国的诗人。他的诗在《全唐诗》中就收录了一卷计88首，被列为唐朝百家之一。"长叶榧如数家珍，侃侃而谈。

一阵感叹后，杜英又问："沧海桑田呢？仙居怎么会是这句成语的发生地？"

"沧海桑田和麻姑积雪、东海扬尘来自同一个典故，是同义词。"长叶榧回答。

"愿闻其详。"杜英满脸期待。

长叶榧介绍说："在括苍山主峰米筛浪向北延伸的一脉矮丘，有个麻姑岩，又名仙姑岩，海拔367米。麻姑岩在一流水切割面的峰巅上。以凝灰岩夹沉积岩组成的岩层，在外力作用下增生变形、变位和断裂，形成奇观。光绪《仙居县志》载：'麻姑岩数巨石屹立山巅，如鸟爪，中一石，端如药杵，孤插天心。古树数株，矗立其上。岩上有洞，塑有麻姑像，两石对峙，高深丈余，每逢三冬，积雪皑皑，如银帽一顶'，故称'麻姑积雪'。"

见杜英静静听着没作声，长叶榧继续说："麻姑，是中国古代神话中的女仙。葛洪《神仙传》载：东汉桓帝，麻姑应王方平之召，降于蔡经家，年十八九，能掷米成珠。她的手指纤细如鸟爪，麻姑岩上恰有巨石砾立如'鸟爪'。传说蔡经成仙'尽室上升'时，因石臼杵太沉重而遗下，麻姑岩上恰有石笋如'药杵'。"

"这个和沧海桑田有什么关系？"杜英满腹狐疑。

"你别急，我正要说到这里。沧海桑田指的是仙人麻姑从蓬莱归来，发现人间沧海已成桑田。"长叶榧不慌不忙说起了这个典故。

汉桓帝时，有两个仙人，一个叫王远，一个叫麻姑。有一次，他们相约到仙居人蔡经家去饮酒。王远先到，麻姑后到。蔡经全家见麻姑年纪十八九岁左右，在头顶上梳个发髻，其余的头发下垂到腰部。她的衣服有彩色的花纹，但不是锦绣绸缎，光彩耀眼，无法描述她的形态。麻姑进来拜见王远，王远也站起来迎接她。坐好后，麻姑招呼送上随身带来的食物，都是金盘玉杯，饭菜大多是各种花果，香气散布在室内外。麻姑接着分肉干给大家吃，样子像柏实，说是麒麟肉干。麻姑自己说道："从上次见面以来，已经看到东海三次变为桑田。刚才到蓬莱仙岛，见东海水又比过去浅了，计算时间大约才过了一半，难道又要变成丘陵和陆地吗？"王远笑道："圣人都说，东海又要干涸，行将扬起尘土呢！"宴饮完毕，王远、麻姑各自召来车驾，升天而去。

杜英受到感染，指着前面秀丽湖山，口中念念有词："安得海山共一湖，敢教日月留双峰。茂林修竹结桔果，沧海桑田展新颜。"

长叶榧继续介绍仙居八景之"麻姑积雪"。麻姑岩是古时著名的道教场所。《临海郡》一书载："吴大帝赤乌元年，孙权下诏在蔡以故宅建隐真观，供奉王方平、麻姑和蔡经。"据此，这里的道观当有一千七百多年历史。唐宋时，麻姑岩香水鼎盛，许多文化名人也慕名前来游览，如寓居天台的唐代著名诗人曹唐、仙居县宋代著名植物学家陈仁玉都曾登临此山，留下优美的诗篇。宋时自谓灵踪仙家蔡经后人的蔡向赋诗饶有趣味，兹录如下：

福地流传号隐真，麻姑曾款蔡翁门。白春云子自堪饱，井溢丹泉便可吞。山路五峰疑指爪，溪盘百叠想裙痕。我来既蹑踪以后，知是仙家第几孙。

"此次赴约，既避暑，又赏景，还学到了许多诗文典故知识，一举多得，心满意足。"杜英一再拱手致谢。

"世间万相皆由心生，一念起万水千山皆是情，一念灭沧海桑田已无心。"长叶榧说得意味深长。

"说得这么佛系，看来你长叶榧也可以位列仙班了。"杜英感叹道。

"常在仙境居，哪能不成佛。"说完，长叶榧和杜英四目相视，朗声大笑起来。

49　紫薇游山

　　润园植物得知杜英去神仙居"暑期问心之旅",嚷嚷着也想出去。负责植物业委会的香樟、银杏、枫香等经过讨论,同意大家的请求,但要分期分批出去,旅游或者称疗休养不能影响小区里的工作。

　　让谁先去呢?业委会商量后推荐了紫薇,因为整个八月份是紫薇大显身手的时候,为了紫薇八月份能更充分发挥,七月下旬安排一次疗休养是必要的。

　　紫薇率先被安排,欣喜若狂。她兴高采烈地来到莫干山,受到当地植物金钱松的热情接待。一见面,金钱松问紫薇为何首选莫干山?

　　紫薇实话实说:"我只知道人们将莫干山与庐山、北戴河、鸡公山相媲美,被称为中国四大避暑胜地之一。其他三个地方太远,莫干山离杭州很近,我就奔这里来了。"

　　"欢迎紫薇光临莫干山!你紫薇花在酷暑中,任凭暴日花依然,摇曳生姿如云霞的品格是我们学习的榜样。接待好你是我们的荣幸,有何安排,尽管吩咐。"金钱松紧紧握着紫薇的双手,感觉紫薇身上滑溜溜的。

　　"可能你接待客树太多了,说出来一套一套的。"紫薇哈哈笑着,抖动着身子,补上一句:"客随主便,我这几天就交给你了。"

　　"好吧,我先带你去景点看看。咱们边走边说。"金钱松拉着紫薇的手,向"剑池"走去。

　　据金钱松介绍,莫干山风景名胜区,主要景点有剑池、芦花荡、武陵村、旭光台、滴翠潭、大坑、莫干湖等。山上200余幢房屋别墅形成的建筑景观，被誉为"世界建筑博物馆"。这里的植被属中亚热带常绿阔叶林北部亚地带，森林覆盖率高达93.5%，有维管束植物136科374属614种，其中国家重点保护植物十余种，古树名木200余株。风景区另有哺乳动物16科40余种，鸟类27科60余种，爬行类10科24种，两栖类7科10余种，昆虫类153科1102种。

路过一片竹林，金钱松说："莫干山素以竹、云、泉'三胜'和清、静、绿、凉'四优'而驰名中外。'竹'是莫干山'三胜'之冠，以其品种之多、品位之高、覆盖面积之大列于全国之首、世界之最。"

来到剑池景点，只见对面石壁上，铭刻有"剑池"两个遒劲的大字。从剑池之阜溪桥上向下眺览，悬崖巉岩之间的剑池飞瀑尽收眼底。剑池飞瀑共分3迭，溪水冲出阜溪桥下，猛然间跌落二三丈，注入潭中，形成剑池飞瀑的第一迭。瀑布注入剑池后，稍作停蓄，水势益壮，又一次跌水，高达10余米，颇为壮观，这便是剑池飞瀑的第二迭，亦是主瀑，前人所写"飞泉裂石出，浩浩破空来。万壑留不住，化作晴天雷"诗句，描绘的正是这种景色。剑潭而下，水流又被束成一股短瀑，溪水逶迤远去，掩映于翠竹丛中，这就是第三迭。剑池飞瀑，远眺若一匹素练，窈窕多姿，不论俯视仰观，各呈奇姿，趣味无穷。

紫薇被剑池周围的石刻诗文所吸引，问："想必这剑池一定大有文章？"

"那当然，我给你细细说来。"金钱松说："莫干山名，来自干将、莫邪二人铸剑于此的古代传说。早在春秋末期，群雄争霸，吴王欲争盟主，得知吴越边境有铸剑高手干将、莫邪夫妇，即限令三月之内，铸成盖世宝剑来献。干将、莫邪采山间之精铜，铸剑于山中。时冶炉不沸，妻子莫邪剪指甲、断头发，与黄土拌揉，作为人状，投之炉中。炉腾红焰煅锤成雌雄宝剑。雌号莫邪，雄称干将，合则为一，分则为二，蘸山泉，磨山石，剑锋利倍常。时莫邪有孕，夫妻俩知吴王奸凶，莫邪留雄剑于山中，干将献雌剑。吴王问此剑有何奇妙，干将说：'妙在刚能斩金削玉，柔可拂钟无声。论锋利，吹毛断发，说诛戮，血不见痕。'试之果然。吴王为使天下无此第二剑，杀干将。十六年后，莫邪、干将之子莫干成人。莫邪详告家史。莫干问雄剑何在。莫邪道：'日日空中悬，夜夜涧边眠。竹青是我鞘，黄金遮霜妍。'莫干机敏，在竹林中黄槿（金）树洞孔内得到干将雄剑。于是辞别母亲，持剑赴吴国都城，欲刺杀吴王。途遇干将好友之光老人。老人说：吴王禁卫森严，谋刺难成。若能借得莫干二宝，老人定能谋取吴王之头。莫干问哪二宝？老人说：'干将之剑，莫干之头。'莫干即以剑自割其头，一手献剑，一手献头。之光老人至吴宫阶下，言献'稀世之宝'。吴王召见，之光以油鼎煮莫干头，头唱歌，之光邀吴王近看。吴王至，之光拔剑斩吴王之首，两头相搏于油鼎中。王头奸凶，之光亦自割其头，两头共斗王头，得胜。此时二剑化作两巨龙腾空而飞。后人为纪念莫邪、干将，将其铸剑、磨剑处叫剑池，将剑池所在之山名为莫干山。"

听到这里，紫薇嘘唏不已，说："我知道这只是个神话传说，并无此事实，但莫邪干将的事迹还是让我深受感动，古人为了事业、信仰可以抛头颅洒热血，我们现在过着幸福生活还要这不满意那不称心，不觉得汗颜吗？"

"你能这样认识，我很欣慰。"金钱松频频点头。

"我们去其他地方吧。"紫薇和金钱松在剑池合影后，离开了那里。

路上，紫薇指着不远处一幢金碧辉煌的建筑，问："哪是什么地方？"

"那里是寺院。"金钱松介绍说："莫干山历史悠久，宗教文化灿烂。早在晋代时寺院很多，相传天池寺有一僧，他每天游一寺，一年后才回到天池寺，虽无确数，可见寺庙之多。"

这时，一阵凉风吹来，紫薇感觉浑身通透，十分舒畅。她感叹道："这段时间，杭城热浪滚滚，这里却是凉风习习，好羡慕你在这清凉世界享福啊。"

金钱松自豪地说："莫干山虽以'清凉世界'而著称于世，但实际其四季风景各有特色。春季和风阵阵，云雾变幻，其时春笋破土而出，各类山花争奇斗艳，到处是生机勃勃，一派繁荣景象。入秋，则天宇澄朗，山明水佳，无处不桂香浓郁、枫林胜火、万篁碧绿、秋意盎然。而冬季，则又是林寒涧肃，清静无比，漫山琼花飞舞，银装素裹，更是一番动人景象。'参差楼阁起高岗，半为烟遮半树藏，百道泉源飞瀑布，四周山色蘸幽篁。'这首古诗对莫干山的主要景观，描写得全面贴切。"

"山下老百姓的生活怎么样？"紫薇换了个话题。

"那还用说，好得很。"金钱松喜形于色，接着说："由于旅游业的兴起，附近居民发展民宿文化产业，种植茶叶、竹笋、花卉苗木等传统农产品，日子过得很滋润。"

"这就说明生态兴则百业兴。"紫薇很是欣慰。

"也证明了绿水青山就是金山银山是千真万确的。"金钱松深有感触。

在轻松愉快的气氛中，紫薇跟着金钱松，继续在莫干山游玩着。

50 杜鹃玩水

听说润园植物紫薇去莫干山"游山"了，杜鹃找到香樟，提出自己想去"玩水"。香樟告诉杜鹃，"游山"或者"玩水"，不是谁想去就可以去的。

"紫薇凭什么能去'游山'？"杜鹃追问。

"紫薇在整个8月份需要大展身手，所以我们安排她7月份去疗休养，养足精神是为了更好地工作。"香樟解释道。

"我在春季时工作成果怎么样？今年的杜鹃花开得鲜艳吗？"杜鹃连续发问。

香樟不停点头，表示肯定。

"那我是不是也应该去疗休养，以为明年做准备。"杜鹃步步进逼。

香樟语塞。想了一会儿后，香樟问："你想去哪里？"

"我想去诸暨五洩景区玩水。"见香樟同意了，杜鹃兴奋不已。

"好吧，我联系诸暨的香榧树接待你，一定要注意安全。"香樟叮嘱几句后，忙其他事去了。

杜鹃立即出发，一路无话，过不多久，就来到了五洩风景区门外，见到了等在那里的小香榧。

小香榧握着杜鹃的手表示欢迎，解释说："香榧王正在参加一个重要会议，脱不开身，委托我来作向导，榧王要我代致歉意。"

"何歉之有。谁不知道这里是香榧的集聚地，香榧王德高望重，日理万机，哪里忙得过来，我乃无名之辈，怎能劳烦榧王。"杜鹃大大咧咧的。

"你是十大名花之一，可不是无名小辈。"小香榧恭恭敬敬的。

"说这些虚名干什么，我们进去玩吧。"杜鹃手一挥，满不在乎的样子。

小香榧带着杜鹃，坐上了游船。小香榧介绍说："五洩景区主要由碧波荡漾的五洩湖，四季如春的桃源，一水五折飞瀑撼人的东源和幽雅深邃的西源峡谷等四个景区组成。景区以瀑、峰、林称胜，以五级飞瀑为精髓，景区内群峰巍峨，壁峭岩奇，飞瀑喷雪，溪涧峥琮，林海茫茫，仓紫万状，是久负盛名的江南生态旅游胜地。"

"我对五洩飞瀑神往已久，等下重点去那里吧。"杜鹃说得直截了当。

"好，我知道了。"一下船，小香榧带领杜鹃直奔东源景区。来到第一洩，小香榧指着飞瀑说："这叫月笼轻纱。"

杜鹃放眼望去，只见水流从石河泻下，瀑布小巧平缓，柔美如月笼轻纱，隽永可秀，"乐声幽咽，万松飒然，隔岸秋花烂漫，禽声甚乐"，瀑布中间有一水潭，直径 1.5 米，深约 2 米多，口微向内收，回壁光滑，人称"小龙井"，俗称小脚桶潭，古人赞其曰：龙井凿石滩，园匀如截竹；登波落纤埃，照见须眉绿。

杜鹃大声叫好，小香榧告诉她，好的在后面呢。紧接第一洩，到达第二洩。小香榧说："这第二洩称作双龙争壑。"

杜鹃定睛细看，见那二洩落差约 7 米，瀑布下落时，被一块兀石分成两半，分流如珠帘动，开朗而又深沉，又如双龙出游不知天高地厚，古人有诗赞曰：两龙争壑不知应，一石横空不渡人。故瀑布下首建的亭名"双壑亭"。瀑布下长方形深潭，飞流下坠，水势腾涌。

小香榧介绍说："明文学家宋濂在《五泄山水志》里写道：'以线缒之，下不见底，其形方狭而长，天向阴，常有云从中起，疑有蛟龙潜其下'。

清余缙在游记中写道：'二泄峡中白虹垂涧，水鸟群立，飞石震之不动，崖石益陡险，苍紫万状，俯首视千峰拱揖受命矣。'你看，瀑布从深潭中回旋而出，来到一平坦之处，水流在如磨如琢的岩壁上迈着轻松的步伐，唱着轻快的歌曲向三泄飘然而去。"

杜鹃赞叹道："此处景美，小香榧的解说更妙。"

第三泄名为千姿百态，这是五泄瀑布中气势最壮观，最难以忘怀的。只见宽阔平缓的瀑布浩浩荡荡而下，在如磨似洗的岩石中奔泻跌宕，以变幻无穷的姿态呈现在面前。瀑布分左右两侧，左侧瀑布欢呼跳跃蜿蜒飞泻，有时呈射流状水平喷吐，银花四溅；右侧瀑布时分时合，如含羞少女，轻撩面纱，时如英俊男子风流飘洒，时而涟漪微荡，如清波仙子，入浴嬉水。水流时分时合，千姿百态的瀑布，无法一一名状，古人形容其"倾者、滚者、跌者、冲者、突者、圈者，无奇不有"。倘遇暴雨，瀑布以排山倒海之势，雷霆万钧之力，奔腾咆哮而下。

小香榧和杜鹃坐在三泄对面亭中赏景，似见万物空澈澄明，顿觉天高地广，能洗净五脏六腑污垢，抛尽人间烦恼，古人诗曰：雷奔电激趋神灵，天开咫尺通幽冥；岩头好借一勺水，六合尽洗尘埃清。真是"人事是非空缭绕，去瀑仙境乐逍遥"。

小憩后，小香榧说："我们下去观赏第四泄：烈马奔腾。"

第三泄瀑布散而复收，跌入一个斜长形的深潭中，然后在高19米的陡崖中，劈险沟，过峭壁，在狭窄的之字形山沟中急剧旋转，飞滚翻腾，奔泻跌宕，飞溅的水花犹如奔腾中的烈马，鬃毛在飞速抖动，被称其为"烈马奔腾第四泄"。瀑布在奔腾怒吼中，汇成巨大的轰鸣声，明文学家王思任形容其"声怒、势怒、色怒"，十分形象贴切，故第四泄的观瀑亭命名为"三怒亭"。四泄由于上下都为悬崖峭壁，过去游人想见，必须攀岩扣石牵藤，冒着生命危险才能一睹其芳容。好在杜鹃是植物，穿树钻藤方便，得以尽情欣赏，一饱眼福。

第五泄是蛟龙出海。第四泄的水流经过一段平岩石，调整了姿态，重新积蓄了力量，在31.2米高的悬崖上狂奔而下，声似滚雷，形如匹练。瀑布下泻后，先跌在悬崖上，银花飞溅，接着又翻滚飞腾，似银蛇狂舞，又如蛟龙出海，故人们形容其为"蛟龙出海第五泄"。倘遇暴雨，瀑布以排山倒海之势，雷霆万钧之力狂奔，并形成逼人的旋风，衣衫尽湿，游人笑语，咫尺不辨。若遇晴天，在阳光照射下，雾状水珠五彩缤纷，向外飘洒，形成彩虹，非常好看。清周师濂赞其曰：龙湫泻下第五泄，横空飞出千山雪。第五泄又称"东龙湫"，瀑布冲击而成的深潭名"东龙潭"，由于潭深而广，水色黝黑，又叫"黑龙井"，每逢天旱，古人常来此祈雨，故又名"褥雨潭"（褥：祠褥，风水学术语，指真龙余气凝结的地方）。两旁石刻多有记载。

杜鹃被眼前的飞瀑所震撼，看得如痴如醉。她眼睛看着对面奔流直下的龙湫，脚步不由自主地慢慢往前移，突然，脚下一滑，扑通一声，跌到潭里去了。好在小香榧就在边上，跑过去一把将她拉了上来。看着浑身湿漉漉的杜鹃，小香榧不停自责，怪自己没有照顾好杜鹃。

杜鹃满不在乎地说："我这次本就是来'玩水'的，这才是名副其实的'玩水'啊。"

一句话，不仅把小香榧逗乐了，连旁边的游客也都笑了起来。